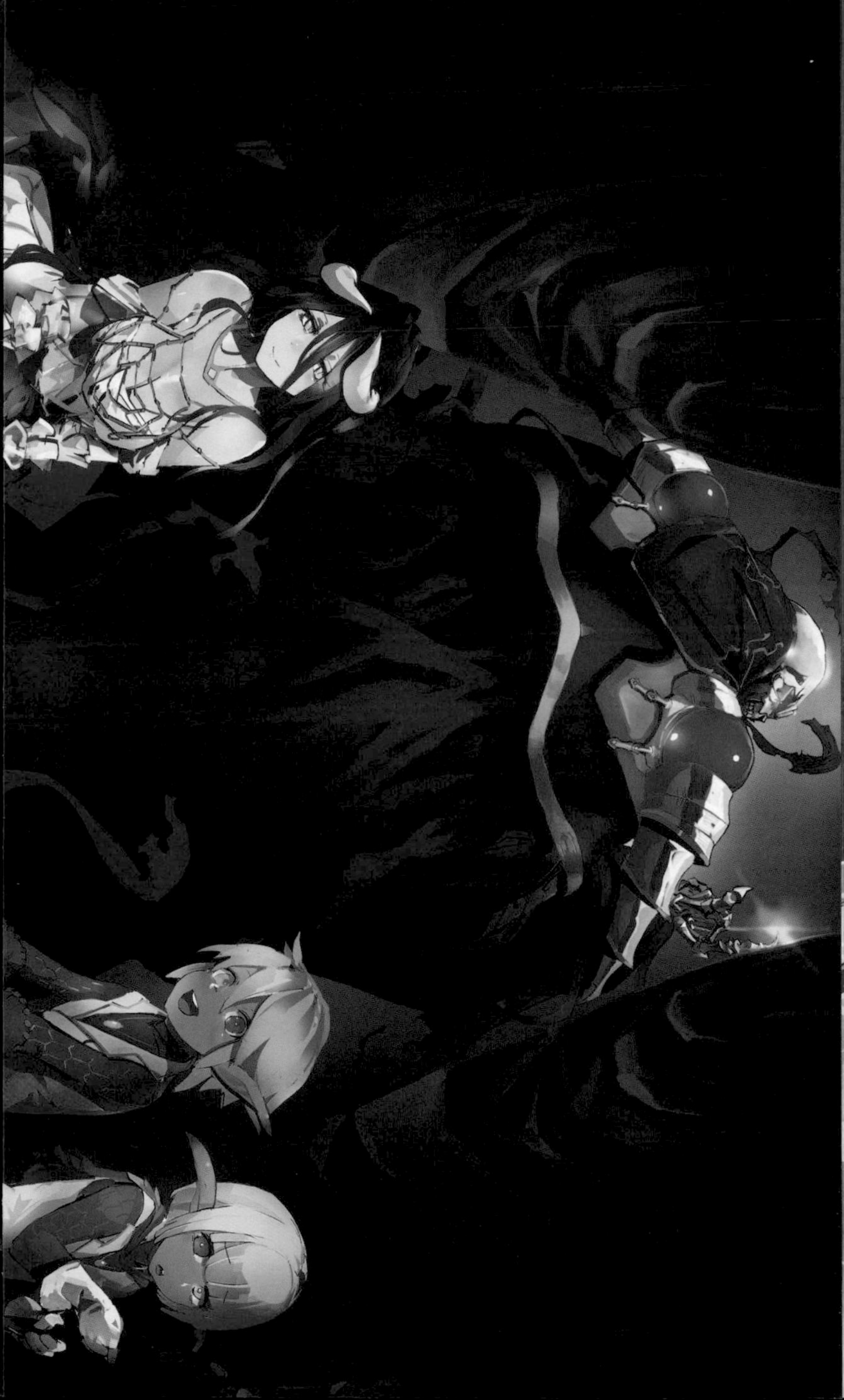

OVERLORD

7

大墳墓的入侵者

OVERLORD [7] The invaders of the Large tomb

丸山くがね

插畫◉so-bin

Kugane Maruyama | illustration by so-bin

Kadokawa Fantastic Novels

目錄 Contents

Prologue

納薩力克地下大墳墓最底層，也就是第十層最深處的心臟地帶——垂掛著四十面旗幟的王座之廳充斥著寂靜的熱氣。

靜默地整隊的所有人都對王座深深低頭，以表示自己的忠誠。

整齊排列著的盡是些異形身影。各樓層守護者不用說，連四十一位無上至尊親手創造的NPC，以及直屬守護者麾下的僕役們也都齊聚一堂。總人數隨便一算也超過兩百，除了剛轉移到這個世界之際，這還是頭一次將這麼多人集合一處。

不過，這次與上次有著極大的不同。這次集合的直屬僕役們不是平常那些人，而是等級夠高的強者雲集，平均等級高達八十以上。

統轄第一層到第三層的守護者夏提雅，平常都讓吸血鬼新娘（Vampire Bride）們隨侍左右，但今天帶來的卻是無上至尊賜給自己的最高階不死者們。不只如此，就連第六層守護者之一的馬雷，也讓至今從未帶出樓層的兩頭直屬守護者的龍（Dragon）伴隨出席。這兩頭龍只能以付費轉蛋——而且機率極低——獲得，等級將近九十。

在這些看得出來經過精挑細選的僕役們當中，有一群獨樹一格的存在。

那是一群比其他存在差了一截的不死者。他們的等級最高只到四十，約有百人——不在剛才那兩百人之列——另外排成隊列。

而且相對於其他僕役面對王座排成橫排，在受召聚集到這個聖域之時，理應敬陪末座的他們卻排成直排，最前頭的人甚至還站在守護者附近——離王座越近者身分地位越高——的位置。

這種好到沒道理的待遇，卻有著極為正當的理由。

因為這些不死者，是納薩力克地下大墳墓的統治者安茲．烏爾．恭親手創造出來的。絕不是可以怠慢的存在。

在場所有人都是安茲的部下，無庸置疑地對公會「安茲．烏爾．恭」絕無二心，但他們當中仍然有著明確的上下關係。當然，立於最高地位的是諸位無上至尊創造出的NPC們。其中又以身負重任的各樓層守護者地位最為崇高。

排在NPC之後的是自動出現的魔物，或是以YGGDRASIL的傭兵系統召喚出的魔物——僕役們。僕役們的地位取決於實力或安排的職位，不過在這裡與樓層深淺無關，大多都排成橫排。

那麼安茲創造出的不死者們又該排在哪個位置呢？

這個問題讓守護者總管雅兒貝德相當煩惱，不知道該不該將他們與NPC同等看待。

當她請示安茲時，安茲破顏一笑，高聲說放在最低地位就行了。

安茲的創造不死者能力，雖然一天的使用次數有限，但並不需要付出任何代價。相較之下，守護者們帶來的高等級僕役，是以ＹＧＧＤＲＡＳＩＬ這款遊戲的據點用傭兵系統，支付金幣或付費製造出的存在。前者死了還可以免費再創造，後者一旦死掉，錢就全浪費掉了。所以就安茲的觀點來看，就算需要使用屍體，但自己創造的（免費）不死者，應該比花費金幣（付費）誕生的存在來得低賤。

然而這是安茲的觀點，不是忠心部下的觀點。聽了寬宏大量的主人做出的判斷，雅兒貝德雖然感動得落淚，卻不能回答「屬下明白了」，她煩惱了半天，最後決定破例將主人創造的不死者們排成直排而非橫排，把這個問題蒙混過去。

坐在這個房間最高位置的王座上，俯視著按照這種——雅兒貝德絞盡腦汁想出來的順序排列的僕役們，安茲有如公布神諭般平靜地宣言。不，對於麾下軍團而言，安茲的話語本身就是神諭。

「首先，辛苦大家長期以來收集情報了。塞巴斯，還有索琉香，你們表現得很好。」

看見視線下方的兩人深深低頭，安茲滿足地點頭。不過接下來才是問題。模仿王者的舉止對普通人來說實在太難，安茲覺得自己快被壓力壓垮了。視線下方是無數部下的身影，眾人眼中盡是敬愛的光輝。

理應不存在的胃陣陣絞痛，同樣不應該存在的心臟激烈跳動。

然而，那也只是一瞬間的事。恨不得全速逃出這裡的激烈情緒，被變成這副身體以來的特性強制穩定下來。

安茲覺得自己終於可以演得像個統治者，他下令道：

「兩人，到我面前。」

受到呼喚的兩人一齊起身。他們好像事前演練過似的，動作整齊劃一地登上王座前方的台階，在佇立於安茲斜前方的雅兒貝德跟前停下腳步。

兩人再度以整齊劃一的動作跪下。

「抬起頭來。為了讚賞你們卓著的表現，我要褒獎你們。」安茲看向塞巴斯。「塞巴斯，雖然你已經替琪雅蕾求饒，但我之所以答應保護她，是為了報恩。這跟你的工作表現無關，所以你要什麼，我也會給你。來，說出你想要的吧。」

在眾人面前稱讚部下，才能促使其他人奮發向上。經理獎之類的會在大家面前頒發，大多是為了這個目的。部下受到激勵，懷著自己也想獲得褒獎的熱情行動，能夠讓組織的營運狀態越來越好。所以安茲才會活用社會人士的經驗，召集了眾多部下到王座之廳集合，好營造出這種場面。

然而，這樣做也有很大的風險。因為安茲必須在眾多部下面前，擺出主人風範——展現出領袖魅力才行。這對區區一個社會人士來說實在很難。然而自己身為納薩力克地下大墳墓僅剩的最後一人，必須通過這項考驗。

（我必須回應NPC們的赤膽忠心。）

安茲懷抱著鋼鐵般的決心時，塞巴斯嘴邊的鬍子抖動起來。

「為安茲大人鞠躬盡瘁，是——」

（這些部下真是有夠忠心的耶。但也因為這樣我壓力才大……）

「——別說了。用獎賞回報部下的優秀表現，是主人的職責。我要你知道，屬下的無欲無求有時反而會讓主人不快。」

「是！屬下失禮了！既然如此……」塞巴斯考慮了幾秒，然後開口道：「我希望能獲得衣服等生活必需品，給安茲大人善意分配給我的人類琪雅蕾使用。」

「……衣服之類的物品，從私藏品當中拿去用也行喔。」

在YGGDRASIL時代，一旦錯過限量道具或是玩家製作的外裝等物品，以後就會很難得到，因此只要看到有點想要的外裝，他總是毫不猶豫地買下來。不只有安茲會這樣，安茲的同伴們統統都有相同傾向。不，大概只要是玩家都會這樣吧。

公會同伴中製作了夏提雅設定的佩羅羅奇諾，稱這種傾向為「就跟喜歡的色情圖片一樣，管他會不會用到，先存再說現象」。然後他接著又說：「不過大多都不知道躺在哪個資料夾裡就是。」

實際上，他說得一點都沒錯。安茲不分男用女用，買了一大堆外裝，幾乎都收著沒用。擺著占衣櫃空間也只是浪費，倒不如有效使用比較聰明。

安茲想起了到處買來的服裝。ＹＧＧＤＲＡＳＩＬ的服裝大多有點招搖，但應該也有適合琪雅蕾穿的衣服吧。

「不，大人用不著如此費心。琪雅蕾已經蒙受安茲大人夠深厚的恩德，再多就擔當不起了。」

「這樣啊……那好吧。不過衣服啊……」

這對從沒買過女裝的安茲來說實在太難了，要是人家覺得安茲很沒品味怎麼辦？搞不好會一口氣降低納薩力克女性族群對安茲的評價。

「可以請娜貝拉爾代勞嗎？不能為了這點小事麻煩納薩力克的統治者安茲大人。」

塞巴斯應該沒有看穿安茲的不安，不過他的提議倒是幫了安茲一個大忙。

「……娜貝拉爾，妳沒意見吧？」

聽到安茲的聲音，在視線下方姿勢維持不動的ＮＰＣ們當中，一人深深低頭。

「好，塞巴斯。這事就交給娜貝拉爾處理。或者……」安茲咧嘴一笑。當然他的臉不會動，只是有這個意思。「你也可以帶琪雅蕾去買，就當作約會。」

安茲已經從女僕長那裡聽說了塞巴斯與琪雅蕾之間的事。雖然似乎還沒發生關係，但迪米烏哥斯也說只是早晚的事。

（說到迪米烏哥斯，那傢伙為什麼會說塞巴斯與琪雅蕾發生關係是件好事呢？好吧，也許他是在祝福同事的感情發展吧。如果是這樣的話，他們倆的感情意外地還不錯嘛。在王都的時候氣氛有點僵，大概是當時的狀況使然吧。這下稍微放心了，畢竟我不樂見他們像那兩個人一樣成天吵架……）

公會成員塔其．米與烏爾貝特成為死對頭的原因，出於YGGDRASIL之外的問題，說穿了就是烏爾貝特在現實世界中的嫉妒。

（我記得他們倆開始交惡，就是從那次吵架開始……也許那就是造成一切的起因吧。）

安茲的心情彷彿眺望著荒涼沙漠般，覺得自己現在能夠明白。這時，塞巴斯驚訝的聲音揮除了他腦中的思緒。

「可……可以嗎？那麼，我想帶著琪雅蕾一起去。」

（——我不會因為自己是單身王老五，就欺負甜蜜的情侶啦。）

如果他們倆在耶．蘭提爾約會的話，自己就戴上那個嫉妒面具去跟蹤他們好了。安茲想著這些沒意義的事，同時抬高下巴，示意另一個下跪的人開口。

「無妨。那麼再來是索琉香。說出妳想要的吧。」

「……我希望能獲賜幾個人類，最好是活人。如果還能是純潔無瑕的人類，那就再好不過了。」

安茲想起抓到的那些人類。倖存的人類大多是與「八指」組織相關的人士，也就是觸怒安茲的渾球。根據匯報，其中能派上用場的人都已經帶去拷問，使其內心受挫。再來只剩下禁閉反省的那些人破例保護的人。

（那些人不行。畢竟那是佩絲特妮與妮古蕾德不惜違抗我的命令，也要保護的人。）

「可以，就賜妳幾個活人。不過，純潔無瑕這點駁回。原諒我無法實現妳所有要求。」

「請您萬萬別這麼說！屬下本來就不配獲賜純潔無瑕的人類！能獲賜活人就已經萬分感激了！」

對於深深低頭致謝的索琉香，安茲以他認為符合統治者的態度點頭。

「……是嗎，謝謝妳。那麼，你們倆都退下。接著是安特瑪，到我面前來。」

與退下的兩人交換，安特瑪來到安茲跟前跪下。

「那麼，安特瑪。」

「是！」

模糊不清的聲音讓安茲不禁苦笑。

「妳聲音好像還沒恢復呢。」

安特瑪裝備的口唇蟲是納薩力克內不會自動出現的魔物，但並不代表牠們不存在。在她房間裡有好幾隻使用ＹＧＧＤＲＡＳＩＬ貨幣召喚的魔物，隨時都可以恢復到她本來的聲音。她不這樣做的原因只有一個——那就是私怨。

「是否很刺耳呢？我立刻去裝聲音回來！」

「不會。妳這種聲音我也不討厭喔。」

「謝謝大人！」

「那麼，妳也付出了很多，甚至犧牲了聲音。但是要獲得褒獎，妳的功勞還略嫌不足。雖然無法像剛才那兩人一樣有求必應，不過還是告訴我妳的心願吧。」

安茲認為隨便行賞不是大方，而是欠缺考慮。東西過剩價值就會下降，這個道理在任何事情上都是適用的。

就這層意義來說，安特瑪的功勞並未達到安茲行賞的標準。話雖如此，她為了工作受了重傷，不表示一點意思有點可憐。

（這好像叫做紫心動章？我對軍隊方面不太熟。要是那個人在，就能多教我一點了。）

他想起一個被稱為軍事宅的公會成員。

「那麼……安茲大人。若有機會殺死那個臭ㄚ頭，請派我前往。我想把那個人的聲音搶過來。」

安茲知道她指的是那個叫伊維爾哀，戴著面具的可疑小女孩，於是加以許可。

「知道了，到時候我會叫妳。退下吧，安特瑪。」他看著安特瑪回到剛才的位置。「那麼進入下一個議題。」

當然沒有任何人反對。然而，安茲無法放寬心對這種現象感到高興。

這些人是因為把安茲視為最高主宰，只要安茲一聲令下，白的也會變成黑的，所以才會這麼安靜。絕不是因為安茲採取了正確行動才保持沉默。

（看來我應該設置監察之類的各種機關。）

第一個該設置的，應該是負責論功行賞的部門。問題是就像剛才的塞巴斯那樣，ＮＰＣ們與僕役們都覺得為安茲效力是理所當然的，不應收取任何代價。而且做為標準的評價也很曖昧，都是憑安茲一己的想法決定，這也是個問題。

（若要做為組織進行活動，今後這方面必須有個明確規定……都是我把組織管理扔給雅兒貝德處理，一直逃避，現在得到報應了。可是這實在超出普通人的極限了啦。我至今的人生經驗幾乎都無法應用啊。）

以往只是薪水階級的安茲（鈴木悟），如今為了統治階級的辛勞而頭痛不已，但他拚命壓抑。這種事等到獨處時，在自己房間散發香氣的床上一邊打滾一邊煩惱就行了。

「我要決定納薩力克今後的方針。迪米烏哥斯，到我身邊來。」

納薩力克最頂尖的智者登上台階，站到雅兒貝德的對面待命。

「納薩力克守護者總管雅兒貝德，以及納薩力克的第一智者迪米烏哥斯，最初的計畫如今已結束大半，命你們兩人說說納薩力克今後該如何行動。如果有人有其他方案，可以舉手發言。」

安茲的第一優先事項是納薩力克的永續經營。不，最糟的情況下，縱使失去了納薩力克這個安身之地，只要能保護昔日同伴們的子女——這些NPC們就足夠了。他可以用建造避難場所等方式解決這個問題。

第二是讓安茲．烏爾．恭揚名全世界。這是因為安茲懷著希望，考慮到如果有同伴在這世界裡，也許他們會來找自己。現在這項的優先順序或許可以往後挪。

第三是強化納薩力克。這一項搞不好才應該放前面點。

的確，越是了解這個世界，越覺得納薩力克地下大墳墓是一座堅不可摧的大要塞，「安茲．烏爾．恭」則是最強的組織。然而，雖說是使用了世界級道具，但既然有人能夠支配夏提雅，驕矜自滿是很危險的。尤其是既然這世上有世界級道具，行動時最好預設有其他公會存在，才不會遭人暗算。所以才要採取行動，增強納薩力克的力量。

他們目前拉攏了蜥蜴人等戰力，安茲也生產不死者來加以強化，但還必須更貪婪地提升實力才行。

第四是收集情報，原本是第一優先，但因為已經達成了一部分，便將順序往後挪。

安茲是以這種順序來考慮的。不過，這終究是安茲這個凡人的思維。或許哪裡會有漏洞，也並非是以準確的情報分析做基礎。

正因為如此，安茲才要借助兩名智囊的智慧。如果只是要借助兩人的智慧，直接把他們叫來商量就行了。不需要冒著被大家知道安茲其實腦袋空空的危險，營造這麼一個大舞台談這個問題。

然而，那樣做才是錯誤的。

做為主人，為了扮演NPC們心目中的——雖然他覺得已經接近妄想了——安茲・烏爾・恭，一個無與倫比的存在，深不可測的智者，這個舞台是不可或缺的。

「你們倆清楚說明給所有人聽。在場的全是由各守護者選出的精銳。讓這些人親耳聆聽今後的方針，無一遺漏。」

沒錯，這就是安茲迫不得已的計策。他把用過好幾次的「說明給所有守護者聽」擴大了規模。拿有人不知道，或讓大家都了解當藉口，自己也一邊裝懂一邊聽取內容，就是這樣的作戰計畫。

「那麼迪米烏哥斯。為了那些不清楚詳情的人，你簡明扼要地說明一下目前的情報。總之先講講納薩力克對王國採取的行動吧。」

「遵命。」

迪米烏哥斯開始對台階下的NPC們說明。

安茲就是想聽這個。安茲當時的確也同意，並認為睿智的迪米烏哥斯做出的行動不會有錯。但日後仔細想想，他總覺得迪米烏哥斯好像還做了什麼多餘的事。

「首先王國方面，藉由馬雷、尼羅斯特與恐怖公的努力，我們已成功壓制黑社會的高層人士。今後只要慢慢浸透，終有一日可以支配王國的黑社會。」

「……嗯？」

安茲小聲發出疑問。為什麼要支配王國的黑社會？跟那時候聽到的簡單說明好像有點不同。比較合理的推測，應該是為了獲得長期財源，或是為了輕鬆得到情報吧。

安茲正在思考時，迪米烏哥斯閉上嘴轉過頭來，筆直地盯著他。安茲一邊感謝這副身體不會冒汗，一邊詢問：

「怎麼了，迪米烏哥斯，有什麼問題嗎？」

「不，只是好像聽到安茲大人說了什麼。」

「喔，抱歉。我只是出聲表示同意，看來似乎害你誤會了。好了，繼續吧，告訴所有人支配王國黑社會的意義。」

「是。那麼，諸位，藉由統治王國的黑社會，能夠為安茲大人的主要目的，也就是征服世界打下根基。應該沒有人愚笨到不懂這一點吧。」

安茲俯視的每個人臉上都露出理解之色。看來沒有任何人不明白。

只有安茲一個人沒跟上狀況。

「……征服世界？」

那是啥啊？什麼時候變成這樣的？但他又不能問。

這是安茲這輩子最努力動腦的一次，他花了幾秒鐘冥思苦索。

實在太不可思議，太令人難以接受了。怎麼會變成這樣！他本來只想低調行動，避免樹敵，提高名聲，並跟可能待在這世界的昔日同伴們取得聯絡。原本只是這點可愛的小小心願罷了。

然而，如今——

（征服世界？什麼時候變成這樣的！）

安茲很想否定，但沒勇氣否決部下所言。

不只是NPC，就連每一隻僕役，都對已知事實面露理解的表情，也就是滿臉寫著「那當然嘍」。一眼就能看出這事已經是所有人的共通認知，且自然而然地沁入心中。安茲覺得似乎只有王座附近，呼呼吹過一陣乾燥的風。

安茲·烏爾·恭是納薩力克的最高主宰，是無上的存在。他現在已經成了這樣的崇拜對象，如果現在自己把這形象破壞，不知道會有什麼結果。

搞不好會像被狗仔隊拍到醜聞的偶像一樣。崇拜者減少，銷售量下滑的偶像固然可悲，但安茲有種預感，覺得甚至有更悲慘的命運在等待自己。

（好像投入了太多經費，弄得沒辦法喊停的企畫一樣……）

不過冷靜想想，征服世界似乎也挺不錯的。

當然，這不像玩遊戲那麼簡單。對身為一介凡人的安茲來說，這個規模過大的計畫全貌太過模糊，他無法理解。不過他能明白，這對於獲得名聲——雖然可能是惡名——這個目的而言，是一招再完美不過的手段。

問題是同伴知道了會有何感想。到時候只能為自己沒能妥善管理納薩力克乖乖道歉了。

（再說還有能夠對夏提雅洗腦的未知敵人。應該能稱得上是藉口吧……他們應該會原諒我的……吧？）

做好覺悟的安茲，落落大方地對似乎等著受到稱讚的迪米烏哥斯頷首。

「你……你還記得啊。」

「當然了。只要是安茲大人的話語，我迪米烏哥斯一字一句都不會忘記。」

「這樣啊……是那時候提到的吧。」

「正是。」

「……是那時候對吧？」

「正是。」

「那時候啊……這樣啊，我很高興喔。迪米烏哥斯……」

「謝謝大人。」

「不過征服世界相當困難啊。」

「大人所言極是。」

「那麼……你覺得該怎麼做？」

安茲很想稱讚自己聲音沒發抖。

「我提議將此事做為今後的大方向，納薩力克應該浮上檯面。既然目前支配過夏提雅之人正在暗中行動，我方就算匿跡潛形，仍有可能惹來麻煩。」

「……沒錯。」

是這樣嗎？安茲覺得匿跡潛形比較安全。他完全不懂迪米烏哥斯怎麼會有這種結論。

「我的意見也相同，安茲大人。做為組織浮上檯面，就可以公然應對問題。不用像現在這樣只能派遣極少數人員，私底下悄悄探查。」

「啊，原來如此。」聽了雅兒貝德的說明，安茲內心這才恍然大悟。

不用再像針一樣刺探，而是可以大搖大擺的行動，的確很有魅力。

「所以要從地下支配王國，用各種手段讓納薩力克這個組織獲得認可，對吧？可是安茲大人統治的這片土地，若得淪為哪個國家的一個組織，我可不同意喔。」

對於雅兒貝德的疑問，迪米烏哥斯搖搖頭。

「當然了，雅兒貝德。我也不會接受。而且，在我分析收集到的情報並考慮過後，認為王國目前的局勢完全沒有魅力，除了一個人以外。這點其他國家也是一樣的。我認為以一個組織身分為任何一個國家效力，是愚蠢的行為。」

「這又是為什麼呢？」

「為國家效力，我們的行動也會在一定程度上受限。控制夏提雅的那些人如果是一個組織，我們若是隸屬於某個國家，一有問題可能無法第一時間應對。因此……安茲大人。」

迪米烏哥斯注視著安茲，鄭重地提議。

「我提議建立名為納薩力克地下大墳墓的國家。」

第一章 死亡邀約

Chapter 1 | Invitation to death

1

地處巴哈斯帝國國土偏西部的帝都歐溫塔爾，中央座落著擁有鮮血皇帝之稱的皇帝——吉克尼夫・倫・法洛德・艾爾・尼克斯所居住的皇城，外圍呈放射狀林立著研究所、帝國魔法學院與各種行政機構等重要設施，可謂帝國的心臟地帶。

雖然人口不比里・耶斯提傑王國的王都，但都市規模應該在王都之上。再加上此地歷經數年的大改革，正處於帝國史上最繁榮的盛景，不斷引進新事物，還有眾多的物資與人才湧入。而古老陳舊的事物逐漸毀壞，面對充滿希望的將來願景，令在這裡生活的市民臉上也都洋溢著光彩。

安茲帶著娜貝拉爾，走在熱情喧囂的都市裡。

若是平常，安茲會像個鄉下來的土包子，一邊環顧周遭一邊漫步。同時對此地與王國的許多差異深受感動。

然而此時的安茲絲毫沒有那種心情。

安茲的內心明白顯現在舉止上，步伐慌亂。

支配他的感情名曰不愉快。

這次安茲特地來到帝都的理由，也就是迪米烏哥斯的計畫，越想就讓他的——雖然只是幻影——眉毛皺在一起。

對納薩力克最高統治者安茲・烏爾・恭而言，忍耐這兩個字原本是沒有必要的，也不需要壓抑煩躁感。安茲說的話就是真理，只要他這統治者說一句話，白的都得變成黑的，照理來說應該沒什麼是他不能如願的。

既然如此，怎麼會演變成這種事態？這是因為他很想否決迪米烏哥斯的提案，卻又因為一些因素而無法如願。

在計畫的目的——顯示納薩力克的力量這點上，迪米烏哥斯的計畫非常簡單易懂，而且能立即見效。即使如此安茲依然不情不願，是因為他覺得這樣做會使同伴一手打造的事物蒙羞。

拿私人感情當理由拒絕看似出色的計畫很難看，他也不願讓大家覺得自己身為最高統治者，卻沒有寬宏度量。況且他也想不出什麼替代方案。

沒有替代方案的反對意見，說穿了就是找碴。安茲不是以統治者，而以社會人士的身分如此大喊。

安茲再度喃喃地用講了好幾遍的話勸戒自己。

要保持冷靜，要鎮靜一點。理性與感性，若是問他該選哪一邊，選擇理性才是上司該有的態度。憑感性行動的人若是全神貫注可獲得極大成果，但大多數人都沒什麼好下場。況且現在已經——

「——骰子已被擲下嗎？」

安茲體內雖然沒有肺，但還是大大吸進一口氣，然後吐出。

對於這個突然邊走邊做起深呼吸的戰士，周圍市民投以狐疑的視線，但他不怎麼在意。自己這副魁梧的英姿本來就經常吸引旁人注目。尤其是被人稱頌為英雄之後，更是幾乎隨時隨地暴露在他人目光下。因此除非是需要演戲或是騎乘倉助等特殊狀況，否則他從不把一般人的視線放在心上。

重複了幾次深呼吸後，心中流露的不快感只剩下一點，他這才有多餘精神去注意跟在後面的娜貝拉爾。

「抱歉，我似乎走得有點太快。」

安茲是個男人，穿著鎧甲也能大步前進，跟穿著長袍的女性娜貝拉爾相比，步幅完全不同。考慮到體能，她應該不至於太辛苦，但身為一個男人，還是必須為只顧著自己往前走一事道個歉。

「不會，沒有的事。」

「是嗎……」

這是做為僕從的回答，還是真的沒放在心上？安茲猜不透，只能一邊縮短步幅一邊尋找話題。

他對於自己剛才一直像隻刺蝟一樣感到有點難為情，為了轉換氣氛而拚命思索，但就是想不到什麼好話題。

業務專員總是用天氣等無足輕重的小事開啟話題。運動方面的題材也不錯，但是需要事前調查客戶支持哪一隊。

安茲正想從這些方面找話題時，突然在心裡咂了一下嘴。

（我幹嘛對身為部下的娜貝拉爾這麼小心翼翼的啊。難得有這機會，不如練習一下主人該怎麼跟部下說話吧。說是這樣說，可是身為統治者，或者該說最高主宰的人，平常都跟部下聊些什麼啊？）

安茲回想自己跟公司上司的日常對話，不知道講那些話題適不適當。安茲是納薩力克地下大墳墓的最高統治者，不是企業的董事。真要說起來比較接近會長。

（不，會長好像也不太對……話說回來，比方說那個王國的國王，都會跟葛傑夫·史托羅諾夫講些什麼話題呢？真希望能參考一下。）

話雖如此，現在想這些都沒有用。繼續這樣一語不發地前進，氣氛也太僵了。安茲不管三七二十一，講出了想到的話題。

「……娜貝啊……話說妳覺得我這聲音如何？」

安茲用食指按了按自己的聲帶，更正確來說，是本來該有聲帶的位置。他用金屬手套按住護喉部位，本來應該只有金屬的觸感，但護喉底下卻傳來有彈性的感覺。同時還有一種喉嚨濕潤的不協調感。

「恕我直言，我覺得這聲音不是很好聽。並不是這個聲音很怪，而是我覺得還是平常的飛飛大……先生的聲音比較悅耳。我明白飛飛先生有您的苦衷，但我不免還是希望您能恢復成原本的聲音。」

「是嗎。我倒覺得這個聲音滿有磁性的，還不錯啊……這是尼羅斯特從大約五十人當中選出的聲音，我覺得有種難以言喻的魅力。」

安茲冷不防想起自己聲音的錄音聽起來是怎樣，小聲發出呻吟，不過精神馬上穩定了下來。

「是這樣嗎？我比較喜歡飛飛先生平時的聲音。」

「謝了，娜貝。不過話說回來，沒想到我也能裝備這個……」

不知道她是講客套話還是真心話，安茲一邊心想，一邊再次戳了戳喉嚨。可以感覺到黏在喉嚨上的生物——口唇蟲動了一下。如果是人類的話，應該會覺得癢癢的吧。

（純粹是我不知道，還是後來適用了更新檔之類的？不能保證缺乏這方面的資訊不會造成任何危險。不只是這個世界，就連ＹＧＧＤＲＡＳＩＬ的知識都得深入查證一番，真是棘手。）

遊戲廠商希望ＹＧＧＤＲＡＳＩＬ的玩家能夠享受未知的樂趣。他們希望玩家可以多方嘗試，所以製作公司才會準備了龐大的遊戲資料，以及可做各種調整的系統。

於是，真正的未知在玩家面前擴展開來。

關於地圖沒什麼像樣的資訊，迷宮以及各方面的知識——礦石的開採方式、食材或可飼養的魔獸等等——也都很不貼心地沒提供任何資訊。在這樣的世界裡，一切都必須自己調查。說得明白點，就連什麼可以裝備，什麼不能裝備，都得由玩家們自行重複嘗試錯誤。

的確也有攻略網站或是情報網站。但那些網站公布的資訊，大多只是統整眾所皆知的情報，要不然就是可信度極低的小道消息。因為ＹＧＧＤＲＡＳＩＬ是探索未知的遊戲。到手的情報都很寶貴。把這些寶貴情報免費向陌生人公開沒有半點好處。

基本上，可信情報只有靠自己的公會獲得的，或是與值得信賴的公會交換得到的情報。其餘的盡是些派不上用場，沒有價值的情報。

甚至還有一段時期，常常可以看到有人寫下「我脫離公會了，現在公開自己公會的祕密情報」這種令人懷疑的留言。

（哎……雖然其中也有真正的情報就是了。）

曾經有個公會叫做「烈焰三眼」。

那是會員登錄制付費情報網站的站長們成立的公會，會進行派出間諜潛入高階公會盜取情報的惡劣行徑。然而，營運公司不認為這是「惡劣行徑」。他們默認這種手段為一種獲得情報的方式。但這種講法可無法說服情報遭竊的一方。

怒不可遏的高階公會組成了聯盟（Alliance），對「烈焰三眼」發動襲擊。聯盟在公會總部與城鎮的神殿等復活地點堵人，對公會成員發起ＰＫ，重複進行一復活馬上ＰＫ的堵門口行為。結果逼得「烈焰三眼」分崩離析，成員也紛紛逃逸。

最後他們將自己的情報網站完全免費公開，如今成了一段令人懷念的回憶。

（雖然「安茲．烏爾．恭」沒有間諜……但如果沒發生那件事，也許成員會增加更多也說不定……）

那件事造成「安茲．烏爾．恭」不再有新成員加入，僅有四十一人，成了高階公會中成員人數最少的一個。

說不定在ＹＧＧＤＲＡＳＩＬ的晚期，也有過資訊可信度極高的網站。但安茲只有在「安茲．烏爾．恭」的全盛期、黃金時期才常逛那些網站，密切注意新消息。那時候派得上用場的情報還很少。

（我的知識有可能還停頓在那時候。雖然我也有在注意營運公司的更新檔消息……這個世界除了我以外，一定還有其他ＹＧＧＤＲＡＳＩＬ玩家。得考慮到情報方面輸給他們的危險性。）

將「八指」納入旗下之後，安茲一口氣彙集了納薩力克附近地區的知識。其中包括了王國與帝國的大量情報，現在正在有效活用。只是聖王國、教國與評議國的情報很少，今後必須謹慎收集這方面的情報。

「傷腦筋，越想越不安。差不多想來點正面的話題了。」安茲講到這裡頓了頓，隨意環顧一下周圍。「話說回來，帝國真有活力啊。」

「是這樣嗎？我覺得跟耶・蘭提爾差不多啊。」

聽娜貝拉爾這樣說，安茲再度環顧周圍。

「街上充滿活力，行人眼中散發光彩。這是相信自己的生活會越來越好的人，才會有的氛圍。」

「真不愧是飛飛先生。」隔了一小段距離跟在後面的娜貝拉爾說，但安茲自己講著連自己都害臊起來，沒回答她。他只是有這種感覺而已，至於是否真是如此，他對自己的眼光並沒有自信。

（又不是受潘朵拉・亞克特影響……還氛圍咧。講這種裝模作樣的話都不害臊……以為自己是詩人嗎！）

在王都時，必須在某種程度上像個英雄般行動，所以那時安茲照著想像扮演了英雄的角色，看來好像還沒從角色中跳脫出來。

頭盔底下的臉龐因為些微羞恥而染紅——當然骷髏的臉是沒辦法變紅的——此時安茲看到夫路達告訴自己的旅店就在前面。

那是帝都最高檔的旅店，遠遠望去也能看出其豪華程度在耶‧蘭提爾的最高檔旅店之上。話雖如此，這只是就旅館功能而論的感想，如果王都的旅店是歷史悠久的高級旅館，帝都這家就是新開張的高檔飯店，哪一家比較好恐怕是因人而異。

「好吧，不進去看看不知道，不過應該錯不了了。」

安茲稍微擦拭在胸前搖晃的精鋼級證明，往旅店門口走去。

跟耶‧蘭提爾一樣，旅店門口站著身穿皮甲，身強力壯的警備兵。男人們一看到安茲與娜貝穿過拱門走進來，便對兩人投以狐疑的視線。然而當他們看到一個東西時，立時睜大了雙眼。

「千……千真萬確嗎？看那身精良的裝備似乎不假……」

他聽見對方悄聲詢問同伴。

安茲走到難掩緊張神色，立正不動的警備兵面前時，對方用極度緊張的語氣彬彬有禮地詢問：

「恕我冒昧，精鋼級冒險者大人。失禮了，可否讓我看一下您的證明？」

安茲將證明牌從脖子上拿下來問道：

「這家旅店拒絕生客嗎？」

「是的。為了維持本旅店的格調，很遺憾地，我們的確婉拒沒有熟客介紹的旅客住宿。不過，精鋼級冒險者大人當然例外。」

一名警備兵將雙手在衣服上抹了抹，深深鞠躬，然後像碰易碎物品般小心接過證明牌。接著他翻到背面，念出寫在背面的文字。

「漆黑……飛飛大人嗎？」

「對。」

「確認無誤！謝謝您的精鋼級證明！」

警備兵還是一樣，小心翼翼地把牌子還給安茲。顯示冒險者地位的牌子，是以與地位名稱相同的金屬製成，精鋼級的這塊小牌子本身就已經是一大筆財富了。由於精鋼是非常堅硬的金屬，因此就算掉在地上也不可能刮傷，但萬一搞丟了，可是得付出巨額賠償的。歸還金牌時，被克蘭培拉特——一種類似烏鴉的鳥——從旁搶走或是類似的事件層出不窮。

這不是為了提醒大家小心處理昂貴物品而掰出的故事。而是真實案例。

安茲接過牌子後，兩人如釋重負，一眼就能看出他們鬆了好大一口氣。

「那麼讓我進去吧。」

「是，飛飛大人。由我帶您到櫃台。」

「是嗎，麻煩你了。」

王國沒有小費制度。不知道帝國是否也一樣。安茲讓一名警備兵帶路，漫不經心地想著這些事。

進入旅店，穿過地板應該是以大理石鋪成的入口大廳，直接前往服務櫃台。

「我帶精鋼級冒險者飛飛大人以及他的同伴來了。」

坐在櫃台裡的文雅男士對警備兵使了個眼色後，警備兵對安茲畢恭畢敬地行了一禮，就回自己的崗位去了。

「歡迎您，飛飛大人。對於您在帝都逗留期間選擇了我們的旅店，我在此致上最深的謝意。」

櫃台人員對安茲深深鞠躬。

「不，不用在意。先讓我住一晚吧。」

「好的。那麼可以請您在這本住宿登記簿上簽名嗎？」

安茲在頭盔底下得意地笑，拿起筆寫字。

他簽下用王國語練習過幾十遍的名字「飛飛」。

「謝謝。您要訂什麼樣的房間呢？」

安茲個人並不介意住便宜房間。但一如平常地，他不能這樣做。

（反正又不能吃，其實我光住宿不附餐也無所謂啊。）

安茲想起這個世界的各種餐點。

發出甜香的綠色濃稠果汁水、看似炒蛋的粉紅色食物、淋上藍色液體的肉片。每一樣都刺激著他的好奇心，但就是不能吃。

（……性慾、食慾、睡眠慾。變成這個身體雖然有很多好處，但也失去了很多東西，真可惜。話雖如此，如果我還保有肉體，很有可能會沉溺於肉慾……）

安茲想像著自己與雅兒貝德共睡一張床的模樣，表情略為扭曲。

因為他想到上司對公司女性下屬性騷擾——甚至更過分的事。

（雖然雅兒貝德好像愛著我……心情真複雜。要是那時候沒那樣做就好了……不好！）

「抱歉，給我們一間適合我們的房間就行了……對了，也可以用王國金幣支付，而不用交易共通金幣嗎？」

「可以的。王國金幣與帝國金幣本來就是一比一。」

「這樣啊，那就麻煩你了。」

「好的，那麼我們會為飛飛大人準備一間適合的房間。可以請您先在酒吧間稍等片刻嗎？」

安茲望向每張椅子間隔十分寬敞，充滿高級感，大約可坐五十人的酒吧。那椅子坐起來應該很舒服。吟遊詩人（Bard）正演奏著沉靜的樂曲。

「那裡的飲食全都免費，請到那裡放鬆一下。」

付的錢越多服務就越好，這在哪個世界都是一樣的。只是對於這種服務，安茲一點都開心不起來。

「知道了。那麼娜貝，我們走吧。」

安茲帶著娜貝拉爾進入酒吧，就近找了椅子坐下。

酒吧間裡另外還有幾個客人，看起來幾乎都是冒險者。

高階冒險者一次工作就能收到巨額報酬，生活水準當然也跟著上昇，住起這種旅店不當一回事。

這點大概在哪個城鎮都是一樣的吧。無論在王都或是耶．蘭提爾也都是這樣。

安茲檢查一下，確定掛在脖子上的精鋼級牌子能夠讓人清楚看見。成為這些客人的話題以提昇知名度也不錯。

安茲一邊感覺到自己受到注目，一邊翻開放在面前的酒單。

（看不懂……）

他隨便翻翻。明知一定看不懂卻還是翻開酒單，是為了盡量避免引人懷疑。

安茲有把借給塞巴斯的解讀道具帶來以防萬一，但不能在這種地方拿出來慢慢用。

「塞巴斯……琪雅蕾是嗎。」

想起部下的臉，他輕聲說出聯想到的女性名字。

「那個女人怎麼了嗎？」

「啊，沒有，沒什麼。只是在想她適應得如何。」

雖然琪雅蕾的事都交給塞巴斯管，但既然說好要保護她，身為經營人士就應該多留心她這名員工的狀況。

「我想不會有問題的。目前……女僕長正在禁閉反省，所以是由塞巴斯大人陪著，教她女僕的職務。學會某種程度的禮儀後，再來就是學習烹飪與其他職務，確認了她適合什麼工作之後才會正式上任。」

「這樣啊。好吧，交給塞巴斯應該沒問題。還有……差不多可以解除兩人的禁閉了吧……雅兒貝德應該也氣消了。」

娜貝拉爾沒有回答，只是輕輕低頭。

大概是看兩人談話告一段落，服務生靜靜走來。

「決定好要點什麼了嗎？」

「我要冰馬卡堤亞。娜貝妳呢？」

「我也要一樣的。」

「點妳喜歡喝的沒關係喔。」

「不了，我也想點一樣的。啊，我那杯請多放點牛奶。」

「好的。」

服務生深深鞠躬後靜靜離去。

馬卡堤亞是安茲在耶・蘭提爾的旅店經常看到的飲料，顏色像是拿鐵咖啡。味道聞起來也很像，但安茲另外有看到拿鐵咖啡與普通咖啡。順便一提，安茲不知道它是什麼味道。不用說，因為他不能喝。雖然他有試著喝過，但全都從下巴漏了出來，又喝不出味道，說有多慘就有多慘。

但他還是點了這個，因為這種飲料好像只有高檔店才會販賣，他想應該比較適合這種場所。

安茲一邊擦掉不會流的汗，一邊對娜貝拉爾提出理所當然的問題。

「……娜貝，馬卡堤亞喝起來是什麼味道？」

因為他知道娜貝拉爾有喝過，所以才這樣問。

娜貝拉爾稍微想了一下。如果問一個人咖啡是什麼味道，他在想要怎麼解釋才能讓對方聽懂時，應該就是這種表情吧。

「這個嘛。很像雪克冰咖啡。只是它帶有一點像煉乳的味道，我不太喜歡。」

「……這樣啊。好像很好喝。」

（雪克？沒聽過這種飲料，說不定也是這個世界特有的飲料。）

「我覺得只是還可以。」

安茲隨便應了一聲時，飲料送來了。

「別介意我，妳喝吧。因為兩個人都不喝太奇怪了。」

因為在王國已經習慣不拿下頭盔的生活，因此安茲完全忘了飲料送來還不拿下頭盔很不自然，泰然自若地說。

「謝謝您。」

「那妳喝沒關係，邊喝邊聽我說吧。總之我打算在帝都參觀個兩天。聽說中央市場的商品種類豐富，相當驚人，光是走走逛逛就很有趣了。再來是北市場，聽說那裡是以販售魔法道具為主的市場，冒險者經常會去逛。」

這方面的情報都是受安茲支配的「八指」提供的。他們還提供了很多地下世界的資訊，但安茲本身沒打算介入那方面的事，所以資料都是隨便看看。

「差不多第三天再到冒險者工會去吧。如果可以，我想認識一下帝國的精鋼級冒險者，但如果沒辦法，就接個短期結束的簡單工作，賣個知名度好了……根據預定，若能在七天內離開這裡就很好了。妳有什麼提議嗎？」

沒喝飲料默默聆聽的娜貝拉爾搖搖頭。

2

帝都是帝國權力的結晶，這裡有許多令人嘆為觀止的光景，其中有一個，來到帝都的人大多會嘖嘖稱奇。那就是——幾乎所有道路都鋪了磚瓦或石頭。

這在鄰近諸國可是看不到的——除了比這裡更先進的教國之外。當然，並不是全帝國的所有都市都有這種設備。即使如此，只要看到帝都就能知道帝國的雄厚潛力，這令鄰近諸國的外交官大為感佩。

尤其是中央馬路。它與公路直接相通，是帝都的一條大道，跟一般馬路一樣，正中央供馬車或馬匹通行，兩側則是人行道。

不同之處在於馬路與人行道的界線設置了小型護欄，並有高低差以確保行人安全。馬路兩側豎立著路燈，晚上會亮起魔法光。還有許多騎士巡邏注意周邊安全等等。

在這帝國治安最為良好的道路上，一個嘻皮笑臉的男人，愉快地哼著歌，步履輕盈地走著。

男人的身高大約一百七十五公分上下。年齡在二十歲左右吧。

金髮碧眼，還有曬黑的健康膚色，男人的這種外貌在帝國並不稀奇。

他長得不算美形，屬於容易埋沒於群眾中的平均相貌，但隱約散發出一種吸引人的魅力。那像是來自於臉上微微浮現的快活笑容，也像來自充滿自信的大方舉止。

每當他擺動手腳，乾淨得沒有一點汙漬的上等服裝底下，就傳來鎖鏈互相摩擦的細微聲響。反應敏銳的人應該能聽出那是鍊甲衫(Chain Shirt)發出的聲音。

腰際左右兩側各佩著一把劍，長度跟短劍差不多。握把部分以護手甲完全包覆，刀鞘不是什麼精緻的物品，但至少看起來並不廉價。而腰部後方掛著毆打用的釘頭錘，還有突刺用的破甲劍。

攜帶一、兩種武器，在這個世界算是理所當然的。但很少有人會同時備齊突刺、揮砍與毆打三種攻擊手段。

有知識的人，會把他看作是冒險者。更有知識的人，想必會發現他脖子上沒有冒險者平時配戴的牌子，而看穿他的真正身分是「工作者」。

工作者，指的是脫離冒險者行列的一群人。

冒險者的工作是由工會承接、調查，再分配給適合等級的冒險者。換句話說，一份工作的性質是否正當，工會一開始就會調查清楚。因此，工會會回絕危險的工作——威脅到市民安全或是與犯罪相關的行為。視情況，有時甚至會與委託人為敵。例如搜集毒品原料植物的工作，工會就會全力加以阻止。

還有破壞生態系平衡的工作，工會也會加以拒絕。例如說，工會絕不會主動殺害立於某座森林生態系頂點的魔物。這是為了避免殺死牠造成生態系失衡，導致其他魔物離開森林範圍。當然，如果生態系頂點的魔物自己離開森林，侵犯人類的生活圈，那又另當別論了。

換句話說，冒險者有點像是正義的夥伴。

只是，推動世界運轉的不可能總是漂亮事。

可以想像有些人是為了金錢之類的好處，才願意做危險的工作。也有人只是單純喜歡屠殺魔物。

這些人——不追求身為冒險者的光明面，而是渴望黑暗面的人們，他們是脫離冒險者行列的一群人。人們帶著嘲笑與警戒，稱這些人為工作者（Worker）。

然而，若是說所有工作者都是這種貨色，卻又並非如此。

比方說——某個村子有個少年受了重傷，一個偶然造訪村子的冒險者使用治療魔法免費替少年療傷，是對是錯？

答案是錯的。

工會規定冒險者必須收取公定費用，不可以免費使用治療魔法。

一般來說，治療魔法是由神殿負責，病人要捐款才能請神殿施法。如果冒險者無視這一點免費進行治療，會搶了神殿的飯碗。

為此，神殿向冒險者工會提出強烈聲明，要求工會禁止這種行為。

如果不能接受這種規定，就只能成為工作者了。

這樣聽起來，會覺得神殿好像很黑心，但正是因為使用魔法獲得收益，神殿才能不用干涉政治，純粹為人們服務。而且培植神官、驅除不死者、開發新種治療魔法，讓人們能過得更幸福、安全，也都得靠這些捐款。

如果冒險者免費使用治療魔法，神殿恐怕會更流於世俗，理念也會漸漸變質。

任何事情都有表裡兩面，工作者也不例外。正因為他們有時候為了錢而濫捕生物，才能做出廉價藥品，使人們受惠。

從事工作者這一行的男人——赫克朗·塔麥特的臉軟綿綿地笑起來。

「要買什麼好咧？」

想要的魔法道具多得數不清，總之第一優先是防禦系的道具。然後還有一個。雖然是另一件事，但他另外有個想要的東西。

「那筆錢另外存起來……用剩下的錢買冒險時用得上的魔法道具吧。嗯？順序好像搞反了？應該是先買魔法道具，有剩的話才用在那邊。」

赫克朗抓抓頭。

這樣一來——

「做為前衛應該加強魔法抵抗，或許差不多可以動用存款了。不，考慮到今後可能繼續在卡茲平原撲滅不死者賺錢，為了提防屍毒，也許應該選購加強毒素、麻痺或疾病抵抗力的道具比較好。」

魔法道具價格非常昂貴，尤其是冒險者買來用在戰鬥上的道具特別貴。如果是絕無僅有的獨特道具，更是貴到赫克朗高攀不起。

總之，赫克朗想要的道具不至於那麼貴，但還是相當於一般人必須長年工作賺取的薪資。要買這麼昂貴的東西，當然必須慎重考慮。

滿心期待購物的他，與站在路邊的騎士四目交接的瞬間，馬上繃起了鬆弛的表情。

重裝甲騎士與輕裝甲騎士的二人組站在街角，正在監視周邊狀況。

大家都知道這附近有著四大神的神殿，戒備特別森嚴。雖然不至於把一般行人突然抓起來問話，但赫克朗感覺得到，騎士們的視線開始集中於他腰際的武器。

冒險者也就算了，他這種沒後盾的工作者，實在不樂意與維護帝國治安的騎士起衝突。

上天保佑，騎士們比對了一下手上的通緝令，沒叫住赫克朗，他就這樣通過神殿林立的區域。

做過幾件虧心事的赫克朗放下心來，視線望向遠方，只見道路前方遠處有一棟獨特的建築物。同時，歡呼聲乘風傳來——聽得見類似嗜血戰吼的吶喊。

那棟獨特的建築物，正是整座帝國當中也只有帝都才有的大競技場。是帝都內相當熱門的觀光景點。

用不著特地跑到那種地方，工作時血也已經看得夠多了，而且他對賭錢也沒興趣，所以那種地方可說與他無緣。不過，這畢竟是帝都最大的一項庶民娛樂——貴族之類的階級都是欣賞戲劇。既然歡呼聲遠遠傳到這裡，可見今天一定又是座無虛席。

「聽觀眾這麼興奮，是正式決賽嗎？」

赫克朗率領的工作者小隊，也曾經為了工作出場，與多數魔獸進行連續戰鬥。由於對付魔獸，投降是沒用的，因此敗北就等於死亡。當然，人類之間的對戰也會出人命。競技場一整天的活動下來，很少有不出人命就結束的。不，應該說人死得越多，觀眾就越興奮。

而死最多人的表演當中，最受歡迎的是鬥技大賽。

赫克朗聳聳肩膀。

他已經完全失去了興趣，他可不想連放假都要去看那種血腥戰場。只是他腦中還會想著競技場的事，是因為競技場的表演在各種場合都能成為很好的話題。

（雖然不想再進競技場了，不過回去之後問問別人今天表演的內容也不錯。）

赫克朗將這件事記進心裡的記事本後，繼續走在許多商店林立的路上。不久，就看到前方有塊寫著「歌唱蘋果亭」的熟悉招牌。

那是一家酒館兼旅店，據說起初是一群使用蘋果樹製成的樂器的吟遊詩人，湊在一起成立了這家店。外觀雖然老舊，內部裝潢卻意外地堅固而清潔。牆上不會有縫隙讓風灌進來，地板也擦得亮晶晶的。雖然住宿費的確不便宜，但還不至於付不起，對赫克朗他們，不，對工作者來說，這裡可以說是最上等的旅店。

跟帝都的頭等旅店相比之下，的確樣樣都不如人。但那種場所適合光明磊落的冒險者，卻最不適合工作者。

首先，找上工作者的委託經常是些不討喜的工作。為此，人群進出相當顯眼的場所，會讓委託人裹足不前。但如果因此而拿治安差的地方當據點，又可能惹麻煩上身。

再來是好幾支工作者小隊都用這裡當據點，使得「歌唱蘋果亭」這種旅店受到委託人的歡迎。這是因為工作者不像冒險者有工會，委託人必須靠自己的門路找到工作者。這時候，如果工作者分散在各個地方，對委託人來說會很麻煩。

還有一個對工作者而言的好處，就是住在同一間旅店可以彼此增加親近感，避免互相殘殺的委託。最後是最為重要的理由——就是這裡的飯菜好吃。

希望可以吃到他最喜歡的豬肉濃湯。他一邊想像著今晚的餐點一邊走進大門。

他抱著這種想法走進旅店時，聽到的既不是同伴的「你回來啦」也不是「辛苦了」。

「——所以我就跟你說！我不知道！」

「不不，您這樣推託我很困擾啊。」

「我不負責照顧那個女孩，也不是她的家人，怎麼可能知道她跑去哪裡了啊。」

「妳們不是同伴嗎，不可能只因為妳一句不知道，我就摸摸鼻子走人吧，這是我的工作啊。」

在旅店一樓，酒館兼餐廳的正中央，一對男女正在大眼瞪小眼。

那個女人他再熟悉不過了。

眼神凶惡的臉龐沒有一點脂粉味。這名女性最吸引目光的地方，就是比一般人長上許多的耳朵。不過也只有森林精靈（Elf）的一半程度，沒錯，她的種族就是半森林精靈（Half Elf）。

森林精靈這種生物的體型比人類更纖瘦，而看到她的肢體就知道她也繼承了這種血統，整個人顯得相當纖瘦，胸部與臀部完全沒有女性特有的渾圓感。看起來就像嵌了鐵板，光以體格判斷，就算近看也可能一時間誤認為男性。

她身上穿著緊身皮甲。平常裝備的箭筒與弓箭沒帶在身上，武器只有佩在腰際的短刀。

她的名字是伊米娜。是赫克朗的同伴之一。

不過，與伊米娜面對面的男人他不認識。

男人雖然不停鞠躬哈腰，眼神裡卻沒有絲毫道歉之意。不只如此，還混雜著令人厭惡的色彩。不過好歹擺出了客氣的態度，看來還算有點腦筋。

男人的手臂與胸膛都長滿結實的肌肉，光是站在面前就會給人威嚇感。這人動手打起人來大概不會有任何猶疑，但是對付伊米娜靠臂力是沒用的。

這是因為伊米娜雖然看起來纖弱，實力卻是一流，能夠輕易宰掉對自己本事有點自信的小混混。

「所以我就一直跟你說！」

聽見火冒三丈的尖銳聲音，赫克朗急忙插嘴。

「妳在幹嘛啊？伊米娜。」

聽到赫克朗的聲音，伊米娜這才注意到他，轉過頭來。然後露出驚訝的表情。

她這個知覺敏銳的游擊兵(Ranger)似乎講話講到忘我，沒察覺到赫克朗的存在。這證明了她有多激動。

「……你誰啊？」

把赫克朗視作不速之客的男人，用恫嚇的聲音問他。這人目光犀利，散發出隨時可能動手打人的氛圍。只不過對於經常與凶惡魔物對峙而存活下來的赫克朗而言，這點小伎倆只會讓他苦笑。

「……我們的領隊啦。」

「喔喔喔，這可真是太好了。您就是赫克朗‧塔麥特吧，久仰大名。」

男人表情倏然一變，堆起了笑臉，引起了赫克朗少許厭惡感。

赫克朗不知這個男人是為何而來，但他可是來到了這家——赫克朗等人充當據點的——旅店，不太可能不知道赫克朗是誰。

剛才那種恫嚇聲調，很可能是用來估量赫克朗有多少斤兩。只要赫克朗對男人的威脅稍微顯露懼意，他一定會繼續盛氣凌人地開始談判。

在工作者與冒險者當中，也有人不把宰殺魔物當一回事，遇上人類卻會頓時畏縮起來。只不過這種人大多只是先退一步，如果被逼急了還是會動武，甚至會要對方的命。

（才剛見面就想當老大威脅我啊……這傢伙……我不喜歡這一型的。）

這的確也是一種交涉技術，赫克朗也明白這是很正常的技巧。但赫克朗不喜歡這種勾心鬥角。他喜歡表裡如一，直來直往的談話。

「……很吵耶。這裡是旅店，還有其他客人在。可不可以不要在這裡鬧。」

說是這樣說，周圍並沒有半個客人，甚至連店員都不在。

他們並不是躲起來了，因為對工作者來說，這點程度的糾紛只能當成下酒菜。真的只是湊巧沒有半個人在。

赫克朗瞪著男人的臉。足以與祕銀級冒險者匹敵的戰士眼光，男人根本比不上。男人像面對魔獸那樣，顯露出畏怯之意。

「不，不，不，雖然很抱歉，但我也有我的理由。」

男人多少降低了音量，但還想繼續說下去。被赫克朗瞪著，還能堅持自己的想法，從事的肯定是使用蠻力的行業——尤其是暴力方面。

（這種人到底跑來這裡做什麼？）

赫克朗的確在做些不正經的工作，但他根本不認識這種男人，也沒理由讓對方擺出這種態度。而且他也不像是要委託工作。

困惑的赫克朗決定讓眼光和緩點，直接問當事人。

「……到底有什麼事？」

「沒有啦。我只是想跟塔麥特先生認識的菲爾特小姐見個面。」

說到菲爾特，赫克朗腦中只想得到一個人。

赫克朗不覺得她會跟這種男人有什麼關連，因為她是與赫克朗一同度過無數生死關頭的同伴。既然如此，想必是遇到麻煩了。

「愛雪？她怎麼了嗎？」

「愛雪……對，沒錯。因為我們都只叫她菲爾特小姐，所以一時沒反應過來。呃，就是愛雪・伊福・利爾・菲爾特小姐。」

「所以，你找愛雪幹什麼？」

「沒什麼啦，只是有點話要跟她講……這話得私下談，所以才想問問，她大概什麼時候回來——」

「我哪知道！」

赫克朗毫不客氣地打斷對方。看他講得這麼果斷，男人差點沒翻白眼。

「所以，你講完了嗎？」

「真……真沒辦法。那我在這裡等一下……」

「給我滾。」

赫克朗用下巴往門口比了比，他這副態度讓男人再度傻眼。

「我就明說了。我實在看你不爽，我無法忍受你這種人進入我的視線範圍。」

「這裡是酒館，我……」

「對啊，的確是酒館沒錯，也是酒鬼常常大打出手的地方。」赫克朗對男人不懷好意地笑著。「不用那麼緊張，安啦。就算別人幹架正好打到你，讓你受了重傷，我們這邊也有個會用治療魔法的神官，只要付錢就幫你治療。」

「要多收一點喔，不然神殿會囉嗦的。我可不想被神殿的暗殺者追殺。」伊米娜臉上露出壞心眼的邪笑，從旁插嘴道。「不過還是多少給你打點特別折扣好了，你也會感謝我們吧？」

「——聽到了嗎？」

「你們想威脅我……」

男人話講到一半中斷了，因為他看到眼前赫克朗的表情急遽一變。

赫克朗突然往他踏出一步，逼近到視野中只能看見對方臉孔的距離。

「什麼，威脅？你說誰？在酒館幹架不是什麼稀奇事吧，我是好心給你忠告，卻說我威脅你？你是……想找碴嗎？」

赫克朗雙眉之間青筋暴突，他的臉孔完全是個歷經無數生死危機的男人。

受到震懾的男人後退一步，還死不服輸地嘖了一聲。然後他慌慌張張地往門口走去，雖然拚命佯裝鎮定，但一看就知道他是被嚇跑了。走到門口時，他轉過頭來對赫克朗與伊米娜怒吼著丟下一句話：

「告訴菲爾特家的女兒！期限已經到了！」

「啊？」

赫克朗低吼般的聲音，讓男人連滾帶爬地逃出了旅店。

大聲嚷嚷的男人消失之後，赫克朗一下子恢復了原有的表情。那變化大到就算說是一種表情藝術，別人也會相信。實際上，伊米娜就對他報以小小的掌聲。

「所以，到底是怎麼回事？」

「搞不懂。因為他跟我講的，跟他剛才對你講的完全一樣。」

「哎呀，早知道就應該再問清楚點了。」

他懊惱地抱著頭。

「等愛雪回來再問她就好啦。」

「……可是啊，我不太想管人家私事耶。」

「呃，好吧，這我明白。但你是領隊嘛，加油。」

「那我動用領隊權限，請同樣身為女性的伊米娜問她。」

「饒了我吧，我也不想問。」

兩人都露出苦笑。

作為冒險者或工作者的共識，有幾種行為是不能做的。

首先，不可以調查或是試著問出對方的過去。

再來，不可以毫不隱藏地暴露出自己的過剩欲望。

由於很多人是出於欲望才當工作者的，就某種程度而言，這是無可厚非的。但若是表現得太露骨，可能會讓小隊無法正常運作。比方說每天都嚷著要錢的同伴，在處理大筆金錢的工作，或是維護不能洩漏的重要機密時，其他人信得過他嗎？有人敢跟整天想找異性上床的人睡同一間房間嗎？大家冒著生命危險踏入險地時，都得互相依靠。小隊必須要隨時維持最低限度的信賴關係。

擺明惹上麻煩的愛雪，等於在信用上有了大瑕疵，這絕非能敷衍了事的問題。

冒著生命危險工作的他們，不能留下任何一點不安因子。

赫克朗搔搔頭，同時不忘露出明顯不情願的表情。

「沒辦法了，等她回來就問問吧。」

「拜託你嘍～」

伊米娜笑著揮揮手，赫克朗兩眼直瞪著她。

「妳在推卸什麼，妳也要一起問啦。」

「什麼～」伊米娜一臉不情願，但看到赫克朗表情完全沒變，只好放棄。「真沒辦法，希望事情不要太沉重就好了……」

「所以，她現在去哪了？」

「咦？喔，去收集那件工作的內幕之類的情報了。」

「那不是我跟羅伯的工作嗎？」

當赫克朗他們撲滅完卡茲平原的不死者，回到帝都休息時，來了一件新的委託，這件委託對他們小隊而言還算不錯，所以大夥兒打算接受，但要先做事前調查。

他們事先說好，由口才最好的羅伯戴克負責調查委託人的底細以及找上他們的原委，赫克朗則去帝國行政窗口——撲滅卡茲平原的不死者是國營事業——收取撲滅不死者的報酬，然後直接從其他方向跟羅伯戴克調查同一件事。

伊米娜與愛雪本來應該待在這裡等候指示。

「不只如此，她還要調查目的地周邊的歷史與狀況。」

原來如此，赫克朗點點頭。雖說愛雪從帝國魔法學院中輟，但至今仍然保有某種程度的門路。如果是收集學術知識，沒有人比她更勝任，而且她也有可能去魔法師工會找資料了。

「所以她才會跟羅伯一起四處奔波，畢竟羅伯也有一定程度的知識，還有神殿相關的門路嘛。那你那邊怎麼樣了？」

「關於這件事嘛。」赫克朗邊說邊坐到椅子上，壓低音量。

「我可以理解對方為什麼要僱用工作者，應該說那個地點沒辦法僱用冒險者。不過，委託人也說過他還有找其他小隊，這應該是真的。」

「真的要跟其他人合作？雖說那是沒人進去過的遺跡，但委託人是不是認定可以賺到很大的利潤啊。」

「我問的那支小隊——就是格林漢他們，他也是這樣說的。『沉重粉碎者』好像準備接下，我們也得在明天之前決定接不接才行。」

他們只是聽了委託內容，還沒答應承接。雖然明天之前答覆就行了，但如果要接，還有各種準備要做。

「然後在這時候冒出個糾紛……有關聯性嗎？」

「是有可能其他小隊看到有賺頭，就採取了行動，不過還是要聽愛雪怎麼說才能判斷。如果有其他小隊在背後搞鬼，是不要接比較好，還是說，要做好跟對方大打出手的心理準備硬接下來？」

「當然是大打出手嘍。被人家找碴，就應該打到對方滿地找牙，讓他不敢再惹我們。」

「好偏激喔。」

伊米娜的性子比看起來更烈，不過赫克朗也覺得伊米娜的提議有理。

雖然不至於被看扁就不用混了，但確實會有損聲譽。這對於有一半以上踏入黑社會的工作者來說，是必須避免的狀況。

當他眼中蘊藏著堅毅的光輝，靜靜點頭時，酒館響起沉重的木頭摩擦聲。兩個人影從大開的店門走進旅店來。

「——回來了。」

「我們回來嘍。」

先是低吟般的女孩聲音。隔了一拍後，才傳來文質彬彬的男人聲音，想必是為了不讓自己的聲音蓋過女孩輕柔的音量。

先走進來的是個有點瘦弱，還足以稱為少女的一名女性。

看起來應該在十五歲以上，不滿二十歲吧。亮麗的秀髮齊肩剪短，五官非常端正。與其說是美人，應該說是氣質美女。只是整體呈現出一種人偶般的冰冷。

她手上握著跟自己個頭差不多高的鐵棍，鐵棍上刻著無數看似文字又像符號的紋路。穿在身上的是寬鬆的長袍，底下是多少具有防禦效果的厚實衣物，一看就知道是個魔法吟唱者（Magic Caster）。

男人身穿全身鎧（Full Plate）——倒是沒連全罩式頭盔都戴起來——外面再套上繪有聖印的鎧甲罩袍。腰際掛著流星槌，脖子上掛著與鎧甲罩袍圖案相同的聖印。

臉龐輪廓雖然健壯而粗獷，不過頭髮剃得很短，只留了點修得整齊的小鬍子，給人爽朗的印象。外貌看起來大約三十來歲。

他們就是赫克朗其餘的同伴，愛雪．伊福．利爾．菲爾特與羅伯戴克．戈爾特隆。

「喔，你們回來啦。」

該說是時機正好還是時機不巧呢，赫克朗語氣僵硬地回答兩人。

「你們兩位怎麼啦？」

羅伯戴克用不像年長者的禮貌口吻向兩人問道。這出自他本身的人品，也是因為將對方視為與自己同等的工作者。

「沒……沒什麼啊。」

「就……就是啊，真的沒什麼。」

兩人眼神狐疑地觀察著赫克朗與伊米娜不住揮手的動作。

「呃，總之別在這裡說話，到那裡去談吧。」

停止無聊的耍寶，赫克朗表情嚴肅地指著店裡後方的圓桌。

「在那之前，先來杯飲料……喂，伊米娜。老闆呢？」

伊米娜一臉「怎麼現在才問啊」的表情對著他。

「……去買東西了，我看店。」

「真的假的啊。那怎麼辦？隨便找東西喝？」

「——我不用。」

「啊，我也不用了。」

「……是嗎？那麼，嗯……那就開始我們的『四謀士』會議吧。」

所有人原本的表情都消失了。他們稍微靠著桌子，將臉湊向其他同伴。縱使周圍沒有旁人，他們還是忍不住這樣講話，這已經是一種職業病了。

「首先確認一下委託內容。」

確定所有人的視線都聚集過來，赫克朗繼續說下去，語氣與剛才截然不同。該認真時就認真，這是身為領隊該有的態度。

「這次的委託人是弗梅爾伯爵，委託內容是調查王國國土內的遺跡——疑似地下墳墓的建築物。報酬先付兩百，完成後再付一百五十。這次委託罕見地訂金比尾款高，而且金額非常大。不只如此，根據調查結果還會追加獎金。不過，發現的魔法道具全歸伯爵。對方說發現者有權以市價的五折買下。寶石、貴金屬或美術品會先估價，然後五五平分。此外，委託人也有跟其他工作者小隊同時進行交涉，看情況可能會讓一支以上的小隊一同調查——這樣就證實了之前的講法。」

赫克朗把自己打聽到的情報講給愛雪與羅伯戴克聽，然後繼續確認委託內容。

「調查天數最長三天，內容是對遺跡進行多方面調查。最重要的是，遺跡內應該有魔物，要調查有哪些種類棲息等等。哎，就是一般性的遺跡調查吧。」

被遺棄的昔日都市遺跡等地經常成為魔物的巢穴，因此工作者的「調查」幾乎都可以稱作強行偵察。

「不過最重要的只有一點，那就是那裡好像是尚未被人發現的墳墓。」

一說出口的瞬間，現場氣氛全變了。

兩百年前，當魔神肆虐時，有幾個國家毀滅了。不只是人類的國家，也包括亞人類、異形類種族等國家。這些毀滅的國家有時隱藏著珍稀寶藏——魔法道具。發現這些寶藏可以說是冒險者與工作者的夢想。

因此，冒險者與工作者都在一直尋找未經探索的遺跡。而現在，這個遺跡就出現在他們眼前。

看到同伴們的雙眼都發出了光輝，赫克朗將話題交給收集情報回來的兩人。

「然後，來回的交通手段與待在遺跡期間的糧食由伯爵負擔，以上。好了，愛雪、羅伯戴克，說說你們調查到的內容。」

「——那我先說，弗梅爾伯爵在宮廷裡的立場不太穩，聽說鮮血皇帝對他很冷淡。不過也聽說他在金錢方面並沒有任何困境。」

「關於調查位於王國國土的遺跡，我與愛雪小姐查過，並沒有聽說那附近有遺跡，或是歷史上曾經有過都市。既然是墳墓，照理來講應該會留下一些情報……老實說，我不懂那裡怎麼會有墳墓。周邊地區只有一個小村莊，如果到那個村莊收集情報，也許能掌握到一點什麼，如何？」

「不行，對方要求我們盡量祕密行動。委託人說不用對目擊者做任何處理，也希望我們不要動手。」

「——當然了，那附近一帶可是王國的直轄領地，輕舉妄動就等於是與王國凡瑟芙王室為敵。」

正因為這次的工作是調查外國遺跡，幾乎等於是犯罪，所以才沒委託冒險者，而是找上工作者。

「也就是說，這是一般所謂的骯髒差事了，是吧？」

「是的。不過，也有一些敏感的問題。」

「說得沒錯。為帝國做事的工作者，要是在王國內亂來，一定會引發各種問題，搞不好還會波及到伯爵呢。」

「這樣的話，問題只剩下一個了。」

「就是遺跡情報的來源，對吧？」

「沒錯，怎麼想都有問題。」

「會嗎？那是在都武大森林附近對吧，會不會是開闢森林時發現的？」

「——很怪，妳看這個。」愛雪攤開地圖，在某個地點上畫圈。「確切位置不知道，不過應該在這附近。」

小巧的手指滑動著，然後敲了兩下。

「——然後這裡是村莊，但是相當小，說成村落比較正確。我不覺得那種小村落有力量開闢森林。」

「說得很有道理，小村子應該很難開闢危險的大森林……也有可能是王國做為國營事業開闢了森林，但這裡的地理位置沒什麼國家規模的好處，更何況根本沒有情報外流。」

四人抱頭苦思。他們不知道該不該接這次的工作。

因為沒有冒險者工會做為後盾，因此當然必須對工作進行詳細調查。一開始就要仔細調查委託人的底細、工作地點，然後探查委託內容，確定安全才能接下工作。即使調查了這麼多，還是常常惹上麻煩。

他們的工作是在賭命。一定要告訴自己再怎麼調查都不嫌多，不然是幹不了工作者這一行的。只要一嗅到自己與同伴解決不來的危險氣息，條件再好都得回絕。

「……金錢方面我確認過了，做為訂金支付的……」

赫克朗把一塊金屬板放在桌上。如果不接受委託，這塊板子必須還給對方，上面刻了各種細小的文字。

「——我把證券板拿去帝國銀行確認過了，已經全額付清。隨時都可以換成現金。」

證券板是由帝國營運的銀行擔保，類似支票的兌換板。

為了避免遭人偽造，證券板做得非常精細，缺點是辦手續要花時間，而且要收手續費，但優點多多。

其他國家通常是由冒險者工會處理這方面業務，不過在帝國是由國家擔保。

「這麼說來也不是陷阱了……好吧，其實收到這枚證券板時，我就覺得對方應該是認真的了。」

若是想設陷阱，應該沒必要支付這麼大一筆訂金當委託費——也說不定對方就是用這種手段讓人大意，但赫克朗根本不認識這個貴族，跟對方沒有任何過節。

「我……」

「暫停。伊米娜，我話還沒講完。我希望妳思考可以先柔軟一點。」

「好好好。那你告訴我。這份緊急工作有幾個疑點，比方說對方僱用了好幾支小隊，這是為什麼？」

伊米娜說得沒錯。考慮到與各小隊取得聯絡的時間，如果是緊急的工作，更不應該僱用一支以上的小隊，這令人費解。

「——原因不明。真要說起來，我們也不知道為什麼要急著調查。沒聽說伯爵的相關人士發生了什麼緊急狀況，也沒聽說幾天內要舉辦什麼典禮。硬要找理由，可能是怕遺跡被王國的人發現？——而僱用好幾支小隊是為了提高成功率？」

「我說啊，赫克朗。你在格林漢那邊沒問出個所以然嗎？」

「他怎麼可能跟我講那麼多啊！光是想問出委託人有沒有找上他，就費了我好大的勁，生怕洩漏我自己手上的情報呢。」

赫克朗聳聳肩，表示自己沒轍了。

「——其他還有一個可能性，就是有人與伯爵作對。」

「有可能喔。如果是這樣，會急著調查或是僱用很多人都說得通了。對了，對了。最近王國那邊好像發生了什麼大事，不過那件事似乎跟耶·蘭提爾附近的這座遺跡沒有直接關連就是……」

「這件事也講給我們聽聽吧，羅伯。」

「沒收集到多少情報，只是小道消息而已喔。」羅伯戴克先聲明，然後才含糊地講起在王都發生的重大事件。想收集到更多情報需要時間，但以目前所知又缺少可信度與情報。

「嗯～好像沒關聯，又好像有關聯。總之，愛雪說的可能性似乎最大。況且羅伯也贊成嘛。」

「假設是這樣……考慮到委託人打算多僱幾支工作者小隊，而且是在王國領土內的工作，會不會得跟王國正式委託的許多冒險者競爭？這麼一來，無論再怎麼在帝國領土內收集情報，可能也是白費工夫。」

「其他必須注意的，就是別的委託人僱用的小隊——內奸吧。我可不要在以為達成目的時，卻突然被自己人暗算。」

「內奸，或是冒險者。這樣的話，冒險者或許還比較好呢。至少可以跟他們好好交涉，不會把事情弄得太嚴重。」

「畢竟要是工作者的話，真的可能會殺個你死我活嘛。」

「——領隊打算怎麼做？」

大家差不多都講完了意見，再來就是推測或預測了。

「決定之前我有件事要說……應該說要問吧，這是有必要的。」

赫克朗大嘆一口氣，坐在身旁的伊米娜則倒抽了口氣。

「愛雪，有個奇怪的男人來找妳。」

愛雪的表情原本有如假人般缺乏感情，此時她的眉毛動了一下。看到她的反應，赫克朗確定她認識那個人。

「那傢伙最後說了一句話……他說什麼來著？」

赫克朗向伊米娜問道，她馬上用一種「你在裝什麼傻啊！」的眼神加以迎擊。最後她發現赫克朗是真的不記得了，只好用疲憊不堪的語氣回答：

「『告訴菲爾特家的女兒，期限已經到了。』」

「好像是這麼說的。」

所有人的視線都聚集在愛雪身上。她停了一拍後，沉重地開了口。

「——我欠他錢。」

「欠錢？」

赫克朗不禁驚訝地大叫。當然，不只是赫克朗，伊米娜與羅伯戴克也都一臉驚訝。他們當工作者賺的錢都是平均分配的，因此知道同伴們都領了多少報酬。想到自己得到的金額，實在難以想像會欠別人錢。

「究竟欠了多少？」

「——三百枚金幣。」

聽到愛雪這樣回答，大家再度面面相覷。

以一般人的收入來想，這數字大得嚇人。就算是他們這個等級的工作者，也無法一次賺到這麼多錢。這次委託提出的價碼加起來是有三百五十枚，但那是整個小隊的報酬。實際上會扣掉必需經費，做為小隊共同財產購買的消耗道具，還有小隊資產，剩下的錢才會交到每個人手上，最後每個人大概只能拿到六十枚左右。

他們這支小隊在工作者當中等級算是很高的了。當成冒險者來評價，擁有能與祕銀級匹敵的實力。即使像他們這樣的水準，一次也賺不到那麼多錢，她怎麼會欠人家這麼多錢呢？

大概是察覺到大家充滿疑問的眼神吧，愛雪神色陰鬱。

當然她不想講，但也不能不講。要是在這裡中斷這個話題，就算被逐出小隊也不奇怪。

可能是擔心這種問題吧，愛雪終於沉重地開口了。

「──講出來會讓家醜外揚，所以我一直說不出口──我家原本是貴族，被鮮血皇帝剝奪了地位。」

鮮血皇帝──吉克尼夫・倫・法洛德・艾爾・尼克斯。

如同這個稱號，他是位雙手染血的皇帝。

他在父親──前任皇帝因意外事故駕崩後即位。之後以暗殺皇帝的嫌疑，與五大貴族之一，也是母后娘家的貴族家族斷絕關係。接著又一一奪去皇兄弟們的性命。彷彿被席捲城內的死亡風暴所害，母親也在同一時期意外死亡。

當然，也有一股勢力反對他。然而鮮血皇帝在皇太子時期就已經掌握了騎士的武力，那些人根本不是他的對手。他以壓倒性的軍事力量為靠山，將有力貴族像收割麥穗一樣掃蕩一空，最後剩下先不論真正的想法如何，至少表面上效忠皇帝的一群人，就這樣建立起了完全中央集權制。

然而鮮血皇帝並未就此罷手。他宣稱不留廢物，剝奪了許多貴族的地位，相反地，只要有能力，就算是平民也能平步青雲，他就利用這種政策鞏固了權力基礎。

令眾人驚嘆之處有兩點。第一點是他以出神入化的手腕，實行照理來說規模應該相當浩大的敵對貴族掃蕩戲碼，因此並未導致國力低落。第二點是達成這項偉業的皇帝，當時還不到十五歲。

因為這位人物而沒落的貴族並不少見。只是──

「──但我父母親到現在，還在過著貴族般的生活。當然，我們根本沒有那個錢，所以他們就從有點惡劣的地方借錢貼補家用。」

三人面面相覷。

雖然都隱藏得很好，但還是流露出了些許煩躁、不悅與氣憤。

「──我對魔法技術有自信，請讓我加入。」當時一個又瘦又小的孩子，兩手握著比自己個頭還高的法杖，跑來跟他們這樣說。看來並不只有赫克朗想起當時大家傻眼的模樣，還有當他們知道愛雪魔法的實力之後，露出的呆愣表情。這些記憶全都重回腦海。

後來過了兩年以上，即使歷經多次冒險──走錯一步就會喪命的冒險過程，賺進了大筆金錢，愛雪的裝備仍然不見大幅變化。

現在，他們終於知道原因了。

「真的假的，要不要我去把他們講一頓？」

「應該讓他們聽聽神的教誨。不，或許該先來個神的鐵拳。」

「也許耳朵根本沒開洞，先開個洞比較要緊吧！」

「——請等一下。事已至此，就由我來講吧。看情況我要把妹妹帶走。」

「妳有妹妹啊！」

見愛雪點了個頭，三人再次面面相覷。他們沒說出口，但心裡覺得或許她應該辭掉這份工作。

工作者的確是比冒險者更有賺頭的職業。但相對地，危險性也非常高。他們都是確認安全後才選擇工作的，但也經常遇到無法預料的意外。

萬一有個差錯，搞不好會失去性命，留下無依無靠的妹妹。但大家心裡都覺得，再多講就是愛管閒事了。

「這樣啊……那麼愛雪的問題就先這樣吧。這件事交給妳自行解決……回到要不要接這次工作的問題上吧。」

赫克朗講到這裡，冷眼看了一下愛雪。

「愛雪，抱歉我得先聲明，妳沒有決定權。」

「——不用道歉，沒有問題。背著債務的我不可能講出正確答案，這我懂。」

就是所謂的利慾薰心。

「——老實說，沒被趕出這支小隊就很好了。」

「妳在說什麼啊。像妳這樣優秀的魔法吟唱者願意加入我們，是我們走運耶。」

這不是客套話，是事實。

尤其是她的天生異能(Talent)。那雙天賦奇蹟般的眼睛，不知道救了赫克朗他們多少次。

如果要替愛雪的異能起個名字，或許可以叫做看穿之魔眼吧。

據說魔力系魔法吟唱者身體周圍會飄散著看不見的魔力靈氣。愛雪的異能能夠看得見這種靈氣，並看穿對方能使用魔力系第幾位階的魔法。

能夠看穿對方的力量有多大幫助，應該不用贅述了。

擁有相同能力的人，就赫克朗他們所知，帝國當中除了愛雪只有一人。那就是帝國最高層級的大魔法吟唱者——夫路達·帕拉戴恩。

也就是說光就眼力而論，愛雪能與那偉大的夫路達匹敵。

「不過魔法學院竟然捨得放棄這麼優秀的孩子啊。」

「說得沒錯，她可是這個年紀就能使用與我同位階的魔法，說不定能有機會到第六位階喔。」

「——這個恐怕很難。但只要有一點可能性，我就很高興了。」

等氣氛慢慢恢復融洽，赫克朗拍了一下手。清脆的聲響引起了所有人的注目。

「那麼，該不該接這次的委託？——羅伯戴克。」

「我認為可以。」

「伊米娜呢？」

「沒什麼不好吧，而且好久沒接這麼像樣的工作了。」

工作者並不是常常可以接到工作。他們前兩天的確還在卡茲平原撲滅不死者，但那是按件計酬的撲滅工作，跟有委託人的工作有點不一樣。

「那麼……」

「——如果你們是顧慮我，我希望你們不要這樣。就算不接這次的工作，也有其他方法賺錢。」

三人視線交集，然後伊米娜咧嘴一笑。

「才不是呢。妳想想，這份工作真的不錯啊，報酬給得這麼大方。對吧，羅伯。」

「就是這麼回事，這可不是為了妳喔，是為了沉眠於遺跡裡的各種寶藏。對吧，赫克朗。」

「聽到了沒，愛雪。只可惜不能藉由發現遺跡一舉聞名就是了。」

「——謝謝你們。」

愛雪低頭道謝，讓三人相視而笑。

「那麼，愛雪跟我去把證券板換成現金，麻煩你們倆去準備冒險道具。」

冒險要用的道具，像是繩索、油以及魔法道具都不能疏於檢查。一絲不苟的羅伯戴克與會用盜賊技術的伊米娜很適合辦這件事。但其實還有一個原因，就是因為赫克朗不擅長做這方面的事。

「那麼，該開始行動了，不過……愛雪。」

愛雪偏著頭像是在問「嗯？」赫克朗說出了想到的疑問。

「欸，這次的報酬不夠還債吧？」

「——沒有問題。只要先付這些錢，就可以再緩一陣子。」

「不夠的話我可以借妳喔。」

「是啊，下次賺到報酬再還我們就好了。」

他們絕不說「幫妳出」，這是當然的。「四謀士」的成員都是平等的。

「——恕我婉拒，差不多該讓我父母親自己還債了。我只能給他們時間，就當作是盡一點孝心。」

「那是當然的了。」

四人互相看看對方的臉，然後開始處理自己負責的工作。

3

位於帝都某個區塊的高級住宅區，廣闊的土地上林立著建築老舊卻堅固、豪華的宅邸。這些古色古香而絕不過時的房屋裡的居民，當然大多數都是貴族。

貴族的宅邸是一種社會地位的象徵，捨不得浪費錢而不裝飾宅邸的人，在貴族階級當中會淪為笑柄。

日常用品、珠寶、衣物、宅邸、庭園——這些裝飾華美的事物，在名為貴族社會的戰場上就等於軍事力量。因為這些事物不只能顯示財力，還能如實傳達門路的廣度與深度。光是住在窮酸的宅子裡，就會被人瞧不起。所以除非是對政治毫無興趣的軍人性情，貴族們總是爭先恐後地修飾自己與自家的門面。換個說法就像是軍事上的示威行為，但也只有擁有足夠力量的人才能這樣做。

舉目四望，會注意到一些現象。

這裡在帝都屬於治安非常良好的地區，稱得上環境清幽。然而，這附近的寧靜，除了治安之外似乎還有其他原因。很多住宅都沒有居民的氣息。

實際上，這些宅邸裡的確沒人住。它們是被鮮血皇帝剝奪身分，無法繼續保留宅邸的前貴族脫手的空屋。

在這些林立的空蕩蕩房子當中，還有一幢豪宅仍有人居住。但外牆缺乏整修，庭院的樹似乎也疏於修剪。

在這幢豪宅的會客室，愛雪的雙親迎接表情僵硬的她回來。兩人的面容都呈現著貴族該有的風範，身上穿著上等的服飾。

「喔，妳回來了，愛雪。」

「妳回來了。」

愛雪在回答兩人之前，視線先看到放在桌上的玻璃工藝品。那是款經由工匠精雕細琢的酒杯，散發出高級品特有的典雅氣質。

愛雪的臉頰一陣抽搐，因為家裡以前沒有看過這個東西。

「——那是？」

「喔，這是知名藝術家約翰……」

「——我不是在問這個。家裡以前沒有這個東西，怎麼會有這個？」

「因為這是今天早上買的啊。」

聽到父親輕鬆的——好像在講今天天氣的口吻，愛雪的身子搖晃了一下。

「——多少錢？」

「唔……記得好像是十五枚金幣，很便宜吧？」

愛雪頓時垂頭喪氣。才剛拿這次的訂金還了一部分債，債務竟然又增加了，論誰都會沮喪的。

「——為什麼要買？」

「身為貴族，不花錢買這類東西會淪為笑柄的。」

父親驕傲地笑著，讓愛雪忍不住用懷有敵意的眼神看著他。

「——我們家已經不是貴族了。」

這句話讓父親的表情變得僵硬，他脹紅了臉。

「不對！」

父親一拳用力捶在桌上，發出「碰」的一聲。或許該說幸運的是，因為會客室的桌子夠厚，因此玻璃酒杯絲毫沒有震動。雖然愛雪覺得摔碎算了，但就算摔碎，父親也絕對不會感到後悔。他只會覺得不過就是十五枚金幣罷了。

愛雪正在壓抑焦躁感時，父親還口沫橫飛地罵個不停。

「只要那個該死的白痴嗝屁，我們家馬上就能恢復貴族的地位！我們可是支持帝國百年以上，歷史悠久的貴族。怎麼可以說斷就斷！這是為了恢復地位的投資！再說像這樣誇耀力量，還可以讓大家看到我們家不會向那個白痴屈服！」

真是愚蠢。

愛雪如此評斷激動到鼻子噴氣的父親。那個白痴指的應該是鮮血皇帝吧，但可以想見憑愛雪家這點程度，皇帝根本不會放在眼裡。再說想還以顏色也不該用這種方式，應該有更好的手段才對。

井底之蛙，看不見外界的一切。

愛雪無力地搖頭。

「你們倆別吵了。」

母親優哉游哉的語氣，讓互不相讓的愛雪與父親暫時停戰。

母親站起身，將一個小瓶子遞給愛雪。

「愛雪，我幫妳買了香水喔。」

「──多少錢？」

「三枚金幣。」

「這樣啊……謝謝。」

一共十八枚金幣，愛雪一邊在心裡計算一邊向母親道謝，收下沒裝多少液體的小瓶子，小心翼翼地收進口袋裡。

以愛雪的立場，很難用冷眼看母親。因為買香水或化妝品，就某個角度來說算是買得很正確。

打扮得漂漂亮亮，參加有格調的宴會，被財力雄厚的貴族看上眼。女人的幸福就是結婚與生兒育女，這種想法從貴族的觀點來看相當正確。為了這個目的而買化妝品做投資，不能說是錯誤的行為。

但就算如此，她還是覺得以家裡現在如此拮据的情況，還買香水也太誇張了。再說三枚金幣，都可以供平民的三人家庭過一個月了。

「——我已經說過好幾次，不應該揮霍浪費。只能花最低限度必要的生活費。」

「所以我不是說了嗎！這是必要的花費！」

愛雪疲累地看著氣到臉上滿是紅斑的父親。這問題已經吵過好幾次，最後都不了了之。會走到這一步，愛雪也有責任。若是能早點使出一些強硬手段，或許就不會弄成這樣，也不會給「四謀士」的成員造成困擾了。

「——我不會再拿錢回來了。我要帶妹妹離開這個家，到外面生活。」

父親聽到她平靜的聲音，變得氣急敗壞。看來他好像還有點腦袋，知道沒人拿錢回來會有什麼下場。愛雪冷酷地如此想。

「妳以為妳能過至今的生活，是託誰的福？」

「——我已經報恩報夠了。」

愛雪斬釘截鐵地說。至今交給家裡的錢已經有相當高的金額。而這些錢是從冒險中賺來，用來與同伴們一起變強的費用。沒錯，每個人要怎麼使用報酬的確是各人的自由，但大家都有默契，大半金額都會用來強化自己的實力。

看到愛雪老是不買新的裝備，同伴們是怎麼想的呢。

不強化武裝，就表示有一個同伴永遠一樣弱。

然而「四謀士」的成員們從來沒對愛雪說過什麼。愛雪太依賴他們的好意了。

愛雪目光如炬地瞪著父親。承受著她意志堅定的目光，父親顯得有點畏縮地別開視線。

這是當然的。撐過無數生死邊緣的愛雪，不可能輸給區區一個愚蠢的貴族。

瞥了不敢再說話的父親一眼，愛雪離開了房間。

她反手關上門，嘆了一口氣。彷彿抓準了這個時機，一個聲音叫住她。

「小姐。」

「——詹姆士，怎麼了？」

是長年侍奉家裡的管家詹姆士。那張滿是皺紋的臉表情僵硬，緊張萬分。愛雪馬上想到了原因。因為他自從父親失去了貴族地位以來，就時常露出這種表情。

「我很抱歉要告訴小姐這種事，可是……」

愛雪舉起手來打斷了他。兩人認為這事不適合在會客室門口談，於是走到離遠一點的位置。

愛雪從懷裡拿出小皮袋，把它打開。裡面閃耀著各種不同的光輝，最多的是白銀光輝，其次是銅，最少的是黃金。

「——這些夠暫時應急嗎？」

詹姆士收下皮袋，看看裡面的硬幣，神色和緩了一些。

「薪資加上還錢給商人……我想應該撐得過去，小姐。」

「——那就好。」

愛雪也安心地嘆了口氣。雖然是負債經營，但還撐得過一時。

「——沒辦法阻止父親嗎？」

「沒辦法。賣家是帶著認識的貴族一起來的，我中間曾向老爺提過幾次，但還是……」

「——這樣啊。」

兩人都嘆了口氣。

「——我想問一件事。如果遣散現在僱用的所有傭人，最少要準備多少遣散費？」

詹姆士略為睜大雙眼，落寞地微笑。表情當中沒有震驚之色，表示他早也做好心理準備了吧。

「我明白了，我會估算一下金額，再交給小姐。」

「——麻煩你了。」

這時，傳來一陣噠噠噠的輕快腳步聲。不用看也知道是誰。

愛雪嘴唇的線條略為和緩，回頭一看，只見一個身影跑了過來。對方沒放慢速度，就這樣一頭撞進愛雪的懷裡。

撲向愛雪的，是個身高還不到一百公分的小女孩，年紀大概五歲上下吧，眼角形狀跟愛雪非常相像。這個小女孩好像很不滿地嘟起粉紅色的臉頰。

「好硬～」

這並不是在說她撲進愛雪的懷裡後，嫌她胸部太平。

用大量皮革製成的冒險用服裝具有優秀的防禦能力。尤其是胸部到腹部一帶，使用的是硬皮革。她撲到這個地方，一定會覺得臉撞扁了。

「——撞得痛不痛？」

愛雪摸摸小女孩的臉，撫摸她的頭。

「嗯，不痛，姊姊！」

小女孩開心地微笑，愛雪也對自己的妹妹露出笑容。

「……那麼我先退下了。」

目送不想打擾兩人的管家離去，愛雪摸了摸妹妹的頭。

「烏蕾……在走廊上奔跑……」

講到一半，愛雪又把話嚥了下去。貴族千金在走廊上奔跑實在太粗魯，可是愛雪也對父親說過，他們已經不是貴族了。既然如此，在走廊上奔跑又有何妨？

愛雪一邊思考，手也沒停下，頭髮被摸得亂糟糟的小女孩發出天真無邪的笑聲。愛雪看看周圍，確定另一個人並沒有一起過來。

「——庫蒂呢？」

「在房間！」

「這樣啊……我有件事想跟妳們說，我們一起去房間吧。」

「嗯。」

妹妹開朗的笑容。保護這份笑容是自己的職責。愛雪心中產生這種強烈感受，握住妹妹的小手。

從比愛雪的手心還小的手上，傳來暖暖的體溫。

「姊姊的手手好硬喔。」

愛雪看看自己空著的另一隻手。在冒險當中好幾次割傷，變粗硬的手，已經不是貴族千金的玉手了。但她並不後悔，因為這雙手正是與朋友──「四謀士」的同伴們一同活過的證據。

「可是我最喜歡姊姊的手了！」

妹妹的雙手緊緊握住了自己的手，愛雪展露微笑。

「──謝謝。」

●

帝都北市場一如往常地朝氣蓬勃。不過，由於很少有一般民眾到這裡買東西，因此不像人擠人的中央市場，在這裡可以邊走邊逛攤販，也不會撞到人。

抵達市場的赫克朗與羅伯戴克看見熟悉的景象，肩膀的力道放鬆下來，兩人開始閒逛。

輕鬆自在的態度彷彿腦中沒有戒心這兩個字，這是因為北市場沒有扒手或強盜──也許這裡是整個帝都當中治安最好的場所。

「那麼赫克朗，總之要買些什麼呢？」

「先買治療用道具，預算上我希望能買到輕傷治療的短杖（Wand），看情況也可以買中傷治療的短杖……不要買使用次數剩下一半的，聽說我們要去的是墳墓，所以可能會用來攻擊不死者。再來是抵抗不死者的基本配備，抗毒與抗疾病系的道具。最好也能做好抵抗負向能量與非實體不死者的對策……永久性道具太貴了，所以買寫了這類魔法的卷軸也行，只是……」

短杖是注入了幾次相同魔法的道具，使用一次魔法的費用算起來會比卷軸便宜。因此如果是療傷等冒險常用的魔法，買短杖會比較省錢。

「原來是這樣啊。我原本猜想你是來買禮物的，我以為你找我一起來，是想聽我的意見。」

「禮物？」

「……沒什麼，赫克朗，拿出幹勁挖寶吧。」

「……呃，喔。」

在這個市場擺攤的店家賣的幾乎都是些破銅爛鐵。

大多是在只有一塊薄板的展示台上，就放著一個道具。而且很少會是新品，每個看起來都舊舊的，要不就是破破爛爛的二手貨。

這種店的商人差不多都有點戰鬥實力，胳臂粗壯，要不然就是打扮得像魔法吟唱者，比起講價或定價，似乎更擅長戰鬥。

乍看之下會以為是保鑣在看店，其實他們自己就是攤販的老闆。只不過，他們只有今天一天是店老闆，平常都是做冒險者或工作者維持生計。換句話說，就是赫克朗與羅伯戴克的同行。

他們到這裡來販賣自己以前使用的道具，或是在冒險途中發現，但小隊裡沒人能使用等用不到的道具。與其賣給魔法道具專賣商或是魔法師工會，倒不如自己找到買主談價錢，還可以省下仲介等手續費，對買賣雙方都有很大好處。就算考慮到要向工商工會繳納些許擺攤費，也還是有賺。

因為這些原因，很多冒險者或工作者都會像赫克朗他們這樣，先來這邊挖寶。甚至有人在逗留帝都的期間天天報到，想找到好東西。

而這也是北市場犯罪者較少的理由。有誰明知道不好惹，還敢故意找戰鬥專家下手呢。

兩人逛了一會兒攤販，臉色雖然不陰沉，但也不怎麼開朗。

「沒有耶。」

「沒有呢。」

既然賣的都是些不要的道具，大部分也都是赫克朗他們用不到的道具。如果是比兩人等級低的冒險者或是初出茅廬的工作者，有些道具或許可以買，但很遺憾，對兩人來說——就算考慮到同伴的需求——也沒有任何想要的道具。

「真是遺憾，或許還是到一般店家去買比較快。」

「反正來也只是想撿便宜而已，找不到也沒辦法。哎，這種不起眼的省錢法是儲蓄的第一步啦。」

「儲蓄啊……赫克朗，你覺得會變成怎樣？」

「你只講這樣，我若能聽懂，就能當超高位階的魔法吟唱者了……你是說愛雪吧？」

「你這不是聽懂了嗎。」

「哎，聽前後文就能猜到八成了。」

「那你知道我想說什麼嗎？」

「……你大概是想說，這次也許是最後一次冒險，對吧？」

「請不要講得這麼不吉利。」羅伯戴克苦笑。「不過雖不中亦不遠矣，愛雪小姐說要把妹妹帶走，由自己撫養，如果是這樣，要再出來冒險就不容易了。」

「是啊。她應該會利用一技之長，或者該說找份不用冒險也能賺錢的工作吧。」

「要找工作應該不難，她是第三位階的魔法吟唱者。雖然不知道她的家人——她有幾個妹妹，不過三四個人應該還養得起。」

「嗯，我想也是，所以她才敢說要自己撫養。」

「這樣一來，有問題的就是我們了。愛雪小姐這個魔法師(Wizard)一旦退出小隊，該找誰來補空缺才好？」

「會不會路邊就掉了一個第三位階的魔力系魔法吟唱者？」

「要做夢請到床上去做……如果我們是冒險者，就可以請工會替我們問了……要自己找的話，可是得看運氣的。」

兩人面面相覷，不約而同地嘆了口氣。

失去了同伴，同伴跟不上小隊，或是只有自己的實力超出小隊其他成員。遇到這種情況時，冒險者或工作者都會退出小隊，這絕非什麼稀奇事。從頭到尾都隸屬於同一支小隊的情形相當罕見，大多都會換兩三次小隊。

赫克朗、羅伯戴克與伊米娜也是如此。

不過，話雖如此，卻也不代表能夠輕易找到一個魔力系魔法吟唱者——而且還是能使用到第三位階，但目前沒有同伴的工作者。

「還是讓第二位階的魔法吟唱者加入，再來鍛鍊他？」

「那應該是最終手段吧，最好可以不用這樣做。」

「想挖角也很難呢。因為會成為工作者的人，常常都是些人格有缺陷的傢伙，隨便找人加入要是引發問題就不好了。比方說戰鬥狂什麼的。」

「……就這層意義來說，我們可以說是奇蹟呢。」

「我們這支小隊說穿了，每個成員都只是單純想要錢，很少有人像我們這樣呢。不過愛雪是後來聽到傳聞才加入的，所以有點不一樣就是了。」

「愛雪小姐來的時候，我們正好在考慮最後一個要找誰吧。」

羅伯戴克的眼神彷彿望向遠方，赫克朗覺得自己八成也是一樣的眼神。

「我還記得自己那時候喝的是什麼飲料呢……愛雪小姐實在來得正是時候，甚至讓我覺得是天神命令我們組成這支小隊的。」

「哦，那還真厲害，我可沒記得那麼清楚。羅伯那時候喝了什麼？」

「水。」

「不就跟平常一樣嗎……你真的是滴酒不沾耶。不過要是跟伊米娜一樣愛喝，那也很麻煩就是了。」

「沒辦法啊，誰叫我不會喝酒。伊米娜小姐的酒品差也是一個問題呢……」

「唉，畢竟羅伯你只要一杯酒下肚，臉色就會由紅轉青，再由青轉白嘛。要不是用了魔法解毒，第一次喝酒那時候真不知道會變成怎樣。」

「也許在這裡的就不是我，而是別人了，畢竟也有人酒精中毒而死的。」羅伯戴克聳聳肩。「回到原本的話題吧。如果愛雪小姐退出，你打算怎麼辦呢？小隊有可能解散嗎？」

「……如果湊不到成員，也只能解散了吧。三個人冒險實在太危險了……還是要回去當冒險者？」

「我可不想再當回那個救人還得聽神殿意旨的可憐蟲了。如果要那樣，我寧可引退。」

「引退啊……或許也不錯喔。」

「我已經存了一筆錢，希望可以從事能夠成為別人的力量，幫助弱者的工作。到開拓村一邊耕田一邊當個業餘神官也不錯。赫克朗你呢？」

「我還沒拿定主意呢。」

羅伯戴克揚起嘴角。

「……一個人決定不太好吧。」

赫克朗一時無法理解羅伯戴克這句話的意思。最後終於了解了他想說什麼，赫克朗臉部一陣抽搐。

「——我說你啊！」

「呵呵……」那笑容真夠邪惡的。「你以為我都沒發現嗎？」

「啊～啊～啊～啊～！不是啦，我不是有意瞞著大家。你想嘛，就是找不到機會，對不對……原來是這個意思啊，送禮物啊。」

「是誰先告白的？」

「喂，羅伯！你看那邊。」

赫克朗用手指指著的，是一對正在看豪華帳篷內商品的二人組。

一個是身穿漆黑鎧甲的戰士。背後垂掛著深紅披風，背著巨大寶劍。

「話題轉得可真硬……好吧，也罷。晚一點我再好好問你。嗯～裝備品都很高檔，如果本人也不輸給裝備，那應該是個實力堅強的戰士了。是你見過的人裝備著新武器或防具嗎？」

「不清楚，不過我覺得那人以前應該沒在帝都出現過。因為你看，他旁邊不是站著一位小姐？被他擋住了就是。我沒看過那位小姐。」

「角度正好擋住了，看不清楚啊。她與伊米娜小姐誰比較美？」

「——別再講那個話題了啦，這要我怎麼說出口啊！……老實說，那邊那個女的比較漂亮。」

「伊米娜小姐可是個大美人喔！而且都說情人眼裡出西施，如果連赫克朗你都這麼覺得的話……原來如此，兩人都是旅人，或是來自外地的冒險者吧。再來也有可能是把據點移到帝都的新隊伍。」

「可是，他們在選購生活用的魔法道具耶，這樣不是很奇怪嗎？」

那個豪華帳篷裡放了各式各樣的魔法道具。不過，那些都不是冒險者或工作者會用到的魔法道具，而是日常生活用品。比方說在箱子裡產生寒氣，讓箱內食品保鮮的冰箱。或是吹風讓人涼快的風扇。

這些道具很多都是兩百年前，人稱「光說不練的賢者」的牛頭人（Minotaurus）提出的創意。

那名戰士雖然提出了各種道具的創意，但既沒有能力做出來，也完全無法解釋道具為何呈現這種形狀，又有著什麼樣的原理，所以才會得到這個別名。

不過，那人似乎是位超一流的戰士，留下了許多難以採信的傳說，例如斧頭一揮就能掀起龍捲風，插進大地就能引發地裂等等。此外他還因為說動了只把人類種族當成糧食的牛頭人大國，將人類種族的地位提升到勞動奴隸階級而聞名。

像這種亞人類設計的，難以帶去冒險的生活用品系魔法道具，一般以旅店為家的冒險者竟然會想要，真是稀奇。

「也沒那麼奇怪。帝國的魔法技術算是很先進的，這種道具的價格比其他國家便宜，他們大概是覺得就算得費點工夫帶回去，也還是划算吧。」

「啊，原來如此。對喔，也有這種可能。」

「以我們為標準去想是很奇怪，但從旅人的角度想，我覺得也沒什麼好奇怪的。」

「嗯，的確。用這種角度去想，就能理解那人為什麼挑得那麼認真了。」

身穿鎧甲的戰士非常仔細地對那些魔法道具東摸摸西弄弄。他把門打開又關上，拿起來又翻過來。彷彿能看到招呼客人的商人額頭上流下汗水。

「我們也像他那樣認真地選購道具吧。」

「說得對。」

第二章 落入蜘蛛網的蝴蝶

Chapter 2 | Butterfly entangled in a spider web

1

太陽還沒升起，已經有好幾名工作者聚集在伯爵家的院子裡。連同最後抵達此處的赫克朗他們「四謀士」在內，總共有十八人。這些帝都內的實力派工作者，是為了這次的工作而聚集於此。

每支小隊各自保持一定距離之餘，也互相觀察其他小隊有多少能耐，所有人的視線一齊集中在最後抵達的「四謀士」四名成員身上，那場面就某種意義來說頗為壯觀。

「啊～看得到幾個面熟的臉孔呢。是說那邊那個獨角仙，不是最近才在卡茲平原碰過面而已嗎？」

「奇怪，我在旅店沒提到嗎？格林漢的小隊好像也受到了委託……我沒說過嗎？我覺得我好像有稍微提一下……總而言之，就如妳所看到的，帝國內赫赫有名的工作者們齊聚一堂！為委託人的雄厚財力鼓掌！」

「鼓掌就不用了吧。別說這個了，那邊那幾位是小隊領隊吧。」

眾人以小隊單位分成幾組，其中有三個人聚在一起交換情報。

「格林漢也在那裡，對。沒錯。那我去打聲招呼。」

「……啊！天啊，那傢伙也在喔！啊～是嗎？那麼，那邊那些森林精靈女孩就是……糟透了。去死吧，王八蛋。」

伊米娜不屑地說。雖然她有壓低音量，但仍然充滿了敵意，讓赫克朗等人不禁急忙偷看周圍的反應。

「伊米娜小姐！」

「我知道啦，羅伯。好歹也是這次工作的同伴嘛……但我實在不想看到那傢伙的臉。」

「——我也不喜歡他。」

「哎，要問喜不喜歡，我也很討厭他就是了，但態度還是要注意一下喔。」

伊米娜一副「你很煩耶」的表情，赫克朗介入她與羅伯戴克之間，嘻皮笑臉地聳聳肩。

「……喂，我現在要去跟他打招呼，別講這種討厭的話。要是害我寫在臉上怎麼辦？」

「請加油吧，領隊。」

聽到羅伯戴克的聲援，赫克朗故意皺起臉來對他抱怨「一副事不關己的樣子……」然後走向那三人。

第一個向走來的赫克朗打招呼的，是個身穿鋼鐵色全身鎧的工作者。由於鎧甲呈現奇特的渾圓輪廓，肩膀部分又特別大，看起來與其說是人類，倒比較像是兩腳站立的獨角仙之類的甲蟲。

前面挖空的頭盔額頭部分突出一支角，可見他是刻意採用這種造形。

不過，接下來這部分恐怕就不是刻意的了。男人的腿很短，看起來也有點像是小孩子硬是讓獨角仙用後腳站立。講得好聽點，就像是用又粗又短的雙腿穩穩屹立大地，有如矮人(Dwarf)般適合當戰士的體格。

「不出所料，汝也來了啊，赫克朗。」

「是啊，格林漢。因為我覺得這次條件還不錯。」

赫克朗對其餘兩人也輕輕舉手致意，雖然那態度很不莊重，但兩人都沒有不高興的神色。這是因為四人的年齡與經驗雖然各不相同，但做為工作者的實力方面卻是同等的。

「您老兄那邊……」赫克朗看向格林漢的小隊，數了人數後再次詢問：「才五個人啊，其他成員呢？」

「正在靜養，消除疲勞。況且他們之前與汝等的小隊做了一樣的工作，現在需要修理或重新添購毀壞的物品。」

這個男人——格林漢擔任領隊的小隊「沉重粉碎者」是總成員數十四人的大家庭工作者隊伍。

人數多當然有好處。其一是可以用各種途徑處理工作，因此能夠採取豐富多變的行動。

尤其是能夠組成適合各種委託的小隊，更是一大強項。

不過，當然也有缺點。其一是報酬必須按人數分配，因此每個人領的份少。其二是決定意見要花很多時間，容易拖慢行動。

將這些優缺點統整起來，並將個性上容易造成分裂的工作者組成一支隊伍，而且還能完全掌握，可見這個男人的管理營運能力相當優秀。

「哦～那可真辛苦。不過……為了避免賺太多被剩下的同伴怨恨，你們就當我們的助手如何？」

「蠢問題。本人做為領隊，工作一結束就得慰勞眾人。很遺憾，我等才必須做出最好的結果。」

「喂喂，別這樣嘛。是說你就照你平常那樣講話也沒關係喔。」

格林漢咧嘴一笑。赫克朗從中看出否定的意思，聳聳肩轉向另一個男人。

「這還是頭一次跟您老兄直接面對面呢。」

他伸手向對方致意，那男人也回握住他的手。是一隻又結實又堅硬的手。

一雙鳳眼動了動，注視著赫克朗。

「──『四謀士』，久仰大名。」

聲音如銀鈴般清澈，該說很符合他的外貌嗎。

「你也是，『天武』。」
想必沒有工作者不知道這個在競技場常勝不敗的天才劍士。這個男人的小隊「天武」，就某種意義而言，可以說是他一個人的小隊。不過這也就是伊米娜一臉厭惡的理由。
「能夠跟足以與王國最強戰士——大名鼎鼎的葛傑夫‧史托羅諾夫匹敵的劍術天才搭檔，真讓我高興。」
「謝謝。不過，差不多該改口說那位人士足以與我——艾爾亞‧烏茲爾斯匹敵了吧？」
「哦～真敢說呢～」
艾爾亞冷笑著，露出頗為傲慢的表情。看到他這副態度，赫克朗為了隱藏眼中差點浮現的情感，眨了幾次眼睛。
「那麼，期待你的劍術在遺跡大顯神威嘍。」
「好的，儘管交給我吧。希望接下來要去的遺跡中，能夠出現讓我苦戰的魔物。」
艾爾亞拍了拍腰際的武器。
「……會出現什麼魔物可是未知數，搞不好會跑出一頭龍來喔！」
「那真是可怕。若是龍那種強大的魔物，說不定會陷入苦戰。不過我一定會獲勝的。」
是嗎，赫克朗皮笑肉不笑，側眼偷瞧最後一個人的反應，同時壓抑住自己的情緒。
想到有個傳聞說，光論劍術，艾爾亞甚至能贏過山銅級冒險者，也許他這種回答不算是說大話。再說對自己的本事有自信是件好事，自我宣傳對工作者來說也是很重要的。

但前提是不能過度。

龍是世界上最強的種族。

牠們翱翔天際，口吐吐息（Breath）。鱗片堅硬，體能出類拔萃。年長的龍甚至能使用魔法。她們擁有人類無法相比的壽命，據說長久累積的智慧，就連賢者都得甘拜下風。

由於其力量強大，因此常常做為邪惡的敵人，或是對勇者伸出援手的存在，出現在故事當中。著名的十三英雄最後冒險的目標，也是人稱「神龍」的龍。就像這樣，英雄最後的敵手常常是龍族。

如此強大的存在，就算只是閒聊，拿來當對象比較還能擺出那麼傲慢的態度，真是教人驚訝。裝模作樣的語氣聽起來像是開玩笑，但很遺憾的是，艾爾亞的眼神完全是認真的。究竟自以為是到了什麼地步啊。

誰也不知道接下來要前往的遺跡當中有著什麼樣的魔物，他判斷艾爾亞這種精神結構相當危險，很可能拖累其他所有人。這樣想應該是正確的。

（離他遠一點為妙。）

要死是他的自由，但要是跑來向自己求救，那就麻煩了。赫克朗露出一絲微笑，如此判斷，修正了一下應對艾爾亞的方式，改成「利用完就扔掉」。

「那邊那幾位是『四謀士』的成員吧。哎呀……」

一看到伊米娜，艾爾亞的眼中開始帶有侮蔑與歧視。

據說，艾爾亞出身於將人類視作最尊貴種族的宗教國家——斯連教國。那個國家的國民，常常把混雜了人類以外血統的人視作低等族群。

從這種男人的角度來看，伊米娜這個半森林精靈竟然與自己立場相同地參加這次工作，一定讓他很不愉快。

（就是這方面讓傳聞有了幾分真實性……不過如果是教國出身，應該會有受洗名才對，也有傳聞說他捨棄了受洗名。）

赫克朗在心中嘟噥之餘，為了安全起見，叮嚀了他一聲：

「喂，你可別碰我的同伴喔！」

「當然了。在這次的工作上，我們都是同伴。我會跟你們互相合作的。」

「我很想相信你這句話喔。」

艾爾亞這個男人就像是擁有強大力量的小孩直接變成大人一樣，給人一種恐怖的感覺，或者該說是精神層面的不均衡。他散發出一種讓人討厭的氛圍，即便叮嚀了這一句還是不能教人放心。

「是啊，請相信我。那麼回到剛才的話題，總之，旅途中的指揮權，我希望能讓給別人。只要沒什麼太大的問題，我會聽從統整所有成員之人的指示，戰鬥時也可以派我打先鋒，我會用我這把刀砍倒所有敵人。」

「好啦，了解。」

「……那麼，我要回小隊那邊了，有什麼事再叫我。」

艾爾亞行了一禮後，就走開了。

看到在艾爾亞前方等著他的幾名女性，赫克朗的表情僅僅一瞬間差點扭曲起來。但他不能把情緒寫在臉上。讓人知道自己的情緒，有時會對自己不利，這樣是不配當小隊領隊的。

他強忍住情緒，隱去表情。

他移開目光以免看到髒東西，接著對剩下的最後一個人致意。

「您好，老大爺。您身體還是一樣硬朗呢。」

「嘿，赫克朗。別來無恙啊。」

他講話發音總是漏風，這是因為他的門牙幾乎都掉光了。

帕爾帕多拉「綠葉（Greenleaf）」奧格力翁。

別名的由來，取自他穿在身上，散發朝露沾溼的綠葉般光輝的鎧甲。這件鎧甲的材料不是金屬，而是用綠龍（Green Dragon）的鱗片做成。帕爾帕多拉的小隊曾經成功屠龍。當然那並不是一頭很大的龍，但即使是小龍，也不是一般工作者或冒險者對付得了的。

帕爾帕多拉，是年紀高達八十歲的老人。

通常幹這一行的人，都會在四十五歲上下引退。也有人早一點，四十歲出頭就退休的。年過五十歲還在當冒險者的人非常少。對於做這種嚴酷而伴有死亡危險的工作的人來說，肉體的衰退終究無法忽視。

實際上，帕爾帕多拉算是比較特別，但他的實力恐怕還是比全盛期——據說達到山銅級的那段時期——衰退多了。即使如此，帕爾帕多拉仍然不肯退下第一線。

活到這把年紀仍然繼續冒險的帕爾帕多拉，是這個業界許多人尊敬的對象。

「唔嗯～不過那個有點危險喔。」

帕爾帕多拉滿是皺紋的臉擠出了更多皺紋，並壓低了聲音，赫克朗也表示贊同。

「是啊。要死是他家的事，但可別拉我們陪葬。」

「那人的確很強，然而過剩的自信，有可能會連帶危害同行之人。危險至極。」

格林漢低吟般的聲音像是在說「不知道該怎麼跟他相處」。看到艾爾亞的態度，恐怕沒有一個工作者不這麼想。

「實際上，那傢伙的實力到底在哪個程度？最近都沒去競技場了。」

「汝不知嗎？本人倒是知曉……老大爺知否？」

「老夫只是聽說，沒親眼目睹過，也許可以問問同伴。但追根究柢，實力的標準又是什麼？假設把葛傑夫．史托羅諾夫放在頂點，我們比較熟悉的……比方說……帝國四騎士實力在哪個程度？」

「別名『重轟』、『不動』、『雷光』、『激風』之騎士嗎……要當作標準難上加難。這幾人應該比那位強者——王國戰士長還差，然而葛傑夫．史托羅諾夫傲視群雄，已是過往之事了。隨著時間流逝，自然也會出現新的強者。」

「你是想說烏茲爾斯就是那個強者嗎，是說他真的有那麼強嗎？再說，我從沒近距離目睹過帝國四騎士的實力……我所見過的強者，大概就是帝國皇帝直屬的白銀近衛領隊吧。那人實力相當了得……記得好像能與四騎士匹敵？」

「老夫所知的最強之人是評議國的龍王，那不是人類能打贏的對手啊。」

「有人說總共五頭，也有人說是七頭……啊，現在是在找標準評定烏茲爾斯的實力。請局限於人類劍士吧。」

「以此做為前提，亞格蘭德評議國幾乎所有劍士都是亞人類，得屏除在外呢。競技場的武王也是一樣。那麼本人就舉出使用聖劍的，洛布爾聖王國之女聖騎士吧。話雖如此，光就劍術而論似乎有點不足。」

做為工作者收集強者的情報，在處理委託時是非常重要的。因為在與這些強者敵對時，情報的有無會左右勝敗趨勢。當然除此之外，他們身為戰士，也忍不住會收集一些同樣置身劍術世界之人的消息。

現在也是這樣。起初話題講的是艾爾亞的實力有多強，但隨著討論越來越熱烈，開始變得有點像強者情報的交換會。就像小孩子討論誰很強一樣。

「斯連教國平均水準很高，但沒聽過有哪個人特別突出呢。好吧，就算有，信仰系魔法吟唱者也不在討論範圍內就是了。」

「王國的最高階冒險者當中有個女戰士吧。她如何呢？」

「啊啊，那個『這不是胸部，是胸大肌』對吧。那個人很強喔。不過我聽說她跟戰士長比武比輸了耶。」

「……聽說有個冒險者用這個別人亂取的綽號叫她，結果被打個半死哩。哈哈哈，好可怕的小姐啊！」

「如此舉出強者之名，才發現限定劍術實力的強者還真不多。都市聯盟的勇者大人等闇騎士。龍公國的精鋼級冒險者小隊『水晶之淚』之『閃烈』塞拉布雷，以及工作者小隊『豪炎紅蓮』之『深紅』歐普迪克斯。還有王國的……布萊恩．安格勞斯吧。」

對話在此第一次打住。

「布萊恩．安格勞斯？他是什麼人。」

帕爾帕多拉不解地問格林漢。

「老大爺不知嗎？此人是在王國赫赫有名的劍士……汝呢？」

被他一問，赫克朗搖搖頭。沒聽過這個名字。

「這樣啊，汝等不知啊……」

格林漢並不隱藏失望之色，像追溯過去的記憶般，有點缺乏自信地說：

「這是往昔的事了，本人過去參加王國舉辦之御前比武時，在半準決賽曾與此人較量過劍術。當時本人絲毫無法與之抗衡。」

「你是說葛傑夫．史托羅諾夫獲得優勝的那場大賽吧。」

「正是。結果安格勞斯也成了史托羅諾夫的手下敗將，不過兩位強者的較勁真是值得一看。那正是劍士之典範，那招閃光是用什麼招式彈回的？那個情況下竟能將劍一彎出招……諸如此類，可謂大開眼界啊。」

像格林漢這樣的男人都如此讚賞，能與被譽為鄰近諸國最強的戰士葛傑夫平分秋色，可見那人的實力必定是超一流的了。

原來只是自己不知道，世界上還有各種功夫了得的人物。赫克朗感到佩服不已。

「唔嗯……那麼，那個叫安格勞斯的跟烏茲爾斯比起來，你認為哪個比較強？」

「烏茲爾斯。」格林漢馬上回答。「若是與御前比武時的安格勞斯相比，肯定是他無誤。本人近日才在競技場觀賞過他的戰鬥，可以斷言。」

「這麼說來，那傢伙能與幾年前的王國戰士長匹敵了？他有那麼強嗎？哎呀。」

赫克朗一時激動而大聲叫了起來，趕緊放低音量。

「原來如此，安格勞斯是吧。這下得收集一點王國的情報了……對了，您兩位有聽說嗎？喏，在王國不是出現了第三位精鋼級冒險者？」

「當然聽聞了，老大爺。」

「啊，抱歉。我沒聽說。」

「赫克朗……無知會讓汝之小隊陷入危險喔。」

「這我知道，但我實在沒多餘財力收集王國同業者的情報嘛。我捨不得花那個錢。」

「哈哈哈，真是有膽量！老夫不討厭你這調調喔！」

「老大爺，本人想問您一些看法。本人聽聞過『漆黑』飛飛之傳聞，您不覺得那些傳聞言過其實了嗎？說是僅憑兩人討伐了巨型蛇怪，而且沒人擔任治療角色。」

「哇喔，應該只是謠言吧。」

那樣強大的敵人（巨型蛇怪）不太可能光靠兩個人打倒，就算是精鋼級也不可能吧。

「汝也與本人所見略同嗎？赫克朗。愈是收集到更多情報，聽起來就愈可疑。甚至聽聞此人在王國發生之騷亂當中，一擊就打倒了難度超過兩百之惡魔。依本人愚見，或許是王國之冒險者工會為了威嚇國內國外，才捏造話題，把此人推上精鋼級冒險者之位。」

「有可能喔。因為高階冒險者的誕生可是一件大事。只是，工會會撒這種謊嗎？工會他們做事還蠻頑固的耶。」

「關於這方面，每個都市或工會長都有不同的作風喔。老夫以前當冒險者的時候，那個工會長是個大爛人。所以老夫狠狠給了他臉上一拳。哈哈哈！害得我現在還是個工作者！」

帕爾帕多拉心情愉快地放聲大笑。

他成為工作者的原由廣為人知。大概在帝都做這門行業的，沒人沒聽說過。帕爾帕多拉每次黃湯下肚，也會一而再再而三地提起這件事。

「說歸說，老夫是覺得工會不會做這種事啦。」

「那麼您覺得是真的了？」

「難以置信。就算退一百步講，照常理來想，難度兩百……光聽這個數字就值得懷疑了，如此強大之敵人，不可能一擊打倒。本人認為很可能是故意散播誇大之傳聞。真相應該是出現了難度極高之惡魔，由多支小隊進行討伐，然後是『漆黑』給了惡魔致命一擊吧。」

「這樣聽起來比較有可能。」

「畢竟只要是山銅級以上的冒險者，全都算作是精鋼級，老夫覺得也許真的有那麼強大的戰士啦。一概說是精鋼級，範圍也是很廣的喔。」

「赫克朗與本人所見略同，但老大爺認為是事實，是嗎？」

「哈哈哈。老夫也不覺得全都屬實啦。」

「百聞不如一見，是吧。真希望有機會見見本人……又不太想見到。」

就在兩人都對赫克朗所言表示贊同時，他們聽見毆打皮肉的聲音，以及女性強忍痛苦的慘叫。

在場所有工作者的視線都聚集在一個地方。有幾個人認為是特殊狀況，已經稍微蹲低了身子，隨時準備迎戰。

慘叫的發生來源——在艾爾亞面前，他的女性同伴倒在地上。狀況看起來，應該是艾爾亞揍了她。仰望著艾爾亞憤怒扭曲的臉孔，女性滿臉畏懼，正在卑微地求饒。

赫克朗拚命壓抑湧上的反胃感，腦中閃過一個念頭，趕緊將注意力轉向自己的同伴——伊米娜。

正如他的想像，只見她的臉上失去了所有表情。整個人散發出只要再發生一點狀況，就會馬上出手攻擊的危險氛圍。

赫克朗急忙對站在伊米娜身旁的羅伯戴克與愛雪打暗號，要兩人攔住她。

以個人來說，赫克朗也跟伊米娜一樣氣憤。但是，他不能介入其他小隊的問題。當然只要他想，並不是辦不到。只是這樣做的話，他必須有覺悟背負所有問題。其他小隊的人也只是有幾個人不愉快地皺起眉頭，但都沒有實際採取行動，就是因為同一個理由。

理性總算戰勝感性的伊米娜，對著艾爾亞的背後比了個下流的手勢，並對地上啐了一口口水。

「……能與王國戰士長匹敵的，只限劍術本領啊。要是連人品都能與戰士長匹敵就再好不過了，但大概不能要求那麼多吧。好了，就聊到這裡吧。」

「……說得是。既然赫克朗也來了，就來決定最重要的事吧。」

「那人婉拒了，那麼誰要來指揮所有人？」

三人陷入沉默。

現場總共有四支小隊。加起來的確很有戰鬥力，但若是沒人統整、指揮大家，恐怕無法有效行動。這就像是有好幾隻手臂卻無法同時使用，那就跟只有一隻手臂沒兩樣。

靈活運用個性豐富的小隊不是一件易事，如果還要做到沒人有怨言，更是困難至極。要是指示的結果造成失敗，或是被人認為以自己小隊的利益優先，是會招引其他小隊怨恨的。

說得明白點，這項職責要求優秀的能力，壞處卻比好處多得多。

各位領隊明白這一點，所以都保持沉默，互相觀察臉色。每個人都想把這份苦差事塞給第一個開口的人。沉默持續了一分鐘後，赫克朗一臉疲倦地提議：

「老實說，其實不需要指揮所有人吧。」

「這樣只是把問題延後喔。戰鬥開始後會很麻煩喔。」

「……本人提議採輪流制，如此應該最不會累積不滿情緒。本人認為抵達遺跡後再行討論也行。」

「啊～」

「說得有理。」

兩人都贊成格林漢的提議。

「那麼，就按照來到這裡的順序當指揮官吧。」

「烏茲爾斯他們『天武』如何安排？」

「那小子跳過無所謂，反正他也當不來。」

「本人同意，老大爺。那麼提議的是本人，就由我等『沉重粉碎者』先吧。」

「麻煩你嘍，格林漢。」

「拜託啦，年輕人。」

「了解。話雖如此，帝國內幾乎不可能出現凶惡怪物。問題在王國，而且要等接近了大森林才會有狀況。」

「啊～早知道就該把順序顛倒過來了。」

赫克朗故意裝出抱頭懊悔的樣子，兩人靜靜地笑了。接著他們馬上繃起表情，轉頭看向一個往全體工作者走來的男人。周圍其他工作者已經轉向那人那邊了。

伯爵家的管家走在天色微亮的庭院裡，走路抬頭挺胸，相當符合侍奉伯爵的僕人該有的姿勢。

管家來到工作者們面前，行了一禮。沒有人回應，但他並不介意，開口說道：

「時間到了，感謝大家本次接受我們伯爵家的委託。我們家會派出兩名車夫同行，負責護衛馬車等工作的冒險者總共六名。目的地是王國內的未探索遺跡——形狀看來很可能是墳墓。調查逗留期間為三天，追加獎金會取決於我家主人從情報中獲得什麼，因此日後再行安排。有任何問題嗎？」

管家所言跟委託內容沒什麼差別，新情報大概就是有冒險者隨同護衛吧。

他們很想知道伯爵是怎麼弄到遺跡的情報，但每個工作者都知道什麼問題可以得到答案，什麼不行。如果委託人願意告訴他們，委託時就會說出來了。

況且這份工作如果清清白白，找冒險者做就行了。既然是骯髒的工作，委託人必定守口如瓶，不要一味追問比較安全。

「……那麼，由我帶大家到準備好的馬車那邊。」

沒有任何人有異議，所有人都尾隨其後開始前進。

赫克朗他們「四謀士」的成員走在最後面。

「那個混帳王八蛋，怎麼不去死一死啊。怎麼樣，要不要做掉他？」

對艾爾亞忍無可忍的伊米娜，一走到赫克朗的身旁就對他耳語，厭惡地發洩怒氣。

她把聲音壓得非常低，不知道是因為氣到了極點，還是出於自制心。赫克朗猜不透，只希望是後者。

「雖然早有聽說了，不過還真是個低級的男人啊。」

「——爛透了。」

其餘二人也低聲說道，毫不掩飾不快感受。

「四謀士」會這樣想理所當然。他們有伊米娜這個同伴，自然無法原諒艾爾亞的行為。

艾爾亞的小隊除了艾爾亞以外，其他都是女性，而且是森林精靈。

如果只是這樣，伊米娜或其他成員都不會抱持反感。但他們毫不猶豫，一致認定艾爾亞是爛透了的下流胚子，是有原因的。

因為那些森林精靈女性雖然全都穿著最低限度的裝備，但布料與做工都破舊不堪。而且剪得短短的頭髮當中露出的森林精靈長耳朵，被人從中間切掉了一半。

艾爾亞的小隊成員之所以是這副模樣，是因為她們全是來自斯連教國的森林精靈奴隸。

過去存在於帝國的奴隸制度，在前任皇帝的時代做了大幅變革。名稱都是奴隸，實情卻完全不同。但就像在競技場戰鬥的亞人類種族等一樣，也有一些奴隸的狀況未曾獲得改善。

艾爾亞帶來的森林精靈奴隸也屬於這類。

巴哈斯帝國、里・耶斯提傑王國與斯連教國這三個國家，居民幾乎百分之百都是人類，比起鄰近諸國，對其他種族的排斥氣氛較重。因此即使是人類種族——半森林精靈的伊米娜也是——在這些國家也不太容易生活。

只有矮人算是例外。橫越巴哈斯帝國與里・耶斯提傑王國之間，成為界線的安傑利西亞山脈，山區當中有矮人的王國，由於帝國與該地建立了貿易關係，因此矮人的人權受到了徹底保護。

「我明白森林精靈很可憐。但是，我們現在該做的不是拯救那些森林精靈。」

伊米娜長嘆一口氣。她的理性也明白這個道理，只是感性跟不上理性罷了。

「走吧。」

伊米娜輕聲簡短回了一句，走在前頭，赫克朗他們也加快腳步追上去，以免落後。然後他們驚訝地睜大雙眼。

管家帶他們前往的地方，準備了兩輛預定駛往遺跡的大型帶篷馬車。還有一群人正在把行李裝上馬車。他們應該就是管家提到的冒險者吧，掛在脖子上的牌子發出黃金光輝。

不過讓他們驚訝的不是這些冒險者，而是拉車的馬。

「——八腳馬（Sleipnir）。」

有人發出驚愕的聲音。

擁有八條腿的魔獸八腳馬身軀比一般馬匹更大，又擁有出色的肌力、耐力與移動力，有些人認為牠是最優秀的陸行動物。

當然價錢也高得嚇人，這種價格比五匹戰馬還昂貴的馬，不是一般貴族能輕易擁有的。

但眼前卻有兩輛由兩匹馬拉的馬車，總共四匹八腳馬。委託人應該有考慮到在冒險中失去馬匹的危險性，讓人不得不欽佩他的決心。還是說他認為遺跡當中埋藏的金銀財寶，多到要用八腳馬才拉得動？

大概有人產生一樣的想法吧。某處傳來吞嚥口水的咕嘟一聲。

「請使用這些馬車。糧食等物資都裝在車廂內了。另外，為了護衛這些馬車與各位的營地，我們僱用了冒險者。按照契約，他們原則上是不進入遺跡內的，這點請各位記住。」

赫克朗判斷這下子必須盡快討論，便離開了同伴身邊，跑向格林漢。

「抱歉，格林漢。我有件事想跟你商量。」

「怎麼了，何事商量？」

「關於馬車的分組方式，可以把我們跟『天武』分開嗎？」

「嗯？原來如此。汝的憂心本人明白了，汝是擔心那位小姐吧。既然如此，就由我等與『天武』同行吧。」

「不好意思，幫了我一個大忙。」

「無須介意，我等在這次工作上是同袍。要是尚未開始調查遺跡就引發一些爭端會很麻煩，本人也不願……」

「——區區金級冒險者沒問題嗎？我可不希望回來時發現據點被破壞，或是露營時有魔物經過身邊喔！」

突如其來地，傳來一陣扔火球似的大嗓門，兩人面面相覷，表情抽搐。

艾爾亞是在對管家提出異議。但他完全不控制講話音量，彷彿時間暫停般，冒險者們搬運行李的動作停了下來。

抬頭仰望，可以看到更高的境地，自己能不能爬上那個高處，還是個未知數。但有些人仍然一步一步往目標邁進，對這些人而言，艾爾亞這番發言只會讓他們感到不快。他們也是在實力競爭中打滾的人，一旦自己的實力遭到懷疑而沒有澄清——尤其是被委託人懷疑——會影響到今後承接的委託。既然如此，就必須用簡單明快的方式證明自己的實力。

這個口氣狂妄，講出的話讓冒險者與工作者都無法容忍的男人，並不懂得站在他人角度思考。所以他絲毫不受險惡氣氛影響，繼續自說自話。

「不，我明白他們搬行李沒問題，我只是擔心他們沒有能力幫我們驅除危險。」

（拜託饒了我吧。把氣氛弄糟有什麼好處啊！雖然對方也是為工作而來，應該會稍微忍耐一下，可是……）

在場所有工作者小隊以冒險者等級來說，的確都能與祕銀級匹敵，也就是比這些冒險者優秀。但有些話還是不應該說出口。

誰都好，去揍他一頓阻止他吧。

工作者們眼中開始帶有凶光，互使眼色時，赫克朗急忙跑回伊米娜身邊。再怎麼樣也不能動刀子。

然而，出面阻止的並非任何一個工作者。

「您是烏茲爾斯大人吧，我們確定不會有問題。」

「……你這樣說，前提是不是我們也要幫忙？如果是這樣的話，那我可以接受。」

「不是的，是因為有一位實力比各位更強的人士同行——飛飛先生。」

彷彿回應管家冰冷的語氣，一名身穿全身鎧的戰士，從一輛馬車當中探出戴著頭盔的臉。應該是正在把行李從貨架搬到馬車裡吧。

「容我為您介紹，這位是僅靠兩人就升上精鋼級地位的冒險者『漆黑』的飛飛先生，還有他的隊友娜貝小姐。有這兩位人士同行，保護各位的營地，這樣……您可以接受嗎？」

氣氛又產生了大幅變化。冒險者與工作者——從事這種工作之人的頂點就在眾人面前。面對最強的證明，所有工作者全都發不出聲音來。

工作者們對頂尖冒險者登場做出的誠實反應，讓冒險者們都恢復了好心情，再度開始幹活。一個像是冒險者小隊領隊的男人故意露出笑容，對漆黑戰士說道：

「剩下的我們來就好，可以請飛飛先生跟各位工作者交流一下嗎？希望您做為我們的領隊，可以跟各位工作者討論一下今後的警備方針。」

「好的。只要你們小隊同意，本人不才，但願意接受這個任務。不過，我想警備方針應該以你們為主，因為你們人數較多，由你們為主體行動比較方便。」

「不！什麼不才！您太謙虛了！再說我們怎能不顧飛飛先生……」

「——不，警備還是請以你們為主。就麻煩你們巧妙命令我們了。娜貝。」

飛飛輕聲笑了笑，並輕盈地下了車廂。背後跟著個令人驚豔的美女。

當美女現身時，人們有時會因為震驚而鼓譟起來。然而一旦美貌超過某個程度，人們就連這種反應都做不出來。目睹真正的美人時，人們只能任由目光被她奪去。

「赫克朗，那個人是……」

「嗯，羅伯，我也在想同一件事。我們在北市場見過他。那人是……『漆黑』的飛飛，以及他唯一一個同伴吧。看他那副高大魁梧的身影，打倒巨型蛇怪的傳聞，或許也不是誇大其詞喔。」

「巨型……！你說的是真的嗎？」

「聽說是。不只如此，我還聽格林漢說，他連難度兩百的惡魔都一擊就解決了。」

「——我想那應該不是真的，難度兩百不是人類能戰勝的領域……是不是把一百錯聽成兩百了？」

「一百也夠厲害的就是了。但是怎麼說呢，總覺得看到他的言行舉止，就覺得好像不是騙人的呢。」

從飛飛與像是金級冒險者小隊領隊的男子的簡短對話，讓他似乎掌握到了飛飛的性格。他覺得這人擁有精鋼級冒險者該有的威嚴與領袖魅力，會讓人對他產生好感。

「在交流之前……有件事想問你們。」

聲音並不大，但渾厚的聲音讓人感受到鎧甲底下的英勇性情。

「你們為什麼要前往遺跡？我知道你們是接受了委託。但你們不像冒險者受到工會強烈要求就難以拒絕，行動不受限制的你們是為了什麼才接下委託？是什麼驅使你們這樣做？」

工作者們你看我，我看你。他們猶豫著該由誰開口，最後開口的是帕爾帕多拉小隊裡的一人。

「那當然是為了錢嘍。」

這答案十分完美，沒有比這更好的理由了。工作者們猶豫的不是該作何回答，而是飛飛應該也知道會得到這理所當然的答案，卻仍問出這種問題，讓他們猜不透他的真正想法。

看到工作者們異口同聲地表示同意，飛飛又接著問道：

「意思是說委託人會支付你們一大筆錢，值得你們付出性命？」

「是啊。委託人開出了能讓我等接受之金額。此外，依據在遺跡裡發現之物品，還有可能再追加獎金。本人覺得這些值得讓我等賭命。」

回答的是格林漢。

「原來如此……這就是你們的決定嗎？我明白了。我真是問了無聊的問題，請原諒我。」

「這點小事何須道歉……請別放在心上。」

「哈哈哈。你好像已經問完了，那可以換老夫問了嗎？」

「請說，老先生。」

「老夫想確認一下傳聞。聽說你實力超群，可以讓老夫看看傳聞是否屬實嗎？」

「原來如此，百聞不如一見，是吧。當然可以。只要能讓你接受我……不，接受我們擔任護衛，就讓你看看我的力量吧。那麼，要用什麼樣的手段顯示力量呢？」

「最好的方法，當然是找個人跟你比劃比劃嘍！」

所有人的目光聚集在——

「當然要由老夫這個起頭的來嘍，就是老夫啦。」

「什麼，老先生你嗎？……非常抱歉，但我不擅長手下留情，我並不打算讓你受傷，但也沒有自信能點到為止……你不介意嗎？」

「哈哈哈哈！確實是精鋼級！完全沒想到可能是我讓你受傷。」

頭盔底下傳來小小的笑聲。

「當然了，老先生。這就是實力的明顯差距——我很強，比你們任何人都強。所以才能背負精鋼級之名喔。」

雖然他擺出自命不凡而高高在上的態度，但不會讓眾人感到不快。這必定是飛飛這個男人散發出的魄力使然。伴隨著彷彿殺敵無數的駭人魄力做出的發言，洋溢著強烈說服力。

「……真是驚人。」

「……是啊，太厲害了。」

患了熱病般的聲音此起彼落。

很多女人會愛上強悍的男人。在尊敬的意味上，也有很多男人會迷上強悍的男人。如同在火焰旁起舞的飛蛾，對活在鮮血與鋼鐵世界的人們而言，強大的力量就像烈火，明知弄錯距離會引火焚身，卻仍受到那股魅力吸引而無法自拔。

「哈哈哈！已經沒人會對你是精鋼級提出異議了吧！說歸說，難得有這機會，就請你指教一下吧。在這裡馬車會礙事，那邊那塊空地可以借我們用用嗎，管家閣下。」

帕爾帕多拉獲得了許可，帶領眾人一起走向庭院。不只是工作者，冒險者與管家也跟了過來。

「憑老大爺的本事，大概沒辦法吧。」

「——那個人好像相當強。」

「嗯～與其說強，應該說是相差懸殊。像帝國那兩支精鋼級冒險者小隊，實力都還不到超越人類範疇的地步嘛。」

「妳說的確實有道理，『銀絲鳥』的諸位成員職業都很稀奇，因此每個人都擁有特別的技術，但能力方面其實比基本職業的人低。『八重漣』的諸位成員則聽說是以人數與團隊合作見長嘛。」

「銀絲鳥」是由達到英雄領域的吟遊詩人擔任領隊的小隊，參加成員都是些稀奇的職業。「八重漣」是九人組成的小隊。由於成員人數多，因此雖然有人說個人的實力不到精鋼級，但也有人說只要他們齊心合力處理問題，就算是其他精鋼級冒險者辦不到的事，他們也能搞定。

只不過，說到兩支小隊能不能算是化不可能為可能的人類祕密武器——最強的存在（精鋼級），還真讓人存疑。

赫克朗聽到背後的隊友們交頭接耳，小聲講著這些話題。

並不是只有這三個人做如是想。側耳傾聽，可以聽見大夥討論著各種話題。最多的是帕爾帕多拉能善戰到什麼地步。沒有任何一個人認為他能打贏飛飛，是因為雖然只經過短暫的時間，大家卻都已經承認飛飛散發出的英氣，確實符合精鋼級的身分。

赫克朗一邊沉思一邊走著，這時有個人來到他身邊。聽到金屬鎧甲發出的噪音，不用看就知道是誰。

「格林漢，你覺得那兩人的對戰會是什麼結果？」

「這樣說對老大爺過意不去，不過飛飛是贏定了。再來就看老大爺能撐多久吧。汝不去排在老大爺之後嗎？」

「少來了，饒了我吧。那你呢？」

「本人也敬謝不敏。能親眼目睹超級戰士的威嚴，本人已心滿意足。不過，但願旅途中可以請他指教指教劍術。」

「我也這麼希望……啊！」

只見兩人視線前方，到了庭院的飛飛與帕爾帕多拉保持一段距離，互相瞪視。

帕爾帕多拉的眼光絕非平庸老人的視線，而是沙場老兵的眼神。

氣魄逐漸轉為針扎般的殺氣，小試身手的氛圍早已蕩然無存。

所有觀戰的人都冒著冷汗，滿心不安。

「……情況是不是不太妙？老大爺好像是來真的耶！」

身邊旁觀的格林漢不由得變回了原來的講話方式。

「畢竟對手是精鋼級冒險者，他想玩真的也無可厚非，但……」

赫克朗目光移向與老人對峙的漆黑戰士，話才說出口，就倒抽了一口冷氣。

從飛飛身上什麼也感覺不到。

兩手下垂，毫無防備的姿勢，完全沒有將要鬥劍的氣概。簡直就像大人對付拿劍的小孩一樣從容不迫。

「真是太厲害了！承受著那樣強烈的殺氣，居然沒有任何反應。他不可能沒察覺對方的殺氣，所以那就是戰士的極致。也就是所謂的虛無極致嗎！」

「無我，還是雲水之領域？武器差距那麼大，竟然還那麼從容不迫，一定是對自己的本事極有自信……哎呀，真是佩服得五體投地。」

帕爾帕多拉手裡握著的，是前端以龍牙削成的魔法道具。與他對峙的飛飛，手裡則握著來到這裡之前跟一個冒險者借來的木杖，怎麼想都不可能帶有魔力。魔法武器具有增加鋒利度，增強裝備者能力，或是給予追加傷害等各種效果。就現階段而言，武器方面是帕爾帕多拉壓倒性占優勢。

「不，應該不是吧，武器方面是差超多沒錯。但飛飛先生的鎧甲就魔法方面來說，應該比老大爺的更好才是。身上裝備的魔法道具應該也比他高檔。全部加起來，我看要不就是相差不遠，要不就是飛飛先生占優勢喔。」

「汝恐怕結論下得太早了吧，你沒聽說過老大爺裝備之魔法道具，總價比精鋼級擁有的還高嗎？老大爺一輩子冒險到這把歲數，達成了無數委託。考慮到獲得之報酬總額，可是帝國第一啊！」

「不不不，等等……」

「汝才應該稍安勿躁……」

就在兩人爭論之時，在不斷高漲的鬥志驅使下，對戰揭開了序幕。

「那麼，老夫要出招嘍。」

「接下來還有要緊的工作要處理吧。別太勉強自己，放輕鬆點過來吧，老先……」

不讓飛飛講完，帕爾帕多拉瞬時以八十歲老人不該有的流暢、力道與速度，向他踏出一步。相較之下，飛飛甚至沒把手中的木杖舉起來。

「──『龍牙突』！」

看到帕爾帕多拉第一招就毫不猶疑地使出武技，赫克朗睜大了雙眼。

讓槍矛柔軟彎曲，宛如龍牙般連續突刺兩下。而且這招還有附加效果，能根據屬性給予追加傷害。這是武技「穿擊」的發展型招式，據說是帕爾帕多拉在四十多年前開發的武技，因為使用起來平衡性極佳而廣為人知，直至今日有許多戰士都練過這招。

而「龍牙突」當中，帕爾帕多拉使用的是稱做「青龍牙突」的武技，具有給予雷電追加傷害的附加效果。

（那個老頭在想什麼啊！雖然有治療魔法可用，但一般來說也不會用上這招吧！）

光是擦到就能給予雷電傷害的武技，最適合用在身穿金屬鎧甲的對手身上，帕爾帕多拉選用了這招，可見得他確實是來真的。

然而，這招對於穿著金屬鎧甲的人來說極為棘手的一擊，飛飛卻輕巧地躲開了。即使身穿漆黑全身鎧，動作卻像羽毛般輕盈。而更讓人驚訝的是，他並不是往後大大跳開躲避，而是待在站著的位置，幾乎動都沒動就躲開了。

（太誇張了！那是什麼樣的動態視力與體能啊！）

「──『疾風加速』。」

帕爾帕多拉繼續發動武技。

（玩過頭啦，臭老頭！你連腦子都老化了嗎！）

「『龍牙突』！」

跟剛才相同的武技再度襲向飛飛。槍尖蘊藏著雪白寒氣，是「白龍牙突」。

迅雷不及掩耳，總共四次連續攻擊──

觀眾鼓譟起來。

這是當然。因為四次攻擊都沒碰到飛飛的鎧甲一下。

帕爾帕多拉大幅往後跳開。他額頭上滲出了汗珠，並不是攻擊消耗了體力，而是置身死地揮槍造成的精神負荷太大。

「超強的！」

「——比赫克朗還強。」

「當然啦，愛雪。拜託別拿我跟他比，他那才叫做最高階冒險者，是一切的頂點。那就是精鋼級冒險者的力量。」

「那麼接下來換我出招吧。」

飛飛慢慢舉起木杖，擺至中段姿勢。相對地，帕爾帕多拉卻把原本握緊的槍放到肩膀上。那不是戰鬥態勢，而是已經失去鬥志——放棄戰鬥之人的姿態。

「太精采了。不玩啦。憑老夫的實力，別說要打贏你，連留下一道擦傷都很難唷。」

「……這樣啊。」

「唔喔……」聽到帕爾帕多拉宣布投降，旁觀的眾人都發出敬佩的低吟。真是一場壓倒性的對決，大家眼睜睜目睹了有如小孩與大人的大幅落差。

興奮的觀眾議論紛紛，討論著那次閃避的腳步是哪個流派等等，分享內心的感動。沒理會這些人，赫克朗帶著格林漢，走到一邊擦汗一邊與飛飛交談的帕爾帕多拉身邊。

「已經結束了嗎，老先生？」

飛飛的氛圍與語氣都變得相當柔和。

「……你不是才正要拿出真本事嗎？」

「……哈哈哈，對一個老人講話這麼不留情啊。老夫剛才已經拿出真本事了，那就是老夫現在的全部實力啊，飛飛閣下。」

「——啊，抱歉，這真是失禮了。」

「別道歉啊，你道歉才真的讓老夫難過。還有你講話方式可以再直爽一點，因為我們的價值不在活了多久，而是有多少本事。像你這樣無人能及的強者對老夫表示敬意，會讓老夫渾身不自在的。」

「……原來如此，那我就恭敬不如從命了。話說回來，打到這裡中斷讓我有點不滿足，如果還有下次機會，就由我先出手吧。那麼我還得去把行李搬進馬車裡，先失陪了。」

「搬行李這點小事，交給其他人做就行了吧，這不是你的工作吧？」

「我不這麼認為。無論我升上什麼地位，別人交給我的工作，我都必須確實完成。」

只留下這番話，飛飛就往馬車走去，後面跟著絕世美女。與他們擦身而過走來的兩人，漫不經心地看著他離去的背影。

看著他巨大的背影。

「哈哈。看你們的表情，好像有話想問啊。」

「——老大爺，您有何感想？」

滿是皺紋的臉歪扭起來。感覺像是苦笑，又像是其他感情。

「那個人很強。不對，既然是精鋼級，本事高強是理所當然的，但老夫實在沒想到會強成那樣。從面對面的瞬間起，老夫就覺得無論攻擊哪裡好像都會被擋下來。」

赫克朗也有相同感受。他也覺得自己的所有攻擊，都會被那個名叫飛飛的男人輕易封鎖，反擊。就算一切企圖都照著計畫來，也只會被那件鎧甲彈開。正面與他對峙的帕爾帕多拉想必有更強烈的感受吧。

「那就是……精鋼級啊。」

「是啊。那就是精鋼級，位於只有天之驕子才能到達的領域之人。啊啊，真是無懈可擊的美麗啊，伸手不可企及的巔峰……喏，你們看見了那個巔峰，一定也心滿意足了吧！」

「正是！在一旁觀戰，能把兩位的動作看得更清楚。如果本人親自上場與他對峙，一定無法如此冷靜地觀察那人身手吧。以本人來說——這樣說對老大爺過意不去，但本人真想見識一下轉守為攻的飛飛閣下的實力啊。」

「沒辦法啦，飛飛閣下似乎根本無意攻擊老夫喔，從他身上感覺不到鬥志。大概就如同他自己說的，他不擅長手下留情吧。一定是覺得如果出手攻擊老夫，很容易就會要了老夫的命吧。」

如果是這樣，可以說飛飛的想法相當傲慢。因為老大爺——帕爾帕多拉也是頗有本事的戰士，飛飛卻連看都沒看過這個老手的招式就瞧不起他。

然而，正因為他能這樣做，才稱得上精鋼級冒險者。

「沒辦法，那位先生與老夫的實力落差就是這麼大。起初老夫也覺得不悅，然而他雖然始終採取防禦，但畢竟是躲開了所有攻擊，老夫哪敢再說什麼。」

所謂實力強大就是這麼回事。

他選用了用不習慣，重量與平衡感都跟平常完全不同的武器，表示他就是如此有自信。兩人之間的差距就是這麼大。

帕爾帕多拉嚷著「累死了，累死了」，轉身背對兩人邁步離去。前往的地方當然是帶篷馬車。

目送他的背影遠去，赫克朗聽見一個小小的嘟噥。

「老夫年輕時也沒能站上那個領域。那就是精鋼級嗎……真是高不可攀啊……」

帕爾帕多拉的背影看起來非常之小。相對地，飛飛卻顯得非常高大，感覺得到強大的壓迫感。

「……那就是最高階，精鋼級。」

「是啊。真是太厲害了。」

對於兩人佩服的話語，周遭不乏其他同意的人。

2

帝都歐溫塔爾的石板路上，一輛馬車如風疾駛而過。

拉著豪華馬車的是擁有八條腿的魔獸，八腳馬。車夫座上坐著兩名看似本領了得的戰士，馬車車頂——當成貨架的地方經過改造，讓魔法吟唱者與持弓弩的戰士等四人乘坐其上嚴陣以待，對周圍提高戒備。

他們採取這種宛如移動防禦陣的過剩警衛，還能大大方方地行駛在馬路上，當然是因為搭乘馬車之人的身分使然。

只要看到馬車側面的三根杖交叉的紋章，多少有點學問的人，都會知道那是誰的馬車，坐在裡面的又是什麼人。所以在馬路旁戒備的騎士們都沒有攔下馬車盤問。

馬車當中有三個男人。所有人都穿著長袍，像是魔法吟唱者。

三人都是帝國魔法界的知名人士，但是在態度上有著明顯的地位差別。地位最高的是一位白髮老人。

如同葛傑夫．史托羅諾夫是名聞遐邇的戰士，講到魔法吟唱者，沒人能像這位人物一樣名聲傳遍各國。這位老人正是帝國最強，最偉大的大魔法吟唱者「三重魔法吟唱者(Triad)」夫路達．帕拉戴恩。

與夫路達相對而坐的，是他能夠使用到第四位階魔法的兩個得意門生。

自從出了皇城，就有一種靜悄悄的氣氛支配著馬車內，彷彿承受不住這股沉重壓力般，其中一個門生戰戰兢兢地開口道：

「老師，您打算如何處理陛下的命令呢？」

沉默再度支配馬車內，但只維持了一瞬間。夫路達用一種讓人感覺高深莫測的沉穩聲音回答：

「這是陛下的心願，身為臣子只能展開行動，進行調查了。不過，以魔法手段調查太危險了。應當先從資料開始查起，接著再召喚惡魔，收集情報吧。」

「這麼說來，老師也不知道嗎？」

夫路達閉上眼睛，經過幾秒後再睜開。

「可惜我孤陋寡聞，從未聽過名叫亞達巴沃的強大惡魔。」

一個月前，惡魔軍團襲擊了王國的首都。根據收集到的情報，指揮官亞達巴沃以及隨從的女僕惡魔都是些超乎常理的可怕存在。

這場惡魔騷亂，使得每年都會侵犯王國的帝國騎士團按兵不動。按照常理來想，趁對手疲憊之時進攻，應該是兵家常道。

然而追根究柢，帝國對王國發動戰爭的理由主要有兩個。

一個是間接造成王國國力疲乏。相對於擁有常備兵的帝國，王國採取的是徵兵制。因此帝國每次動兵，王國因為兵員品質不比帝國，只好興師動眾。基於這種理由，帝國訂立了長期計畫，總是選在農作物收割等時期發動戰爭，讓王國徵召農民上戰場，導致農民缺乏收割的人力，藉此損壞王國的農作物。

另外還有一個原因，就是削弱帝國內部貴族們的力量。國家向對皇帝抱持反感的貴族們強徵戰爭特別稅，好讓他們吐出錢來。如果膽敢拒絕，就以反叛罪嫌抄家。結果要麼就是慢慢被勒斃，要麼就是一次給個痛快，下場都是一樣的。

基於這些理由，皇帝——吉克尼夫認為只要王國自己國力疲乏，帝國不用勉強挑起戰火也沒關係。反正帝國內部的貴族們已經大大失去了威脅性。

只不過，還有一個問題。

殘忍行徑正如惡魔的亞達巴沃到哪裡去了？而他是個什麼樣的存在，也很令人憂心。

所以他會命令帝國最優秀的魔法吟唱者夫路達對亞達巴沃進行調查，可以說是理所當然的發展。

「還有擊敗亞達巴沃的『漆黑』飛飛，以及他的同伴『美姬』娜貝，真讓人感興趣。再來就是神祕的魔法吟唱者安茲．烏爾．恭。潛山隱市的各路英雄都開始採取行動了嗎？說不定會發生與兩百年前魔神之戰同樣慘烈的戰爭呢。」

「……會發生嗎？」

「不知道。不過，只有愚者才會等發生之後再來準備。智者都是防範於未然的。」

不久，馬車抵達了目的地。

廣大用地周圍圈起了高聳的厚牆，蓋起好幾座瞭望塔警戒內外。被選中的騎士們——帝國八騎士當中，隸屬於最精銳的第一騎士團之人——與魔法吟唱者的好幾支混合警備隊正在負責巡邏。

往上空一看，甚至還能看到皇帝直轄的近衛部隊、騎乘飛行魔獸等等的皇室空衛兵團（Royal Air Guard），以及利用飛行魔法進行警備的高階魔法吟唱者。

這裡正是帝國國力的象徵，是前任皇帝以來投注最多心力的帝國魔法省。

生產騎士們的魔法裝備配給、開發新魔法、以魔法實驗提升生活水準的研究等等，可以說是帝國魔法真髓的集大成之地。而這裡的總負責人——雖然魔法省另設有長官——就是夫路達。

馬車在用地內前進，最後停在用地內最深處的高塔前方。

他們一路上經過許多形狀各異的建築，每棟建築都有許多人進進出出，但只有這座塔幾乎沒人出入。不過相反地，高塔入口的戒備要比其他建築森嚴多了。

首先，守衛的騎士們穿著就有所不同，他們跟其他地方看到的第一騎士團並不一樣。

包覆全身的是魔法全身鎧，手持魔法盾牌，腰上掛著魔法武器。繡有帝國紋章的深紅披風當然也是魔法道具。

這些裝備上附加的魔法力量雖然微弱，但就算是帝國，普通騎士也是穿不起這些武裝的。最重要的是，一般騎士不可能分發到這座帝國的重要機關。

他們這些最精銳的騎士們，正是皇帝直轄的近衛隊，皇室地衛兵團（Royal Earth Guard）。

並排站立的魔法吟唱者們也不輸給騎士們。這些實戰經驗豐富，驍勇善戰的魔法吟唱者，散發著不輸給沙場老將的氛圍。

不只有這些人，還有四尊身高隨便都超過兩公尺半的岩石哥雷姆（Stone Golem）鎮守入口，不眠不休，不用進餐，永遠專注地負責守衛工作。

警備措施可與皇帝身邊匹敵的這座設施，只有第三位階後半的優秀魔法吟唱者，或是有特別理由的少數學者型魔法吟唱者才能進入。當然，從停下的馬車走下來的夫路達以及兩個門生，都是獲准入塔的人。

三人稍微舉手回應騎士與魔法吟唱者們的最敬禮，並鑽進入口。穿過筆直通道後，三人來到一處研缽狀的空間上層。這裡有著許多魔法吟唱者忙碌工作。其中身分地位最高之人，急忙跑到夫路達跟前。

「有什麼進展嗎？」

「完全沒有，老師。」

弟子嚥下口水，喉結上下移動，一如平常的回答當中同時具有好壞兩種意義。

夫路達表情複雜地只點了一下頭，就轉向自己親自指導過的三十名弟子——人稱被選中的三十人，知名度特別高的弟子——中的一人，也是這個場所的副負責人。

「這樣啊。還是無法引發自然發生現象，是嗎？」

「是的。連最低階的不死者骷髏都還沒出現。目前正在進行把屍體放在附近的實驗，看看能否引發殭屍(Zombie)出現。」

「嗯嗯。」

夫路達捋著自己的長鬍鬚，注視著視線下方的景象。

在那裡有十幾隻骷髏，他們正在耕田。

骷髏舉起鐵鋤，往下揮動，動作與左右兩邊的每隻骷髏都完全一致。如果從側面看過去，重疊起來甚至就像只有一個骷髏。

這副協調到了極點，有點像是團體操的景象，正是帝國祕密進行的大型計畫的真相。也就是「不死者的勞動力」。

不死者不需要飲食與睡眠，也不會累，換句話說是最完美的勞動力。雖然低階不死者的確沒有智慧，只會聽命行事，也做不來複雜的工作。但只要有人在旁邊一一指示，就可以解決這個問題。

把不死者放進農地裡執行命令，帶來的好處超乎想像。刪減人事費使得農作物單價下降、農場與農田的擴大、防止人為災害等等，真可謂夢想中的計畫。

還有一些類似的計畫，是利用召喚出來的魔物或哥雷姆(Golem)，不過考慮到性價比等方面，還是不死者最為優秀。

但看似如此完美的計畫，當然也有不能大力推行的理由。

因為有人反對——尤其是以神官為首的勢力。他們認為役使不死者這種憎恨生命的死亡體現，是汙衊靈魂的行為。

從宗教觀點來看也有問題。

他們認為就算是利用罪犯的屍體製造出不死者，站在宗教觀點，執行死刑時犯人的罪孽就已經洗除淨盡，更多的處罰就是褻瀆了，想說服他們是件難事。

如果國內目前糧食緊缺，有大量民眾餓死的話，或許還有辦法說服他們。然而帝國的糧食生產非常富足，勞動力方面從沒出過問題。

出於這些理由，神官們才會反對這個計畫。

追根究柢，隱藏在這項計畫背後的目的其實是增強軍力。只要倚靠不死者進行生產，就可以將人力轉用到其他方面，挖掘出更優秀的騎士等人才。

況且一旦不死者的勞動力變得普及，就有人會擔心人類勞動者可能遭到解僱，不死者究竟能不能永遠聽人類的命令，還有大量的不死者會不會造成生死平衡的崩潰，而自然產生擁有更強大力量的不死者。不只是神官，只要是聽過這項計畫的人，當然都會產生這種不安。

這座設施的存在意義，就是要一一驗證這些不安，並找出解決方案。

「還沒找出根本的理由嗎？」

「是，非常抱歉，老師。」

不死者為什麼會自然出現？探究這個根本性的理由，對將來有著舉足輕重的影響。

有一個地方終年覆蓋著薄霧，只有在帝國與王國交戰時才會放晴，這個地方就是受詛咒的卡茲平原。這個地方不死者的出現機率極高，據說甚至連最強的不死者之一，能讓所有魔法失效的骨龍都會出現。

即使將來帝國可以支配耶．蘭提爾近郊，他們也不想把不死者頻繁出現的土地納入國土之中。因此，查明不死者是經由何種過程出現的，對統治必定會有幫助。說不定還能讓不死者永遠不再出現。

「是嗎，我知道了。」

免於遭到斥責的副負責人安下心來，行了一禮，夫路達從他身邊走過，在研缽狀房間內繞一大圈往前走。

當夫路達來到對面的門扉前時，跟在他後頭的門生人數變多了。

守門的騎士推開門扉，一行人往門內走去。門後面是跟剛才一樣的通道，但比外面冷清多了，不見人影。空氣中帶有塵埃的氣味，光線似乎輸給了黑暗。

沿著飄盪一種恐怖氣氛的通道筆直前進，很快就來到一處往下延伸的螺旋階梯。

途中穿過好幾扇門，在螺旋階梯上發出喀喀跫音的時間並不長，差不多只到地下五樓吧。然而空氣卻變得十分沉重，彷彿到了更深的地方。

這絕不是因為他們來到了地下。最好的證據，就是包括夫路達在內，一行人的表情都因為緊張而僵硬。

抵達最底層——空蕩蕩空間的一行人神色嚴峻。他們顯得緊張萬分，甚至像是準備進入戰鬥。

所有人銳利的眼光都望向僅只一扇的厚重門扉。那扇門彷彿將世界隔絕開來，充斥著壓迫感，為了不被打破或是輕易開啟，施加了好幾重的物理與魔法防護。這是一扇絕不允許脫逃的門扉。

不只如此，途中經過的許多厚重門扉，也在在說明了這扇門後方潛藏的危險。當這扇門後方的危險有了動作時，那些門形的隔牆可以爭取時間，也具有封印的意義。

夫路達以僵硬的聲音，對弟子們發出警告。

「千萬不可大意。」

雖然只是短短一句簡潔的話，但也因此而更加駭人。

同行的魔法吟唱者們一齊深深點頭。夫路達每次來到此地，都會重複一樣的警告，但他們知道這扇門後方有著什麼東西，表情從來不曾鬆懈。

因為待在這扇門後方的是最強的不死者。一旦放他逃出這裡，帝都將會發生史無前例的重大慘劇。

幾個人一齊開始施展守護魔法。不只是純粹的物理防禦系魔法，也用上了保護精神的魔法。經過充足的準備時間，夫路達環視自己弟子們的臉，看出所有人都已做好心理準備。

他點了個頭，然後念出解除封印的關鍵字。

魔法的力量，讓沉重的門扉發出「轟」一聲，慢慢打開來。

黑暗橫行的室內溢出了寒氣，讓幾名弟子彷彿很冷似的縮起肩膀。即使攜帶著對應環境的魔法道具，從深處發出的對生者的憎恨，仍然足以教人心驚膽寒。

某個人吞下口水的咕嘟一聲顯得分外響亮。

「我們走。」

聽到夫路達這句話，弟子們施法點亮了好幾盞魔法光，驅散了室內的黑暗。逃竄的黑暗在光明之外盤踞，變得更加濃厚——甚至給人這樣的感覺。

由夫路達帶頭，一行人走進飄散著死亡氣息的室內。

因為室內不太寬敞，魔法光很快就照亮了最深處。

那裡有一根直達天花板的巨大柱子。這根有如墓碑的柱子的確引人注目。但更讓人無法移開目光的，是被鎖鏈緊緊捆綁，處以磔刑之人。

那人全身都被比拇指粗上許多的鎖鏈綁住，完全無法動彈。鎖鏈前端固定在石板地上。不只如此，手腳還垂掛著巨大的鐵球。

在這種狀況下，任何存在都不可能移動一根手指頭。這個過度嚴苛的綑綁方式，反而顯示出他們對這個存在的強烈戒心。所以一行人當中有人看到這麼粗的鎖鏈，仍然懷抱著些許不安，擔心這個存在能夠輕易扯斷鎖鏈，重獲自由。

外觀看起來像是穿著黑色全身鎧的騎士。只不過，那與全副武裝的人有著極大差距。

首先引人注目的，想必是那龐大的身軀吧。身高隨便估計都有兩公尺以上。

接著是穿在身上的黑色全身鎧。鎧甲上描繪著血管般的紋路，各處突出體現暴力的尖刺。頭盔長出惡魔犄角，臉部挖空。從那裡露出的是腐敗的人臉。空洞的眼窩當中，對生者的憎恨與殺戮的期待形成了炯炯紅光。

那不是活人，而是死者。不然不可能散發出如此強烈的對活人的怨恨。

「死亡……騎士。」

初次來到這裡的一個弟子，低聲說出了這個傳說級不死者的名字。由於這個不死者幾乎是傳說中的存在，因此知名度反而很低。

死亡騎士(Death Knight)雙眼中蘊藏的紅光如眨眼般動了動，舔舐般的把前來的魔法吟唱者統統打量一遍。不，從閃爍的光團當中不可能看出視線的移動。然而讓人毛骨悚然的懼意，讓他們感覺死亡騎士似乎正在看著自己。

能一同來到這裡的，只有至少能使用到第三階級魔法的少數強者。然而即使是他們，也無法阻止牙關格格打顫。

都已經施加了精神系的守護魔法，卻還是不能抑止湧上心頭的恐懼。然而他們終究撐住了，沒有逃跑，想必是多虧了魔法守護的功效吧。

「——保持心靈堅強，心志脆弱者會喪命的。」

夫路達發出警告後，靠近死亡騎士。死亡騎士對他做出反應，散發出殺意，四肢開始使力。

夫路達將手筆直伸向死亡騎士。

夫路達的魔法吟唱，迴盪在魔法光驅散黑暗的場所。這是以「第六位階死者召喚（Summon Undead 6th）」改良而成，夫路達的自創咒語。

「——服從我吧。」

魔法施展而出——夫路達的小聲話語流出，溶入周圍空間。

然而相對的，死亡騎士眼中蘊藏的仍然是對生者的憎恨。所有人都知道魔法失敗了。

「……到現在仍然無法支配嗎？」

夫路達的語氣中帶有遺憾。因為經過了五年，他仍然無法支配這個不死者。

他們是在不死者經常徘徊的知名地點，卡茲平原發現這個魔物的。

遇到這個魔物的一支帝國騎士中隊，雖然沒看過這個不死者，但因為有任務在身，於是就按照平常規定開始討伐。幾十秒後，他們知道自己實在太過魯莽且愚蠢。此時以精練強悍為人所知的帝國騎士們，臉上已然滿布恐懼與絕望。

他們居於壓倒性的劣勢，遭受單方面的蹂躪——對手太強了。

等到敵人像狂風過境般殺害了許多騎士，他們才終於確定無計可施，開始撤退。

當然，他們不能放著那樣的怪物不管。尤其是他們還親眼目睹到遭到殺害的騎士變成了不死者，淪為怪物的手下，很明顯地，給對手更多時間將會直接導致嚴重災難。

經過帝國首腦層爭論不休地重覆討論，他們決定從一開始就派出殺手鐧——帝國最強戰力，也就是動員夫路達與他率領的眾得意門生。

而如今死亡騎士既然已經被抓起來關在這裡，也就是說就結論而言，戰鬥以夫路達等人的勝利收場。然而，夫路達他們之所以能獲勝，純粹是因為死亡騎士不具有飛行手段。他們重複進行與地毯式轟炸沒兩樣的範圍攻擊——來自上空的「火球(Fire Ball)」連續射擊，減弱了死亡騎士的動作，最後被受到其壓倒性力量吸引的夫路達活捉起來。

如今夫路達把死亡騎士綁在這裡，用過了無數魔法、無數魔法道具與無數手段——找遍能夠支配一般不死者的任何辦法，只為了支配死亡騎士。

「真可惜……只要能夠支配這個魔物，我就能超越那個魔法吟唱者，成為至高無上的魔法吟唱者了。」

只要成功，他就能遠遠凌駕於十三英雄當中的亡靈師，莉古李特．別爾斯．卡勞之上了。

其實，夫路達對力量並不怎麼有興趣。他的真正願望在於一窺深淵。這只不過是過程之一罷了。

弟子們不了解他這一點，所以他們紛紛說出文不對題的安慰話。

「老師早已凌駕於那位英雄之上了。」

「就是啊。十三英雄不過是過去的存在，不可能勝過立於現代魔法技術最尖端的老師您。」

「我也認為老師早已超越了十三英雄，只是，如果老師能支配死亡騎士，帝國就能獲得最強的力量吧。」

「常說個體贏不過群體，但那不過是個體的力量太弱了。這個死亡騎士可是最強等級的個體啊。」

由於夫路達站在最前頭，沒有人看見他的小小苦笑。只有懷著憎惡的死亡騎士看見。

「不過連老師都無法支配的話……這個死亡騎士，究竟擁有多大的力量？」

「這……誰知道呢？從理論來講應該可以支配才對。那麼我究竟少了什麼呢？有沒有人可以提出看法？」

眾人以沉默回答這個問題。

不死者可以藉由魔法進行支配，實際上十三英雄之一就這樣做過。憑夫路達的實力，足以支配等級相當高的不死者。說不定就連眼前這個死亡騎士也能支配。

然而，這只是單純的推測，以魔法支配不死者其實有著更複雜的機制。基本來說，支配或破壞不死者是借助神力的神官的領域。魔法吟唱者硬是以魔法力量代替神力，會產生各種差錯也是理所當然。

「……我無意侮辱老師，只是……」

一名弟子沉重地開口，夫路達要他繼續說下去。

「會不會是老師的力量還不夠？假設第七位階魔法是存在的，也許死亡騎士必須以那個領域的不死者召喚才能呼喚出來……」

「這的確是不錯的觀點。」

「我曾聽說冒險者會替各種魔物數值化，標上稱為難度的數字。不妨以此做為基準思考看看，如何？」

「我聽說那個的基本數值非常粗略，會因為年齡或體格而立刻失去意義喔。」

另一個弟子開口道。

「可是，除了未知魔物之外，沒有比那個更清楚易懂的標準了吧。那畢竟也是多方收集了冒險者戰鬥時的感覺等各類資料建立起來的，不能說完全不準。」

「照這樣說的話，還是無法用在死亡騎士這種傳說級的魔物身上吧。」

「對了，老師。記載了無數魔物的祕傳書上，沒有記載這種魔物嗎？」

「沒有。」夫路達捋著鬍鬚。「也許在艾琉恩提優有完整版，不過外界流通的都只有不完整的版本。」

一個弟子似乎產生了疑問，對身旁的其他弟子問了個問題。雖然他聲音很小，但房間本身就像寂靜的集合體，因此那聲音聽起來意外地大。

「艾琉恩提優究竟是什麼意思？」

「不就是都市的名稱嗎？」

「這我知道，但我覺得這名稱很怪。」

「嗯……我有查過一次，記得應該是那附近的古語，意思是『位於世界中心的大樹』。」

夫路達以法杖敲了一下地板，表示對任意交談的弟子發出警告。這裡是有著傳說級魔物的危險場所，絕非可以鬆懈大意的地方。

弟子們立即聽從警告，支配室內的主宰（寂靜）歸返，只剩死亡騎士試著扯斷鎖鏈的蠢動聲音。

「很遺憾，今天已經沒必要待在這裡了。我們走。」

「是。」

聽到鬆了一大口氣的複數回答，夫路達邁開腳步，離開死亡騎士面前。

就算是夫路達這樣的人物，入室與離室時還是無法保持一樣的步行速度，承受來自背後的死亡騎士的凶狠視線，總是不免加快腳步。只不過這點弟子們也是一樣的。

夫路達一邊走在黑暗中，一邊回想起剛才弟子所說的話。

「艾琉恩提優」。

那是八欲王建立的國家的首都，也是殘存的最後一座都市。同時也是由裝備著超乎常理的魔法武器、防具的三十名都市守護者鎮守的都市。

據說該處藏有八欲王留下的魔法道具，只要有了那些道具，一定能讓自己的魔法技術突飛猛進吧。夫路達想像著。那些超級魔法道具從未落入任何人手裡，只有十三英雄獲准帶走其中幾樣。

夫路達內心搖曳著黑色火焰。

十三英雄，過去的英雄。憑夫路達的實力應該能與他們並駕齊驅，但只有他們得到允許，自己則不被允許。自己究竟哪一點不如他們？

夫路達急忙嘗試撲滅搖曳的火焰，想想其他事情安慰自己。自己現在的地位，以及建立起來的事物，這些都絕不會輸給十三英雄。不對，在帝國的魔法吟唱者當中，夫路達的地位甚至高過十三英雄。

然而，一度燃起的黑色火焰——嫉妒卻無法輕易撲滅，因為他嫉妒的不是力量——才智或能力，而是先人們得到了能一窺魔法深淵的機會。

夫路達是最高位階的魔法吟唱者，沒有人會質疑這一點，能與他並駕齊驅的頂多也就只有過去的十三英雄吧。然而，他無法役使死亡騎士，據說魔法全部總共有十個位階——雖然這項情報可信度有點低——而他也只能用到第六位階。

這種狀況硬是說明了自己離魔法深淵還遠得很。

夫路達年事已高。

精神系魔法吟唱者修習的仙術當中，有一個系統稱為禁咒。他使用了這種禁止使用的魔法，停止了老化。當然，就夫路達修習的位階來說，使用這種魔法相當困難。他是結合了儀式魔法勉強發動的。

只不過，因為這樣是將不可能化為可能，因此留下了明確的歪曲，完美發動時可以使人長生不老的魔法，卻仍讓夫路達嘗受到少許的歲月流逝。

現在還能勉強應付過去。但歪曲會越變越大，總有一天會出現破綻。

沒錯。夫路達還來不及一窺魔法深淵，就會先死去。

如果有優秀的先賢指導，也許他能更早抵達目前的境地。然而自己的前方沒有別人，他只能自己開闢道路。

夫路達若無其事地環視身旁的弟子們。

環視走在夫路達這號人物開創的道路上的人們。

嫉妒火上加油，燒得更為旺盛。

自己……比在場所有人更有聰明才智的自己，是在幾歲時到達弟子們的等級？不，根本用不著想，肯定比弟子們年紀更大。沒有人指導，沒有人走在前方引路，差別就是這麼大。

為什麼自己沒有老師？

夫路達試著用另一個想法，蓋過時常產生的嗟怨。

——有什麼關係？自己將做為先賢名留青史。通過自己留下的足跡，成為魔法吟唱者的人全都得感謝夫路達的功績。這些弟子才是我的寶物，只要這當中有任何一個人比我達到更高的境界，那就等於是我的力量——

夫路達一邊如此安慰自己，一邊想起自己的一個弟子，那個弟子如今已經離開了。

如果是那個少女，不知道可以達到多高的位階。

「——愛雪．伊福．利爾．菲爾特啊。」

那是個優秀的女孩。年紀輕輕就能修習到第二位階魔法，甚至涉足第三位階魔法。只要繼續修練下去，有朝一日說不定能到達夫路達的領域。只可惜最後，她因為某些因素而放棄了學業……

夫路達那時候失望透頂，只覺得她真是愚蠢。

「太可惜了。」

也許自己放走了一隻大鳥。

那個女孩現在人在何方？夫路達在想，也許可以稍微找找看。如果她能使用到第三位階魔法，也可以給她一個不錯的地位。

話雖如此，現在還有必須處理的工作。

夫路達念出暗語，打開沉重的門。

然後他走到外頭，跟其他弟子一起重複了幾次呼吸。因為在死亡騎士氣息濃厚的室內空氣沉重，給人一種呼吸時空氣好像進不了肺部的錯覺。

「老師！」

一個低沉粗厚的聲音呼喚著他。在那裡的是他的一個得意門生，也是個出名的男性冒險者。由於他經歷豐富，因此當上了魔法省的警備相關副負責人。

「……發生什麼事了？緊急狀況嗎？」

「不，不是緊急狀況，是兩位精鋼級冒險者希望能面見老師。」

夫路達狐疑地望著男人。

他並沒有跟人約好見面。夫路達是帝國最高位階的魔法吟唱者，工作繁忙，再加上還要花時間做自己的魔法研究，根本沒有多餘空閒。突然說要跟他見面，他也不能輕易點頭。在帝國當中，只有皇帝不用事先預約就能見他。

話雖如此，也不能貿然拒絕。精鋼級冒險者是英雄，雖然只是個人，但絕非可以忽視的存在。就算是大魔法吟唱者夫路達也一樣。自己有時候也得委託他們尋找稀少物品，不能有所怠慢。

「是『銀絲鳥』的各位成員嗎？還是『八重漣』？」

他說出帝國兩支精鋼級冒險者小隊的名稱。

然而，弟子搖了搖頭。

「不是。是自稱『漆黑』的二人組。他們還拿出了精鋼級的牌子證實身分。」

「你說什麼？」

在王國聲名大噪的冒險者小隊「漆黑」。即使只有兩名成員，卻立下了許多英雄級的實質功勞。據說他們最近還與在王國首都作亂的亞達巴沃單挑，並將其擊退。

這樣的人物，為什麼會來見自己呢？他同時產生好幾個疑問，但比起這些疑慮，他更想與據說位階極高的魔法吟唱者「美姬」娜貝談談魔法學問。他立刻將這些疑問拋諸腦後。

不過，自己畢竟是皇帝的臣子，他想起自己的主子吉克尼夫也很想見到他們。

等會面結束之後再提起這件事吧。夫路達一邊思考，一邊命令弟子：

「為那兩位大人帶路。我整理一下儀容就立刻過去。」

3

「啊～沒想到真的有遺跡耶，嚇了我一跳。雖然看對方準備了那麼豐厚的報酬，應該不會是騙人的，可是在這種草原的正中央居然有座未經探索的遺跡，真令人吃驚，對吧。」

聽赫克朗這樣說，身旁眺望遺跡的同伴們也表示同意。

據說遺跡是座墳墓，實際上一看，它位於彷彿陷進大地之中——就像上面的什麼東西凹陷下去，一個像是盆地的地點。

這座遺跡尚未有人探索，其中一個原因，可能是因為周圍放眼望去都是草原，沒有任何古代都市遺跡等吸引冒險者注意的事物吧。而且周邊的廣大範圍還有相同的土丘如星羅棋布，即使其中一個埋著遺跡，也不可能注意到。中央的建築物屋頂稍微突出了一點，但還是得爬到這個高處才看得見。

由於覆蓋遺跡周圍的砂土崩塌了一點，讓一部分牆壁露出，遺跡才會被人發現。這是各小隊智囊的一致看法。

「錯不了。老實說，我好期待喔。因為未經探索的遺跡，有可能隱藏著一些令人驚奇的寶藏。」

「這就難說了，不過遺跡位於這種地方卻沒發生過任何問題，可見裡面應該沒有危險的魔物。比起這個，我比較擔心的是委託人竟然能指定紮營的地點。」

營地設置於草原這個開闊場所，可說是最佳選擇。

由於四周有星羅棋布的土丘包圍，能夠阻擋視線，不用擔心被人遠遠看見。只要注意火光等問題，應該很難被人發現。

正因為如此——才教他害怕。

「委託人究竟是怎麼知道這個地點的？」

最大的可能性，是委託人出於某些理由，在這附近找過最適合紮營的地點。這樣很多問題都說得通了。

但這樣一來，又會產生新的疑問，那就是委託人一開始怎麼會想到在這麼偏僻的地方紮營。況且帝國貴族在王國的領土內紮營做什麼？

「——我曾聽說王國有個巨大的非法組織，記得應該是叫做『八指』。聽說那個組織做了很多惡毒的行為。」

「我聽說他們還走私一些東西到帝國呢。我認識的盜賊抱怨過，說他們在王國內擁有相當大的勢力，想調查他們會引來很大的問題喔。」

伊米娜按住被清風吹亂的秀髮，接在愛雪之後說道。羅伯戴克用唾棄般的口吻低聲說：

「我也聽說過關於毒品的風聲。藥物只要正確使用，的確很有幫助。但是那些人卻把藥物變成毒害弱者的商品，實在令人很不愉快。」

他的嗓門稍微大了起來，也是無可厚非。

因為羅伯戴克就是為了幫助弱者，才成為工作者的。

「別再講這些跟這次委託無關，而且無憑無據的妄想了吧。根據愛雪的調查，委託人並不是做過什麼惡劣行徑，而可能遭到肅清的人物，不是嗎？」

「可能查得不夠清楚，或是隱藏得很巧妙。」愛雪低聲說道，但赫克朗不予理會，向大夥確認。

「哎，我想大家應該都明白啦。」

「當然了，我們不會在其他小隊面前提起的。因為工作者有時候也可能接到『八指』走私方面的委託嘛。只要其他小隊有可能跟那個組織有任何瓜葛，我們不會亂講什麼的。直到這次委託處理完。」

「只是不知道這份報酬吸了多少人的眼淚，骯髒到什麼地步就是嘍。」

「——就算是髒錢，報酬就是報酬，也能讓人活下去。」

羅伯戴克瞄了一眼愛雪，做了個深呼吸吐出體內的激情，讓自己冷靜下來。

「——抱歉，我講話太失禮了。」

「不會，我也差點說出了失禮的話來。請原諒我。」

「——請別放在心上，因為你並沒有真的說什麼。只是希望你稍微知道，我是這樣想的。比起精神的富足，我追求的是物質的富足。不過……」愛雪很快地舉起了手，表示自己還沒說完。「我一直都在避免做出對同伴不利的行為，因為我見過很多追求欲望而自取滅亡的人。」

「我相信妳，愛雪。」

愛雪點點頭，沒有人對她說什麼。不用多說，心意也能相通。大夥之間一直以來吵過好幾次架，早已培養起足夠的信賴關係。

「所以，你們覺得呢？我想墳墓很有可能受到某種存在支配。」

赫克朗的眼睛注視著仔細割過的草皮。除此之外，設置在各處的天使雕像與女神雕像也都雕刻得極為精緻，讓人嘆為觀止，而且一眼就能看出有人定期維護。

然而相較之下，墓地各處聳立的大樹枝椏歪扭下垂，醞釀出陰鬱的氛圍。墓碑也排列得毫無次序，簡直有如醜惡魔女的滿口亂牙般隨處豎立，與保持乾淨的部分形成對比，營造出強烈的不協調感。

有人在管理這裡。只不過那人不是正常人。這種讓人膽戰心寒的預感從胃裡湧上來。

為了驅走不寒而慄的感覺，赫克朗將意識轉向巨大的建築物。墓園內東西南北四個方位都有一座靈廟，中央另外佇立著一幢富麗堂皇的靈廟。八尊身形高大的戰士雕像圍繞在大靈廟周圍，帶有一種壓迫感，彷彿散發出決心處決所有靠近靈廟的災厄與不法之徒的意志。

「墓地的草木都修剪得好乾淨喔，甚至連一點青苔都沒有，一定有人細心照料。可是會是什麼人呢？」

的確，每支小隊——除了「天武」之外——都在進行文書調查時，就感到有些蹊蹺。

到了現場放眼四方，除了原野還是原野。實在太不適合用來建造墳墓。

首先單純從墳墓的便利性考量，在遠離人煙的地方建造這麼雄偉的墳墓，實在很不合理，太不方便了。

如果不是用來祭祀死者，而是將故人偉業傳達給後世的紀念碑，那還可以理解。因為人們有時候會把紀念碑蓋在成就偉業的地點。

只是如此一來，這項不朽的成就卻沒有成為史實流傳下來，就讓人覺得不太自然。所有小隊互相分享獲得的情報，卻沒有任何相關資料，就表示這座遺跡很可能真的被人從歷史中抹消了。

一切都太不對勁了。

某種東西卡在喉嚨裡的奇妙異物感，造成了他們皺起眉頭的原因。

「不過，根據遺跡裡住了什麼人，可能會引發大事件喔，這方面查得怎麼樣了？」

「……最好不要是無辜的老百姓。」

「——各小隊的智囊剛才討論過，說工會沒有這一帶任何遺跡的情報，而且離附近的村子也有點太遠，所以不太可能住著一般人。如果有的話就是不能拋頭露面的非法侵占者，或者是魔物——因為沒有走出遺跡的足跡，所以大家推測要不就是住在裡面的生物不需要飲食，要不就是遺跡內部可以自給自足。不過，因為目前所知情報太少，繼續推測會受限於刻板觀念，反而會讓思考範圍變得狹隘。因此遺跡考察就到此為止。」

一座遺跡被人發現時，情報會經由冒險者工會傳給國家的行政機關，而第一發現者可以擁有一定期間的調查權。目前在這種規定之下，只要是國家或冒險者工會尚未獲得情報的遺跡，即使殺死非法占領遺跡的人也會得到默許。

這種規定採取的是「寧可錯殺，不能錯放」的方針。

也許這種方針極為蠻橫無理，但在這個世界上，人類是很弱小的生物。所以如果有一群來歷不明的存在盤踞人類世界的邊緣，會造成很大的困擾。

實際上，在大約二十年前就有一個叫做知拉農的組織占據遺跡，進行駭人聽聞的實驗，造成嚴重災害。就在眾人因為情報不足而袖手旁觀時，一個小規模的都市就這樣毀滅了。

為了不再重蹈覆轍，工會才會做出這種規定。

「哎，以平常情況來說的話，大概又是不死者吧。如果不死者占據了遺跡，就必須盡快掃蕩，用祝福驅除負向力量，否則後果不堪設想，對吧？」

「就如同妳所說的，後果真的不堪設想。把不死者放著不管，有可能會出現更強大的不死者。遺跡等地方會出現強大的不死者，就是因為這種原因。」

「如果只是受到過去主子命令的哥雷姆，在打掃廢棄遺跡的話就好了，那樣就省事多了。那麼今後到底打算怎麼進行？」

「——我覺得赫克朗應該代替我參加會議。」

「別在意啦，其他小隊領隊不也沒參加？這就叫做人盡其才，嗯。」

赫克朗對愛雪眨眨眼，她故意嘆了好大一口氣。

「——總之，所有小隊等入夜之後再開始行動。各小隊從四方入侵，在中央的巨大靈廟集合。」

「原來如此，因為白天入侵容易被發現嘛。」

「——對。」

周圍地形開闊，沒看到監視者或旅人的身影。所以現在直接入侵似乎也行，但還是要預防意外狀況。在黑暗中活動多少比較安全。

再說雖然只有到入夜之前的時間，但持續觀察遺跡，說不定能得到某些情報。這次的工作有時間限制，但是在這裡花點時間並不可惜。智囊們應該是這樣想的吧。

也許他們其實很想多監視個幾天。

「不過只要使用『透明化（Invisibility）』，不就能夠安全地偵察了嗎？」

「──這點我們也想過。不過，既然有可能發生麻煩狀況，不如一次全部解決比較好，至少可以調查到一小部分。」

透明化的魔法也有很多方法可以看穿，並不是十全十美。假使工作者使用魔法接近遺跡，被某些人──負責守衛遺跡的人發現，對方當然會提高警戒等級，搞不好幾天內都無法再次入侵。

為了避免這種狀況，他們才會訂立所有人同時行動的作戰方式。

理解這一點，赫克朗點點頭。雖然多少有點漏洞，但應該算是在危險與任務之間取得平衡，最接近極限的作戰方式了。

「那麼，目前暫時是休息時間了？」

「──對，『漆黑』與『尖叫鞭子』在負責守衛，不過為了安全起見，也為了保持緊張感，各小隊也會輪班悄悄觀察情況。輪班依照抵達伯爵家的順序，每兩小時換班。」

「原來如此，也就是說我們最後嘍。」

「──對，還要很久才會輪到我們。」

說完，愛雪轉了轉脖子，然後上下動了動肩膀。

「辛苦了。」

愛雪對羅伯戴克點了個頭。

「——好累。會花這麼多時間，都是因為那個大爛人說要硬闖遺跡，我們花了好大的工夫才說服他。那個男的完全不知道什麼叫做合群。」

「……啊啊，那個劍術天才哥啊……」

「叫混帳王八蛋就可以了。」

赫克朗對殺氣騰騰的伊米娜苦笑了一下，努力試著改變話題。

「那麼，我們就回宿營地去，悠哉地等輪到我們吧。」

「我贊成。我想暫時應該不會下雨，但為了以防萬一，還是得準備一下。伊米娜小姐，輪到妳出場了，請別一直擺出那麼凶惡的臉嘛。」

「好啦。啊~真是氣死人！真想一刀把他捅死。我要在離他們遠一點的地方搭帳篷。」

「只要是在預定的紮營地內就好嘍。」

其實並不好，但總比搭在附近然後打起來好多了。

四人轉身背對遺跡，離開原地。

「——不過越想越不可思議，難怪伯爵會提出委託。」

聽到她的聲音，回頭一看，愛雪停下腳步，正在凝視著遺跡。

「這座遺跡完全看不出時代或背景，就像突然出現在這個時代一樣，有種突兀感。那個雕刻跟魔神肆虐前這附近一帶的雕刻似乎有點像，但我覺得那邊的雕像比較有東方風格。再加上還有十字形墓碑……不行，我還是弄不懂。」

聽著愛雪的學術講解，赫克朗壓抑住臉上浮現的邪笑，好不容易才隱藏起興奮的心情。

「也就是說，有可能會找到很有意思的寶藏嘍。」

「錯不了，一定會有讓眾人大吃一驚的寶藏。」

「……也很可能會有可怕的不死者喔，各位。」

「——哇～好可怕～」

「——學得太爛了，赫克朗，跟我一點都不像。而且你還勉強模仿我的聲音，真的很噁心。」

「是，對不起。」

「不過……我也有點期待。」

「是呀，這座墳墓是為了什麼而存在，又埋葬著什麼樣的人？整個刺激到求知慾了呢。」

「就是啊。探索未知總會讓人有點雀躍。」

「——還有錢，希望有很多財寶。」

赫克朗看到同伴們笑容滿面，心裡十分滿足。雖然大家是為了金錢等理由而染手骯髒工作，但都不是自願的。其實大家都比較喜歡冒險者做的那種工作。

愛雪靠自己撫養妹妹之後，不知道還能不能出來冒險。愛雪離隊後，要找到下個成員恐怕得花很長時間，就算找到了，在融入小隊之前，也只能選一些難度低的委託。

這次的工作，做為目前成員的最後一份工作，或許是最好的選擇。

（今後……也許可以像個冒險者……接些冒險委託，不，就我們幾個探索一下未知事物也不賴……）

赫克朗仰望天空，仰望那遼闊無際的天空。

●

當暮色漸次籠罩世界之時，工作者們陸續走出了經過巧妙偽裝的幾個矮帳篷，從事祕密工作的他們，該是開工的時間了。

冒險者們已經開始準備餐點。

他們在白色固體火種上點火，再把火移到木炭上，不過因為使用了「黑暗(Darkness)」，照亮周圍的火光被遮蔽了。「黑暗」只能夠消除光線，並不會撲滅火焰。他們在黑暗當中，以熊熊燃燒的火焰煮滾用無限水袋做出的水。

水煮滾了就倒進木碗裡。放在碗裡的隨身口糧轉眼間失去原形，飄散出湯的香氣。這個搭配硬麵包，就是大夥共通的餐點。

接下來就看個人喜好。

盛在碗裡的是帶點黃色的——受到工作者們喜愛，重視營養與保存期限的湯。有人會以小刀削下肉乾，把薄薄的肉片放進湯裡；有人會灑調味料；有人則是直接飲用果腹。

只喝完一碗湯，所有人的晚餐就這樣結束了。考慮到嚴酷的勞動量，這份餐點實在少得可憐。

但是肚子吃得太飽，會影響到接下來的工作，可是不吃又有危險，因為不知道接下來會有多久不能進食。

緊急狀況用的隨身口糧棒也是有限的，帶太多行動會不方便。這方面必須做個妥協。

把空碗交給冒險者們後，工作者們揹起了準備好的行囊。

工作者們在冒險者目送下，一齊開始行動。冒險者負責警備這個營地，不會跟他們一起入侵遺跡。

首先他們沿著丘陵繞一圈，在遺跡周圍散開。他們事先說好如果在這個階段遇襲，就要對著天空發射信號。

很多人穿著全身鎧，噪音與行動的笨重似乎不適合進行隱密行動，但那只是常識範圍內的看法。對於能使用魔法這種打破常識的技術的人來說，這點程度只是小事一樁。

首先使用的是「寂靜(Silence)」。憑著這種能湮滅一定範圍內聲音的魔法，無論是鎧甲的摩擦聲還是在大地上奔跑的聲音，都會變得安靜無聲。

接著是「透明化」。只要用這種魔法隱形，就不容易被一般肉眼目視發現。

為了安全起見，上空有施加了「透明化」、「飛行(Fly)」與「鷹眼(Hawkeye)」的游擊兵監視四周。為了發生任何狀況時能即刻應對，手中準備了具有麻痺效果的特殊箭矢。

在這種雙重防備之下，一行人到達了目的地。

接下來才是重頭戲。

他們預定登上丘陵，然後降落在幾公尺底下的遺跡內。接著一邊搜索地表部分，一邊到類似中央靈廟的地方集合。這些行動必須盡量在「透明化」的有效時間內完成。

只不過，為了不讓少部分人擅自行動，大夥必須統一步調。但是在深夜，而且又是隱形的狀況下，很難互相確認位置。

不過，這方面的問題也已經考慮到了。

約莫三十公分的奇妙短棒，突然出現在地面上。短棒就像被隱形人拿起來似的浮上半空，彎曲之後發出淡淡亮光。

這個特殊的短棒——螢光棒只要折彎，裝在裡面的鍊金術特殊液體就會混合，並發出亮光。之所以先扔在地上是因為「透明化」會對發動時本人持有的所有物品生效。想讓持有物品現形，必須先把物品從身上丟開才行。

亮光左右晃動幾下後，短棒彷彿已經沒有用處了而被破壞。只要將發光的鍊金術溶液灑在地上，再蓋上泥土，就掩飾得乾乾淨淨了。

如此就能確定各處的工作者小隊都一切順利，正在等待下一個行動。

雖然因為隔了一段距離而無法看見其他人的狀況，不過四根繩索幾乎在同一時間被放了下去，垂到納薩力克地下大墳墓的地表部分。這是攀登用繩索，每隔一段剛好的長度就打一個結。

繩索前端綁在打進地上的岩釘上，搖晃著發出嘰嘰聲。

如果在場有人能看穿透明化，一定能看見有人沿著繩索往下降。

即使像愛雪這樣著重鍛鍊魔力與知識而非肉體，沒有習得輕巧身手的技能，這點程度也不成問題。應該說無論是工作者還是冒險者，都必須進行這點程度的肌力訓練。

平日的鍛鍊與繩結充分發揮了功效，每個工作者都沒有摔落地面，在墓地內降落。

入侵者各小隊的第一個目的地，是位於四個地點的小型靈廟。

「透明化」有效時間結束，所有人的身影浮現出來。各小隊都往自己負責的靈廟跑去。

他們壓低姿勢，稍微以墓碑、樹木或雕刻藏身，在陰暗墓地裡奔跑。這段期間內「寂靜」效果仍然持續中，因此不會發出聲音，就連身穿全身鎧的戰士都一邊拚命找掩蔽一邊奔跑。就像好幾個影子跑過大地般，動作迅捷流暢。

●

「沉重粉碎者」的領隊格林漢漸漸靠近靈廟，略為睜大了雙眼。

因為那靈廟比想像中更宏偉。

雖說是四方的小型靈廟，但那是與中央的巨大靈廟相比才會這樣說，靠近一看，靈廟雄偉得讓人屏息凝氣，無比莊嚴。

白色石牆像是經過切削般光滑，建造以來應該經過了很長的歲月，卻完全沒有風吹雨打的汙漬，也沒有風雪造成的破損。

大理石打造的三段台階前方，嵌著一扇看似厚重的鐵門。門扉也擦拭得沒有任何鐵鏽，蘊藏著鋼鐵的黑光。

光看這棟建築，彷彿就能看出此地受到多麼細心的維護。

——換句話說，墳墓裡一定有人。

格林漢如此判斷時，同伴中的盜賊走上前去，慢慢從台階開始檢查。

格林漢——由於施加了「寂靜」——看到盜賊打手勢要自己離遠點，於是慢慢往後退。這是為了避免落入範圍型的陷阱。

盜賊極為仔細地檢查。雖然讓人有點心急，但也是不得已的。

據說人的靈魂寄宿於肉體之中，而當肉體開始腐敗時，靈魂會受到天神寵召。因此死者基本上都會立刻埋葬進墓地——大地的懷抱之中，不過像是貴族等一部分擁有權勢的特權階級，情況會有些許不同。

如果立刻埋進地底，想確認是否開始腐敗時就必須把遺體挖出來才行。因此，為了親眼確認死者確實已開始腐敗，這些特權階級死後不會立刻下葬，而是先安置一段時間。不過，倒是沒有人會選擇把自己的遺體放在家裡。

這時候他們選擇的地點，就是墓地裡的靈廟。將遺體安置在此處一段時間，等開始腐敗後，才在神官的見證之下，判斷靈魂確實已經蒙主寵召。

這時的安置場所基本上會選在靈廟的公共空間。在寬敞的空間裡放了幾個石造底座，遺體就是安置在底座上面。好幾具開始腐敗的屍體一字排開的景象，乍看之下似乎相當駭人，但以這個世界的常識來說，卻是極為合理的景象。

不過，如果是大貴族那種有錢有權的階級，事情又會有些許不同。他們使用的不是公用靈廟，而是祖先代代相傳的場所。由於人們認為這是位高權重之人在蒙主寵召之前，短暫休息的場所——因此擁有的靈廟也是權力的象徵。

用家具擺設或寶物裝飾靈廟一點也不稀奇。換句話說，靈廟對盜墓者而言就等於寶物室。因此，這裡經常設置著危險陷阱以阻擋入侵者。

所以這座宏偉的靈廟，想必設置了更危險的陷阱，盜賊同伴也就比平常更慎重地檢查。

檢查完台階後，盜賊正準備開始檢查門扉時，突然間，周圍的聲音都恢復了。

「寂靜」的有效時間結束了，或許可以說時機剛好吧。盜賊悄悄靠近門前，再度仔細開始檢查，最後他拿一個像杯子的東西放在門上，試著聽聽看裡面的聲音。

經過幾秒後，盜賊對格林漢等同伴們搖了幾下頭。

意思是「什麼都沒有」。

盜賊自己也覺得訝異，歪了好幾次脖子。

門甚至沒有上鎖，讓人百思不得其解，但既然盜賊什麼都沒發現，接下來就換前衛上場了。

格林漢走上前，伸手去推盜賊上了油的門。在他背後有舉起盾牌的戰士伺機而動。

格林漢一口氣推開門，沉重的門扉開始移動。不知道是因為事先倒了油，還是這裡的管理者做事一絲不苟，門扉雖然很重，卻輕易就被推開了。

在一旁待命的戰士，站到開啟的門扉與格林漢之間，用盾牌對著前方，保護格林漢不受突襲或陷阱所害。

沒有任何箭矢之類東西飛來，鐵門完全敞開，空洞的黑暗出現在「沉重粉碎者」面前。

「『永續光（Continual Light）』。」

魔力系魔法吟唱者手握的法杖亮起了魔法光。藉由這種能控制一定亮度的魔法光，靈廟中的景象一覽無遺。魔法吟唱者再一次發動魔法，戰士的武器也發出光輝。

兩個光源照亮出來的空間，宛如王侯貴族宅邸的一個房間。

房間中央放著似乎能用在神殿祭壇上的白色石棺。長度超過二．五公尺的石棺上，雕刻著纖細典雅的花紋。四個角落有著身穿鎧甲，手持劍與盾的白色戰士雕像。

還有——

「——唔嗯，有任何人有那個紋章的相關知識嗎？」

「不，我沒看過那種紋章。」

以金線繡著陌生紋章的旗幟，垂掛在牆上。盜賊與魔法吟唱者能認出國內外大部分貴族的紋章，如果他們的記憶中沒有這種紋章，那就應該不是王國貴族的紋章了。

「會不會是王國建國之前的貴族的紋章？」

「汝是說這是兩百年以前之物嗎？」

很多國家在兩百年前遭到魔神毀滅，因此這附近歷史超過兩百年的國家意外地少。王國、聖王國、評議國與帝國，都是兩百年以內建立的國家。

「如果是這樣的話，這旗幟經年累月都沒有變舊，保留著這麼漂亮的形狀，到底是用什麼材質織成的？」

「或許是用保存魔法保護的吧，或者是以魔法修復了變舊的部分。」

「是說，領隊啊，別再用那種奇怪的方式講話了吧，這裡只有我們在喔。」

「唔嗯……」格林漢的眉毛歪成了危險的角度，轉瞬間變成笑容。「哎呀，真是累死我了。什麼汝啊本人的，白痴啊。」

「辛苦啦。那傢伙說得對，只有我們在的時候，你就正常講話沒關係喔。」

「不，也不能那樣啦～那種硬梆梆的講話方式，比較像個厲害的工作者。而且講話方式換來換去也很麻煩，所以工作時我都會那樣講話，這是我的原則，你們也知道的吧？」

對於同伴們的苦笑，格林漢也以苦笑回答。

格林漢本來是王國一個農夫的三男。

如果農夫把田地分給每一個子女一代代繼承下去，田地將會越分越少，使收穫量跟著減少而導致家道中落。所以俗話說，「分田地」一詞到後世就成了「蠢事」的代名詞。（註：

日文中「分田地」與「蠢事」發音相同。）也因此，農家的田地都是由長男繼承，次男還可以選擇幫忙家裡務農餬口，但三男就只是個米蟲了。所以他們常常會離家前往都市謀生。

的確，格林漢幸運地擁有優越的肉體與友人，結果闖出了一番名堂。但因為他原本是個農夫，又只是個用來維持家業的次等備用品，沒有任何學問。既不會寫字讀書，也不懂禮儀規範。

的確，工作者需要的是徹底達成委託的能力，不是學問。但身為領隊卻目不識丁，當然會有問題。

他拚命念過書，但腦袋就是沒有肉體來得優秀，念得一塌糊塗。即使如此，他還是沒被趕下領隊的位子，是因為除了學問之外，他其他能力都受到同伴們的高度讚賞。為了不讓這些同伴丟臉，格林漢才會開始用奇怪的方式講話。

這樣做是為了讓委託人覺得「這是為了替自己的小隊做宣傳，所以講話方式有點奇怪也沒什麼不可思議的」。

他這樣講話其實也會被人取笑。但總比被人家說「才疏學淺的農民出身當小隊領隊，頂多就是這點程度」來得好多了。

「好了，休息結束。走吧，汝等。」

格林漢如此宣布後，所有人沒有異議，開始往前走。

首先由盜賊小心謹慎地入侵靈廟內部，搜索室內。

剩下其他人拿根粗鐵棒夾在門縫間，這樣不管發動什麼陷阱，門都不會完全關上。再來為了避免光線漏出門外，把門關上一大半。盜賊小心謹慎地觀察內部狀況時，格林漢等人也注意周圍，絕不懈怠。雖說是迫不得已，但他們畢竟點亮了光。說不定會被人發現。

壓低姿勢在外面待機的格林漢正在觀察周圍時，盜賊已經來到旗幟下方，細細端詳著這面旗幟。最後他下定決心伸手去碰旗幟，一碰到的瞬間，又慌忙縮了回來。

「暫且沒有任何問題，大家都進來吧。」

盜賊回頭看到格林漢他們都進了靈廟，指著旗幟。

「……這玩意應該挺值錢的喔，這是用貴金屬的絲線編織成的。」

「啥啊啊啊？貴金屬絲線？把這玩意裝飾在這種地方，腦筋是不是有毛病啊！」

所有人都發出驚愕的聲音。接著趕緊來到旗幟下方，輪流摸了摸。那冰冷的觸感的確是金屬沒錯。

從它光輝閃耀的樣子來看，盜賊的鑑定應該沒錯。這麼大一面旗幟應該頗有重量，再加上做為美術品的價值，想必價值連城。

「看來委託人賭贏了。雖然還沒賺到我等……不，是四支小隊之僱用金額，但這個地方肯定埋藏著相當多的寶藏。」

「要現在就拿走嗎？」
格林漢回答盜賊的詢問：
「太占空間了，而且應該很重吧，晚點再來拿即可。有人有異議否？」
「沒有，帶著這個的確太不方便行動了。還有經過搜索，這裡沒有陷阱，也沒有暗門之類的。」
「……那麼，就拜託汝了。」
格林漢對魔力系魔法吟唱者——魔法師點點頭，同伴便發動魔法做為回應。
「『魔法探測（Detect Magic）』——感覺不到魔法機關的存在，以隱蔽系魔法隱藏的情況除外。」
「……那麼已經沒什麼好檢查的了，再來去看剩下的重頭戲吧。」
眾人目光聚集在房間中央的石棺上。
盜賊花了許多時間鉅細靡遺地檢查過，判斷沒有任何陷阱。
格林漢與戰士互相點頭示意，然後開始推開石棺的棺蓋。棺蓋很大，原本以為應該相當沉重，沒想到比想像中輕多了。兩人使力去推，還差點失去平衡。
推開石棺蓋子，裡面的物品反射著光，發出無數璀璨耀眼的光芒。
黃金、白銀與各色寶石等散發無數光澤的各式飾品。散落棺內的一百多枚金幣。
雖然看到旗幟時就預料到了，但格林漢看到這副光景，仍然忍不住露出滿面笑容。盜賊小心謹慎地觀察過後，把手伸進石棺內，拿出其中一件璀璨寶物——黃金項鍊。

那果然是一件讓人讚嘆不已的精品。這串黃金鎖鏈乍看之下像是普通的項鍊，但鎖鏈部分卻雕刻著精緻的飾紋。

「……至少值一百枚金幣。看拿去哪裡賣，想賣到一百五十枚也不成問題。」

聽了盜賊的鑑定結果，每個人都做出不同的反應。有人吹口哨，有人笑得合不攏嘴。共通之處是：所有人眼中都點燃了喜悅與欲望的火焰。

「說好可以拿到一半，所以最起碼可以多拿五十枚。每人十枚耶。真是好大的一筆獎金啊。」

「看來……這座遺跡搞不好是座金山喔。」

「太棒了，簡直棒翻了！」

「就是啊，可是把寶物放在這種地方，真是太浪費了。就由我們來妥善運用吧。」

魔法師一邊說，一邊從堆積如山的珠寶中取出鑲著大顆紅寶石的戒指，在寶石上親吻了一下。

「超大顆的～」

神官把手伸進石棺，撈起滿滿的金幣，讓它們從手中灑落。

金幣與金幣相撞，發出清澈的聲音。

「沒看過這種金幣耶。是哪個時代、哪個國家的？」

盜賊用小刀在金幣上稍微劃了一刀，感動萬分地說：

「這金幣品質非常好喔。重量也是交易金幣的兩倍，若是當成美術品來看，價格應該還能再提高一點。」

「這真是……呵……呵呵呵……」

幾個人好像忍俊不住似的低聲笑起來。光是目前這些寶藏，分紅就已經嚇死人了。

「汝等，想向神祈禱的話晚點再說吧。盡快帶走寶藏，去找真正的金山。晚了就沒我等的份了。」

「——好！」

格林漢的話語得到了氣勢充足的回應。那聲音中洋溢著興奮與狂熱。

4

位於遺跡中央的大靈廟。彷彿隨時會動起來，栩栩如生的巨大戰士雕像，宛如捍衛君王的騎士般圍繞著此處。赫克朗藏身於一尊戰士雕像的腳邊，小心謹慎地注視著固守大靈廟四方的小靈廟之一。

過了半晌，赫克朗的眼睛看到有五個人從小靈廟火速跑來。他繼續躲藏著，神經質地仔細確認迅速跑來的人影沒有任何異狀，而且周圍也沒有人在監視他們。一會兒後，確定跑來的這些人沒有出問題，赫克朗才安心地呼出一小口氣。

他從巨大雕像的背後探出身子打暗號，跑在前頭的格林漢立刻注意到，朝赫克朗跑來。

「格林漢，怎麼這麼慢？」

「本人致歉，似乎讓汝久等了。」

「反正也沒約好集合時間，沒關係啦。別說這個了，趕快換個地點，決定接下來該怎麼做吧。」

赫克朗壓低姿勢，一邊戒備周圍一邊帶路。

開始前進後不久，格林漢就向他問道：

「有一事相問，汝的小隊發現財寶了嗎？」

聽到他難掩興奮的聲調，赫克朗想起自己的小隊剛才的樣子，對他露出得意的笑容。

「多得是，賺翻了。老大爺也是這麼說喔。」

「汝等也是嗎？來這墳墓真是來對了。」

「就是啊，得好好感謝埋葬在這裡的偉人才行呢。」

「嗯。話雖如此，已經發現了這麼多的寶藏，或許必須考慮到主要墳墓當中空無一物的可能性。」

「不，我敢打賭，一定有更多寶藏。」

「汝這話……敢賭多少？」

「不錯嘛。不但可以在墳墓裡找到更多，還能從您老兄身上敲一筆，真是棒透了。不過，問題在於我跟你可能都會賭同一個選項吧。」

兩人都沒發出笑聲，只是大大揚起嘴角。

「說得沒錯。話說回來，本人想問問汝，那是什麼？」

在格林漢的視線前方，一尊巨大雕像的腳邊孤零零地放著一塊很像石碑的物體。

「那個嗎？」

赫克朗繼續走著，把調查結果告訴格林漢。寫在石碑上的文字，先行抵達的三支小隊都看過了，但沒人看得懂。他產生了淡淡的期待，希望格林漢他們看得懂。

「那個好像是石碑，上面刻著類似文字的符號。」

「汝為何曖昧地說『類似』？」

「大家都不認得那種語言。不是王國語或帝國語，好像也不是這附近的古代語言。說不定根本不是人類的語言。不過，2.0這個數字倒是看懂了。」

「數字？照常理推斷應是靈廟興建之年份吧。但如此一來，數字又太小了。」

「愛雪說可能是關於這個遺跡的謎語（Riddle）……哎，總之暫且記在腦子裡吧。」

「說得是，本人會這麼做。」

走過巨大雕像前，登上以白色石材砌成的坡度緩而長的台階，中央靈廟的入口就在眼前展現開來。

「有死者之臭味。」

「是啊，你說得沒錯。在卡茲平原常常聞得到這種臭味。」

赫克朗對格林漢的低喃表示同意。

雖然沒有腐臭那種讓人反胃的惡臭，但墓地特有的不死者的些許臭味，仍混雜在寒氣裡飄來。

即使是如此乾淨漂亮的墳墓，但仍有不死者存在。

一行人做好心理準備，踏進靈廟之中，眼前是一處大廳。左右放置著無數的石造底座，對面是一個往下的階梯。階梯下面的門此時大大敞開著。莫名沁涼的空氣從門後流出。

「這邊。」

在赫克朗的帶領下，格林漢等人走下階梯。

階梯下方是一間墓室，正前方有扇門。門似乎就只有這麼一扇。

雖然比樓上——靈廟狹窄，但也夠寬廣了。赫克朗的同伴們「四謀士」、艾爾亞的「天武」以及帕爾帕多拉的小隊都到齊了。

「那麼，接下來該怎麼做？本來是預定在這裡分頭收集內部情報，你們搜索過靈廟之後，有沒有什麼別的主意？」

說完，赫克朗稍微環顧了一下所有人。

感覺似乎沒有人要提新的意見。是欲望，還是單純的光線反射？這點無從判斷，只知道所有人的眼瞳都炯炯發光。大家的臉上，都浮現出巴不得能立刻衝進墳墓深處的興奮之情。

「那麼老夫有個提議。由我們去外頭檢查一圈，看看有沒有暗門吧。」

這話雖然是領隊說的，小隊成員卻都露出有點不滿的表情。

畢竟他們都看到了那麼耀眼的寶藏。縱然是經驗豐富的領隊的意見，也很難同意吧。他們想必都看到了寶藏從眼前飛走的幻象。

「如何？雖說已經檢查過了地表部分，但不能說檢查得很徹底吧。靈廟下方也有可能隱藏著其他路線，不是嗎？再說墓地部分也沒檢查過吧？」

「老大爺所言正是，聽聞吟遊詩人的詩歌中提到之巨大遺跡，沙沙夏遺跡也是在入口附近有條安全通道，可以一口氣步入中心地帶。」

「啊，格林漢。這裡已經檢查過了，很可惜，這個房間裡沒找到暗門喔。」

「所以嘍。我們甘願吃虧，相對地，希望你們能把在這個樓層找到的寶藏分我們一點。這樣吧。每支小隊分我們10%如何？還有明天如果發現了下面樓層，可以把優先探索權讓給我們嗎？」

「對於此項提案，我等沒有異議。」

第一個出聲的是格林漢。赫克朗慢了一點，也表示同意。

「好，看來沒人有意見！順便問一下，烏茲爾斯你呢？」

「我個人很有意見，不過反正才10%，無所謂吧。」

對於艾爾亞話中帶刺的口氣，老人天真地破顏而笑。反而是艾爾亞的酸言酸語被人輕輕帶過，露出了不悅的表情。

「啊，老大爺。這樣的話有件事想拜託您，我們探索過的靈廟裡有一面貴金屬絲線織成的大旗子，因為太占空間了所以沒拿來。可以請您把那個回收嗎？」

「本人也贊成赫克朗所言。雖然得勞煩到您，但還是希望您能幫忙回收。」

「既然如此，我們這份也拜託你。」

艾爾亞對一個森林精靈揚了揚下巴，纖瘦的她搖搖晃晃地把揹在背上的一大塊布放在地板上。

「了解。其他還有什麼想留下來，或是想叫我們帶走的東西嗎？」

沒有人回答帕爾帕多拉的詢問。

「好！那麼，我們就按照剛才的提議，去搜索地表部分。你們一路也要小心。不過，如果有值錢物品的話，留下來給我們也行喔。」

「哈哈，老大爺。魔物的話可以留給您，但很抱歉，寶藏的話就算是一枚金幣，我們也不會留下來的。」眾人輕聲笑了起來，赫克朗對大家問道：「那麼，要出發了嗎？」

眾人立刻接受了這個提議，他們就這樣踏出一步。兩眼因期待與欲望而閃閃發光，朝向未知的遺跡——地下墳墓踏出第一步。

打開深處的門，一條通道筆直地延伸到更深處。或許該說不出所料吧，通道保持得很乾淨。

這是一條沒有任何發霉或青苔的石造通道，左右牆壁挖空了兩段高的洞，裡面安放著用裹屍布層層纏繞的人形大小物體。並沒有屍體特有的臭味。只是有一股清清冷冷的空氣，以及類似死者氣息的獨特臭味。

天花板每隔一定間隔就亮著一盞蒼白燈光，但因為間隔開得頗大，在通道上留下許多陰暗角落。雖然不影響走路，然而昏暗的燈光讓人彷彿會看漏了什麼。沒有預備照明而行動似乎相當危險。

「——羅伯，那具屍體有沒有發出不死者的反應？」

「不，沒有喔。」

「是嗎？」愛雪回答，走向包著裹屍布的屍體，拿出匕首切開裹屍布。看到她的動作，一行人中有兩個人走出來，與她一起檢驗出現在裹屍布底下的屍體。

「……這個從身高與體格推斷，很可能是人類呢。而且是成年男性。」

「沒穿任何衣服，所以還是無法判斷到底是哪個時代的遺跡。」

「不過，這個遺跡真的是個謎耶。從建築風格或埋葬方式都無法考究年代。搞不好是六百年以前的遺跡喔。」

「——如果是那樣，就是歷史性的發現了。」

也許這對做學問的人來說是值得討論的議題，但他們是來工作的。

被赫克朗與格林漢投以冰冷的視線，三人才趕緊說出結論，「這座遺跡建立的時代與背景仍然是個謎。」

「知道了。可以快點前進嗎？我很想趕快獵殺魔物。」

對有些不滿的艾爾亞表示同意，一行人繼續前進，但沒走幾步又停了下來。

眾人拔出武器，準備迎戰。

前方傳來大量骨頭鳴響的喀嚓喀嚓聲。
在天花板燈光的照亮下，可略為瞥見從通道前方跑來的不死者們。
距離縮短，看清楚了對方的真面目後，工作者們彷彿看到了不敢相信的事物，大吃一驚地鼓譟起來。
「這再怎麼說也太誇張了吧……」
「喂喂，真的假的啊……」
「咦？真的是骷髏嗎？」
當某人一說出那種魔物的名稱，忍俊不住的爆笑充斥了整條通道。
「喂喂喂！再怎麼說骷髏也太誇張了吧？我們可是有這麼多人耶？」
骷髏系的魔物外觀沒什麼太大差別，有時候乍看之下會無法分辨種類。
但是從給人的感覺等等來看，他們可以輕易肯定，這些真的只是普通的骷髏不會錯。
「如果是武裝偵察，應該會派更強的魔物出來——我知道了！根本沒有魔物支配這座遺跡，不然就是對方無能到推測不出我們的戰力，再不然就是白痴到根本沒發現有人入侵！」
眾人繼續哄堂大笑。
「不，再怎麼說骷髏也太離譜了吧。說不定這座遺跡的財寶，就只有上面靈廟裡那些了。」

「那真是糟透了。」

對能與祕銀級冒險者匹敵的工作者而言，骷髏實在太弱了。而且數量還比工作者們少，真不知道對方在想什麼。

面對擋在他們面前的六隻骷髏，大家面面相覷，不知該由誰過去。

「我可不要喔。」

艾爾亞明確主張自己的意見，大家很能體會他的心情。

「那就由本人先去吧。」

格林漢突然走向前去。

不知道骷髏的淺薄智慧在想些什麼。看到獨自走上前來的戰士，是以為他被擠出隊伍了？還是有別的想法？

骷髏一齊發動襲擊，然後——

揮舞的斧頭與盾牌輕易將他們打碎。

只有短短的幾秒時間。不，其實更短。

打碎了六隻骷髏，踩踏著殘骸，格林漢疲憊地呼出一口氣。疲勞並非來自戰鬥行為，而是自己來到這座工作者夢寐以求，未曾有人踏入的大遺跡，為這次冒險增添色彩的第一場戰鬥卻是最低階的不死者骷髏，讓他感到很可悲。

「真是脆弱，骷髏終究就是骷髏。話雖如此，輕忽大意是愚昧之行。考慮可能出現實力強大之不死者，眾人保持警戒，繼續前進！」

一行人聽到格林漢這樣說，都抿緊了嘴唇，往前方——遺跡深處前進。心中對之後等著他們的金山銀山滿懷期待。

●

「好了，總算都走了吧。」

「都走了呢。雖然他們是工作者，但好歹跟我們吃了同一鍋飯，又是這次委託的工作夥伴。希望他們能平安回來……飛飛先生您覺得呢？」

「——所有人都會死吧？」

安茲語氣陰沉地一回答，詢問他的冒險者小隊領隊愣了愣。

（糟糕。照著心裡的想法講出來了……）

「呃，不，不是，我是說應該有這種心理準備。這次的遺跡沒人發現過，不知道有什麼危險等著他們，太過樂觀是會傷害到自己的。」

「原來如此，是這個意思……謝謝您的關心。」

（……我覺得掰得很硬耶，這樣他也接受？我是樂得高興啦。）

領隊不住點頭稱是，大概是因為這話是精鋼級男子講出來的，所以盲目地往好方面去想了吧。

安茲的努力——看他們對安茲表示的好感就知道，在抵達納薩力克的旅途中，自己一直表示出友好的態度，總算有代價了。

「那麼按照預定計畫，我先去休息了。」

安茲往自己的——當然是與娜貝拉爾共用的——帳棚走去。由於帳棚位置較遠，他知道有些人胡亂推測，以為這樣某些叫聲才不會讓人聽見。這事其實是剛才那個領隊告訴他的。比起工作者，這個領隊似乎更想與同樣身為冒險者的飛飛拉近關係，所以才把從工作者那裡得來的情報告訴了安茲。

安茲與娜貝一起進了帳棚後拉起入口，為了以防萬一而看看外面的狀況。沒有人在注意他們這邊，甚至像是刻意不盯著安茲他們看。

「……雖然被人家說成愛巢，不過不直接否定看來是正確的。這樣拉開距離設置帳棚也不會讓人起疑，他們也不會注意我們或是靠近這裡。」

雖然也因此失去了一些事物，但好處比那大多了。

安茲拿下頭盔，露出骷髏頭的臉龐。

「那麼，娜貝……不，娜貝拉爾，我要回納薩力克。我打算送潘朵拉・亞克特過來這裡代替我，在那之前如果有什麼狀況，就由妳設法巧妙應對。」

「遵命，安茲大人。」

「嗯。發生任何狀況就立刻聯絡我，交給妳嘍。」

安茲解除了形成鎧甲與劍的魔法。手中頭盔的重量也同時消失。

從包覆全身的拘束感獲得解放，雖然並不覺得累，但他還是「呼」了一聲。轉動沒有地方會痠痛的肩膀也是一樣，這些小習慣應該都是身為人類的殘渣吧。

「……真傷腦筋。」

人類感情的殘渣有時讓他覺得很礙事。

如果能冷靜沉著地應對所有問題，也許現在的情況就不一樣了。但如果沒有身為人類的殘渣，自己會這麼珍惜納薩力克地下大墳墓嗎？恐怕就連鈴木悟這個人類的心思，以及對朋友之間回憶的眷戀，都會一併失去吧。

安茲苦笑的同時，發動了魔法。他的腦中就連任何一個角落，都已經沒在思考人類殘渣的問題了。安茲並不是那麼優秀的人，能夠同時煩惱兩、三個問題，還能做該做的事。現在應該專心想重要的問題，其他則必須放棄。

他發動的魔法是「高階傳送（Greater Teleportation）」。

由於戴著戒指，安茲得以跨越納薩力克地下大墳墓內張開的障壁，一口氣抵達王座之廳。

「歡迎回家，安茲大人。」

緊接著，傳來一個女性祝賀歸返的美妙聲音。

「我回來了，雅兒貝德。」

深深鞠躬的女性抬起頭來，絕世美貌浮現著花朵綻放般的笑容，一直線地——好像看不見其他事物似的凝視著安茲。

（嗚嗚……）

看到擁有黃金光輝的眼瞳中蘊含著愛憐的光彩，安茲覺得渾身發癢，恨不得能滿地打滾。但他不能擺出納薩力克地下大墳墓的統治者安茲．烏爾．恭不該有的態度。

安茲為了壓抑微弱而持續許久的情感，刻意做了個骨骸身軀不需要的乾咳。

「按照計畫，入侵者應該很快就來了。不，或許已經來了，歡迎準備都做好了嗎？」

「萬無一失，我想一定能讓各位貴客好好享受一番。」

「是嗎……雅兒貝德，我很期待妳的款待方式喔。」

安茲踏進納薩力克地下大墳墓的心臟部位，也就是王座之廳。雅兒貝德慢了一步，也跟了上來。

對於這次的入侵者，安茲對雅兒貝德下了一道命令。那就是想利用實戰視察她建立的防衛系統。

思考在納薩力克內的哪些地方讓魔物自動出現，決定魔物的配置地點，以前都是同伴的工作。同伴的安排沒有任何問題。但如今狀況有了改變，不能保證沒有更好的配置方式。

既然如此，重新審視防衛系統可說是勢在必行。所以他要趁這次機會確認一下。

「……入侵者很脆弱，想利用他們確認完所有系統，當然是不可能的。但我仍然希望能夠從這次計畫中獲得點什麼。」

「遵命。我保證會滿足安茲大人的期望。」

「很好，妳也知道，噴灑毒氣再讓不死者闖入敵陣等等，諸如此類需要付費的陷阱，都要極力避免使用。麻煩妳使用自動出現僕役的那類陷阱。沒有問題吧？」

看到雅兒貝德的笑容，安茲點點頭。

「是嗎？那麼我就暫且在這裡欣賞一下吧。對了，其他的樓層守護者呢？」

「是。在安茲大人歸返之際，我已經做出指示要大家集合。誰先到就先進來，可以嗎？」

「我准許，人多也比較好笑。」

在王座上緩緩坐下的安茲面前，浮現出好幾面像是電視螢幕的物體。顯示在每個螢幕裡的是納薩力克內的景象，也是操作這些螢幕的雅兒貝德想讓安茲觀賞的影像。
這些應該就是雅兒貝德做過各種調整的防衛網呈現的模樣，但安茲看不太懂哪裡跟以前不一樣。
（……為了讓這次訓練收到成效，我也必須從這些影像中得到些什麼才行。不然這次訓練結束之後，大家交換意見時會很慘。）
安茲是納薩力克地下大墳墓的至高統治者。地位如此崇高的男人，不可能跟部下說自己對防衛系統一無所知。
「那麼為了以防萬一，我想確認一下，阿里阿德涅應該不會啟動吧？」
他打開控制介面操作標籤，確認一切顯示正常，但還是忍不住問了問。
「我想不會。不過，有個問題想請問大人，如果是入侵者封鎖了入口，阿里阿德涅會啟動嗎？」
安茲回想起以前看過的ＹＧＧＤＲＡＳＩＬ的Ｑ＆Ａ。不對，好像是寫在營運更新檔的更新說明裡？
「我想不會……我記得不會……應該吧。」
在ＹＧＧＤＲＡＳＩＬ是這樣，但沒人能保證到了這個世界，這項規定仍然有效。再說連有沒有阿里阿德涅這個系統，他都不能確定。

「那麼如果是人類操作進行的話，又會如何呢？」

「有可能不會啟動，不過考慮一旦啟動會喪失多少東西，實在不敢冒這個風險實驗。」

阿里阿德涅系統。

這是ＹＧＧＤＲＡＳＩＬ用在據點製作系統上的檢驗機關。

想蓋一座固若金湯的要塞，有個最簡單的方法。把入口完全封鎖起來，讓任何人都無法入侵就行了。像納薩力克地下大墳墓，只要完全埋進地裡就幾乎完成了。但是以遊戲觀點來說，實在不能允許這種行為。

為了不讓玩家建造這種難以入侵的據點，才會有用來監視的阿里阿德涅系統。

根據系統規定，從入口到迷宮的心臟地帶，必須要能用一條線從頭連到尾。除此之外，阿里阿德涅還會測量在迷宮內部行走時的距離有多長，以及計算門扉數量等等，檢查項目既多且仔細。

一旦把超出這些規定的迷宮上傳到ＹＧＧＤＲＡＳＩＬ，就會發動罰則，扣除一大筆的公會資產。

以納薩力克來說，是以地下六層與地下五層等部分一口氣解決了這些問題——還有大量付費，才能維護這麼巨大的迷宮。

安茲操作的一個螢幕當中，顯示出工作者們的身影。

「嘖！好了，終於進場了啊。我可等得不耐煩了。」

看見宵小用髒腳闖進自己與同伴們建造的要塞，讓安茲大感不快。由於精神起伏超出了安定範圍，因而立刻獲得鎮靜，但即使如此，還是無法完全壓抑燒灼般的煩躁感。

「雅兒貝德，不許讓任何一個人安然離開，知道嗎？」

「這是當然了，請大人好好欣賞這些擅闖無上至尊堡壘的愚蠢盜賊，會有什麼樣的下場。還有……大人之前說過想找人當劍術實驗的白老鼠，要選哪一批人才好呢？」

「嗯，這個嘛。我跟老人已經交手過，跟這個男人在路上也稍微練過劍了，這個小隊不適合用來練習。那麼按照刪去法，就選他們吧。」

安茲移動螢幕讓雅兒貝德看見，並伸手指了指一群人。

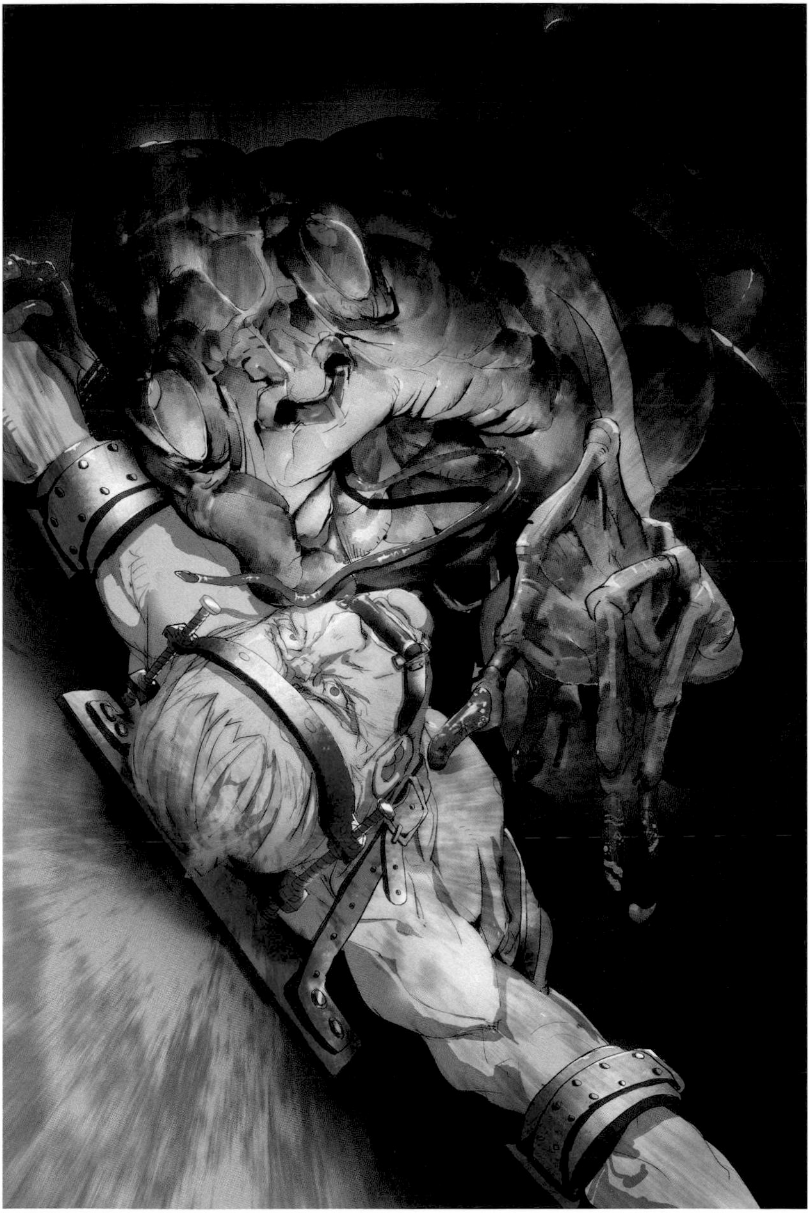

第三章 大墳墓

Chapter 3 | The large tomb

1

「綠葉」帕爾帕多拉率領的工作者小隊，跟受到期待與興奮驅使的一行人告別，從中央靈廟的入口階梯上俯視外面。

視線下方的永眠墓地當中，沒有任何動靜。在那裡只有寂靜、黑夜與星光。帕爾帕多拉往階梯踏出一步時，同伴們對他說道：

「老大爺，這樣不會太可惜了嗎？墓地讓其他小隊去搜索不就好了？」

「你說得當然沒錯。每支小隊……除了那個不入流的小隊之外，其他的能力都差不多。我們能做的，『沉重粉碎者』或『四謀士』應該也能做。」

「既然如此……」同伴話說到一半，帕爾帕多拉打斷了他，接著說：

「但我們得到了明天的優先搜索權，可不是每件事都吃虧喔。況且到了明天，地表部分的搜索應該也結束了，運氣不好的話，最後一支小隊真的有可能得不到任何利益，甚至還可能被調去守衛營地哩。」

「原來如此……」

「更何況搶第一個侵入神祕遺跡太危險了，他們等於是我們的金絲雀，但願他們能活著回來嘍。」

帕爾帕多拉眼神冷淡地回首。視線的前方，是闖入遺跡的工作者們那消失不見的身影。浮現些許侮蔑之色的表情，很不符合人們稱作老大爺的慈祥老人平時的態度，但小隊成員跟他都很熟，並不驚訝。

帕爾帕多拉這個老人個性十分小心謹慎。這個男人總是用心再用心，什麼事都三思而後行。所以他才能長久在第一線冒險，也擊敗過龍。反過來說，他個性過於慎重，也好幾次錯失獲得利益的機會。但他從沒有失去過任何一個同伴，因此受到小隊成員所有人的信賴。

對任何人來說，沒有比命更昂貴的商品。只是即使如此，還是不免羨慕從自己手中溜走的財寶。

「我們說不定錯過了發現驚人道具的機會耶！就算拿命當籌碼又有什麼關係？」

「你說得也有道理。但是，你看看這個整潔的墓地。既然有人在清掃，表示一定會有魔物出來歡迎我們。讓他們去確認有什麼樣的魔物，不是比較好嗎？老夫個人並不喜歡這次這種委託，不確定因素太多了。」

聽了帕爾帕多拉的嘟噥，小隊成員口氣輕鬆地問：

「結果您還不是接了？」

「是啊。因為其他小隊也接了，老夫認為可以趁他們犧牲時逃跑。」

一行人走完整段階梯，到了下面。

「難道您是因為這樣，才自願搜索地表部分？是為了一聽到他們的慘叫就可以立刻逃走？」

「這也是原因之一，老夫這次的想法有點像是下賭注……就如同你剛才說的，也有可能因此而吃大虧。如果能收集到更多情報的話就更安全了，但實際上老夫也不知道是不是真的有那麼大的好處。如果老夫錯了，到時候再讓老夫道歉吧。」

「您別在意，老大爺。我們向來都很信任您。因為大多數場合，您的選擇都是對的。」

「況且就算吃虧了，咬咬牙再去找其他工作大賺一筆就行啦。老大爺不是也說過嗎？留得青山在，不怕沒柴燒，所以不用勉強涉險。」

「好懷念喔，那時候我們都還年輕呢。」

「你現在也還很年輕不是？」

「不，老大爺說我年輕，沒啥說服力耶。」

一行人沿著墓地走向小靈廟，臉上露出苦笑。

「說是這樣說，本來是應該跟各位商量過再決定的，結果卻是老夫一個人擅作主張，真是抱歉啊。」

「那個時候就只能那樣說啊。再說老大爺是我們選出的領隊。值得信賴的領隊做的決定，我們都很樂意聽從的。」

「……你那時候分明就一臉不滿，你在苦笑什麼？好吧，也罷。趕快來檢查吧。然後若是時間有剩，就請飛飛幫老夫鍛鍊一下吧。難得有這機會，你們也可以請他指導一下喔。」

「嗯，老大爺與他的交手，我們都記在腦子裡了，真不愧是精鋼級呢。」

「……精鋼級也是有很多種的。目前帝國的『八重滩』老實講，不能算是精鋼級的器量。飛飛才是真正的精鋼級啊。那個男人站在老夫無法企及的領域。」

「老大爺……」

「哈哈哈，別在意。全盛期的老夫也許還會嫉妒，但現在的老夫只不過是個皺巴巴的老頭，不會受到什麼打擊的。況且老夫至今見過好幾個真正的精鋼級冒險者，但飛飛在那些人當中仍然是個奇葩。從他身上感覺到的氣息，就像是精鋼級中的精鋼級。」

「是這樣嗎？」

「是啊，所以老夫才說你們可以請他指導一下喔，等老夫死後，如果你們還想繼續冒險，多累積經驗對將來有好處的。」

「老大爺怎麼可能死啊！我連您引退的樣子都想像不來。」

「就是啊。憑老大爺的硬朗身子，想活得跟帕拉戴恩大老一樣長壽，也不是問題吧？」

「哈哈哈。不不，就算是老夫也沒辦法像他那樣，那個人也是個奇葩呢。」

「小隊感情真融洽呢。」

突然，傳來一個女子的平靜聲音。

這次的成員當中，女性只有赫克朗「四謀士」中的兩人，以及艾爾亞「天武」的三名森林精靈奴隸。但這聲音不屬於她們之中的任何一人。

一行人即刻舉起武器，回過頭去。

稍早他們走下來的和緩階梯上，只見一群穿著女僕裝的女性站在靈廟入口，一共五人。

每個女性都美得令人難以置信，也因此顯得特別異常。

奇怪的是所有人都穿著類似女僕裝的打扮，但跟帕爾帕多拉看過的衣服有決定性的不同，蘊藏著類似鎧甲的金屬光澤。

「妳……是什麼人？老夫沒見過妳……唔，果然還是有隱藏通道嗎……」

「女人？她們美得能跟『漆黑』的美姬匹敵，不過……恐怕來者不善喔。」

「看起來好像沒有敵意，可是……也不可能是我們以外……受到僱用的人吧。」

「該怎麼做，老大爺？」

同伴們不敢大意，一邊觀察女子們的一舉一動，一邊向他問道。

最好的選擇是先進行交涉，但看來是不可能友善收場了。

「人數相當……勉強應付得來嗎？」

對方的實力應該與他們不相上下，或是比他們高一點。

她們沒有趁工作者們集合一處時來襲，來個一網打盡，表示她們應該沒有足夠的戰力或陷阱一次對付那麼多人。同時，她們選在這個時候大搖大擺地現身，並主動對他們講話，就表示她們有自信打贏帕爾帕多拉等人。

雖然這副身體上了年紀，變得很少流汗，但是在這一刻，帕爾帕多拉握著矛的手卻變得汗涔涔地。

「不過墓地出現女僕……真讓人懷疑他們的品味。」

隨口開玩笑的同伴，下個瞬間，額上滿是冷汗，臉色鐵青地發抖。

只有短短一瞬間，帕爾帕多拉以為周圍的溫度一口氣下降了。不過，全身起滿了雞皮疙瘩這點並不是錯覺。

即使只憑著月光，也能清楚看見上面站成一排的女僕們，所有人眼中都流露出凶光。就像眼瞳本身會發光似的。

「把他們殺掉吧。」

「…………該殺。」

「不能照一般方法殺，要給他們超乎想像的痛苦才行。」

女僕們的周圍激烈翻滾著殺意。在那裡的是激動憤恨的情感，彷彿空間都隨之扭曲。

「好了，好了。」看起來最有地位的女僕輕輕拍拍手。「大人本來就命令我們不可放過任何一人，所以本來就會殺光他們。不過看到大家都拿出了幹勁，我很高興。」

「鏗」一聲，看似大理石砌成的階梯，響起了清脆的金屬聲。是女僕們所穿，看似護腳的高跟鞋發出的聲響。

帕爾帕多拉等人像是受到震懾般往後退。

考慮到對方沒有拿著武器，應該是魔法吟唱者。既然如此，讓對方站在高處的有利位置，而且以這個適於射擊的開闊場所做為戰場，絕非上策。

對於帕爾帕多拉他們來說，最有效的戰術是拉近敵我距離，相反則是對女僕們有利。然而，那些女僕為什麼要走下階梯呢？是不是打算一有狀況，就要使用「飛行」飛上半空？

女僕們像戴著面具般面無表情，有如王者那樣慢慢步下階梯的行動，讓帕爾帕多拉等人張皇失措，但還是躲在盾牌後面討論該怎麼做，以及該採取何種戰術。

「鏗！」一陣特別響亮的聲音傳來，女僕們在階梯的中間位置停下腳步。

「好了，首先讓我自我介紹一下。我……失禮了……在下是七姊妹（昴宿星團）的副隊長由莉．阿爾法。跟各位相處的時間應該不會太長，不過還是請多關照。回到正題，雖然由我們直接掃蕩各位比較快，不過出於某個原因，我們無法直接出手。真是遺憾。」

幾陣銀鈴般的可愛笑聲順風傳來。

美若天仙的女僕們的笑靨魅力四射，讓人幾乎一瞬間就要落入情網。

曾經當過冒險者，又是現任工作者的帕爾帕多拉，長年以來見識過各種事物。其中也包括女妖等擁有超凡美貌的魔物。但就連他也沒見過這樣美麗的女性，貌美如花到了勾魂攝魄的地步。

只不過隱藏在端正容貌底下的，是瞧不起人的講話口吻，溢於言表的優越感等壓倒性強者的自傲。對於多次出生入死，對自己的本領很有自信的男人們而言，這種傲慢實在讓人忍無可忍。甚至會想給她們一點顏色瞧瞧。

然而不同於楚楚可憐的外貌，從剛才到現在的各種間接證據，顯示這些女僕極有可能是狠角色，讓他們下不了開戰的決心。剛才承受到殺意的一個同伴，到現在仍然滿臉恐懼。

最好的辦法或許是選擇撤退，讓冒險者們——尤其是飛飛加入戰局。

「那麼容在下介紹一下各位的對手。」由莉拍拍手。彷彿回應著無邊無際地迴盪的拍手聲，墓地震動了。「納薩力克資深護衛，出來吧。」

「什麼？」

帕爾帕多拉驚愕地大叫。

背後的大地裂開，好幾隻骷髏從中現身。

（被包夾了？不對……）

抬頭往階梯上一看，女僕們還有敵意，但已經沒有戰鬥意願了，可以說是進入了觀戰模式吧。雖然不能大意，但如同那個女僕剛才所說，她們一時間似乎沒有攻擊的意思。

帕爾帕多拉判斷當下的敵人只有後方的骷髏，開始觀察新一批敵人。

骷髏本身不是什麼強敵。憑帕爾帕多拉他們的實力，就算來個幾百隻也不足為懼，可以機械性地將牠們解決掉。照這樣想來，從地面冒出來的——八隻左右的骷髏，根本不是他們的對手。

然而，只有一個問題。

帕爾帕多拉的同伴們不約而同地吞下口水，下意識地退後一步。

那些骷髏跟一般骷髏給人的感覺不同，武裝也不同。

牠們穿著像是某個國家近衛兵會用的豪華護胸甲，手持繪有紋章的鳶盾，並且握著五花八門的武器，背上揹著合成長弓。而這些所有武器防具，全都蘊藏著散發魔法力量的光輝。

以魔法道具武裝自己的骷髏，不可能只是一般骷髏。

「那是什麼？」

「老大爺也不知道嗎？我不太有自信……但我想可能是骷髏戰士（Skeleton Warrior）的亞種。」

「亞種嗎？好像也不是紅骷髏戰士（Red Skeleton Warrior）……」

沒有相關知識的陌生對手總是教人害怕，尤其是對手還用具有特殊效果的魔法道具武裝自己。

「——從各位的人數來看，應該這樣就足夠了。請好好加油，讓我們看看各位能逃到多遠吧。」

「用這麼強悍的不死者對付我們，真是我們的榮幸。不過……」

帕爾帕多拉冷靜地思考。

再怎麼說，也不太可能無限準備裝備了這麼多魔法道具的不死者，大概是從一開始就用最大戰力對付他們吧。

不然就不會讓他們入侵遺跡，而能夠更早應對了。

「——這些就是這座遺跡的最大戰力吧？妳們以為這點程度就能阻止我們嗎？」

抬頭一看，聽到帕爾帕多拉的質問，由莉似乎有些動搖，眼光四處游移。

（被老夫說中了吧！原來如此。剛才的對話當中就已經設了陷阱……）

最大戰力的最聰明的運用方式，應該是在墳墓內將敵人各個擊破。不過，考慮到有可能碰不到敵人，將兵力集中在結束搜索，精神與肉體都已疲憊的一群人必然會通過的——出口，或許比較聰明。

而對手有什麼目的，也透露出了三分。那個女僕說「能逃到多遠」是在誘導他們考慮逃跑，好取得從背後攻擊的有利立場。站在對方的角度來想，她們接下來可是要連續進行好幾場戰鬥，應該會想盡量減少損耗。

所以，該做的事只有一件。

「打倒這裡的所有骷髏殺出重圍就行了，不對嗎？」

為了後面跟上來的小隊，他們必須擊敗納薩力克資深護衛。

其他小隊雖然是競爭對手，但同伴就是同伴。再說對方如果認定他們會逃走，留在原處戰鬥比較不容易落入陷阱。雖然為了以防萬一，心裡盤算著如果對手很強就要請飛飛參戰，但現在就算有風險，也應該勇敢應戰。

「想不到計畫出了錯，居然是我們成了金絲雀……真教人頭疼啊。好啦，你們覺得那些就是全部嗎？」

「那些不死者的武裝那麼強大，應該不可能更多了吧。」

「這裡是入侵者一定會通過的路線，那麼把最大戰力設置在這裡，我想是最好的戰術。這樣一想，那些應該就是全部了吧。而且對方持有的情報應該比我們多，不太可能笨到讓戰力分散。」

「……不，我覺得遺跡裡應該還有幾隻，不過剩下的大多是更低階的不死者吧。」

「老大爺……還是逃走吧。那個很不妙，真的很不妙。」

「已經被夾擊了，逃不掉啦！就算想用飛的逃走也會被弓箭射下來。大夥兒撐住！除了打倒他們之外，沒有別的生存之道了！」

帕爾帕多拉怒吼時，上方傳來又像無奈又像驚訝的聲音。

「好吧，也是有這種突圍的方式啦。我們會為你們加油的，那麼請開始吧。」

以這個聲音為開端，納薩力克資深護衛們踏出了一步。

由莉她們一臉傷腦筋的樣子，不停地拚命「喊加油」。

始料未及的光景讓她們難掩困惑之情。想不到竟然這麼……她們都不禁這樣想。

「哎呀，這下慘了哩。」

「……實在沒想到這麼誇張。」

「科塞特斯大人都會嚇到。」

「再這樣下去啊……會一點看頭都沒有就結束喲。」

由莉她們眼睜睜看著鐵鎚(Hammer)高舉揮下。

「看那樣子很不妙喔，會死哩。」

就在露普絲雷其娜喃喃自語的瞬間，那人胸部遭到一擊，不支倒地。

金屬摩擦的聲音與沉重物體倒下的聲響，即使在這激烈的戰況當中，仍然響遍了四周。

第一個戰死者是人類的戰士，手持雷擊鐵鎚的納薩力克資深護衛並沒有顯得特別高興，尋找著下一個獵物。

「神官先生，再不快點使用治療魔法，戰士會死掉喔。」

「……………沒辦法。戰士已經當場死亡，而且連帶造成戰線崩潰。」

由莉擔心地低喃，希絲搖頭回答。

剛才戰士抵擋的兩隻納薩力克資深護衛獲得自由，一個去對付神官，另一個則打算繞到後衛。原本就在對付兩隻，這下又要追加一隻，神官已經沒多餘精神使用魔法了。光是應付來自三個方向的猛攻，就已經應接不暇了。

唯一只有帕爾帕多拉英勇善戰，但他同時對付三隻敵人，沒有餘力去幫助同伴。

「光靠盜賊火力不夠呢。不知道他有沒有什麼祕密武器？」

保護著魔力系魔法吟唱者戰鬥的盜賊，又得多抵擋一隻敵人。這下就是兩隻了。對付身穿堅固鎧甲，無法一擊奪命的不死者——納薩力克資深護衛，盜賊持有的輕巧武器太缺乏決定性威力了。盜賊以靈活身手勉強閃避攻勢，然而會累的人類與不會累的不死者，之間落差太大了。

「他一臉快哭出來的樣子在看我們呢。」

「要不要揮揮手？」

「揮個手應該無傷大雅吧。」

「ＯＫ。」

露普絲雷其娜笑咪咪地對帕爾帕多拉揮手。

「…………打到了。」

「誰叫露普分散人家注意力。」

「嗚欸～怪我喔？」

「…………嗯，怪妳。不過可以幫他們加油……加油。」

「是啊，希望他們可以努力再撐一下。」

聽到由莉這樣說，在場所有女僕都點點頭。

帕爾帕多拉小隊的戰鬥，自始至終都是納薩力克資深護衛占上風。到了這個地步，一邊倒的戰局只能說是無謂抵抗了，連正在觀戰的由莉等人都不禁同情他們。

一開始她們還笑著說：「戰鬥前不是很有自信嗎？」但戰況實在太沒有看頭，她們邊看邊打呵欠，現在甚至開始幫帕爾帕多拉他們喊加油。

「哎呀，兩邊實力這麼懸殊，真的沒話好說哩。」

「…………沒有什麼祕密武器嗎？」

「剛才吟唱的召喚魔法應該就是了吧。」

「第三位階？」

「不，那個當祕密武器太弱了吧。不過，利用召喚的魔物當成肉盾倒是不錯的想法。」

「的確，只要攻擊打不中，說不定多少可以重整態勢。」

「可是啊，後來使用飛行魔法就太笨了啦。那個皺巴巴的老頭不是也說過嗎？」

「不知道是打算逃走，還是想從上空使用魔法……」

「…………正好當活靶。」

魔力系魔法吟唱者已受到致命一擊倒地。如果有空使用治療魔法或藥水（Potion），應該可以重回戰線，但大家完全沒有那個餘力。結果頂多只能讓盜賊掩護他，不讓敵人給他最後一擊。

「不過他們怎麼會以為資深護衛只有這幾隻呢？」

這真是個疑問。

會不會是無意識之間，把事情往對自己有利的方向想了？這並不表示他們是笨蛋。或許是不想直視絕望，為了振奮自己的勇氣，人類的生存本能發揮到了最大極限，才會有那種思考方式。

「反正都沒希望啦。」

「是啊，每況愈下。」

「有一個方法，就是徹底防禦爭取時間，等其他小賊回來，怎麼樣呢？」

所有人都用白眼看安特瑪。

「怎麼可能會回來嘛！」

「………不言自明。」

「沒辦法吧，不可能安然無事地從納薩力克地下大墳墓回來的。」

伴隨著痛苦不堪的慘叫，傳來某個東西倒下的聲響。戰鬥女僕們轉向發出聲音的方向，失望地交談。

「啊，盜賊也倒下了。」

「這下勝負揭曉了哩。」

「所以剛才在階梯上，就應該先聽他們求饒……」

「他們那時候那麼有自信耶！當然會以為他們有什麼企圖啊。」

盜賊身上散發的濃厚而新鮮的血腥味，傳到了女僕們這邊。

「好像很好吃……」

「不可以這樣。」

由莉規勸安特瑪。

主人下達的命令，是把失去戰力的人——不論生死——帶回來。當然不能把被蟲啃得亂七八糟的肉體獻給主人，那樣太失禮了。

「新鮮的肉肉……」

「晚點再向安茲大人問問看可不可以吃，現在先忍耐一下。」

「可是這樣是不是不太妙呢？本來是要實驗能不能處理掉逃跑的人，對吧？」

「好像是哩。所以在牆壁附近應該埋伏了挺強的不死者哩。」

「科塞特斯大人是算準了很容易就能逮到他們啦，可是呢……」

「…………沒想到他們會正面迎戰。」

「不懂得分析對手的戰力，就會落得這個下場呢。好吧，還有一口氣的就治療好送進拷問室，死掉的……就向安茲大人報告吧。」

這一夜，帕爾帕多拉率領的工作者小隊就這樣失蹤了。

2

「擋回去！」

在霉味與屍臭四溢的墓室裡，響起了格林漢的怒吼。

房間是邊長二十公尺的正方形，天花板少說也有五公尺高。這個房間被魔法吟唱者做出的魔法光與掉在地上的火把照亮，塞滿了水洩不通的人影。

被逼到房間角落的，是格林漢等「沉重粉碎者」的成員們。整間墓室被大量的殭屍與骷髏等低階不死者所淹沒。

魔物數量多到數都懶得數了。

格林漢與手持盾牌的戰士就憑兩人從正面擋住死亡濁流，形成堤防不讓後衛受到侵犯。

殭屍揮動雙手打在格林漢的全身鎧上。雖然變成屍體後力氣比普通人更大，但還是不可能傷到鋼鐵鎧甲一分一毫。腐敗而變得脆弱的手撞個粉碎，散發腐臭的肉片黏在全身鎧上。

骷髏也是一樣。手中的生鏽武器根本不可能貫穿施加魔法的全身鎧。

當然也有所謂的偶然。但這個偶然從來沒發生過，是拜施加在身上的防禦魔法所賜。

格林漢用手中斧頭一揮，但打倒了一隻，又會馬上有其他不死者過來填補空缺。而且還不斷縮短距離，好像想直接把格林漢他們壓死。

「可惡！數量太多了吧！」

在格林漢身旁舉著盾牌的戰士發出痛苦低吼。由於盾牌覆蓋了全身，因此他身上沒有受到任何攻擊，但盾牌上滿是骯髒的液體。

他用釘頭錘打碎殭屍與骷髏的腦袋，但終究不敵壓力，一點一點慢慢後退。

「這麼多敵人到底是哪冒出來的！」

戰士會有這種疑問很合理。

格林漢他們在十字路口與其他小隊分手後，搜索了幾個房間。很遺憾，每個房間都沒找到像靈廟那麼多的金銀財寶，但也找到了一些價值不菲的寶物，他們就這樣一路慢慢探索各處。然後就在他們進入這個房間，同樣開始搜索時，房門冷不防地打開，不知道從哪裡冒出一大堆的不死者，擠進了這個房間。

殭屍或骷髏都不是什麼強敵。但數量卻多到成了一種暴力。

一旦被拉扯倒地，或是被壓倒了，就算不至於送命，也一定會動彈不得。到時候不死者大軍就會襲擊後衛。

後衛應該也不會輕易落敗，但面對這種數量的暴力，實在讓人有點不安。

再這樣下去，一個運氣不好，戰線有可能會崩潰。格林漢如此判斷，決定使出本來想保存起來的力量。

「此刻要一口氣決勝負！拜託汝等了！」

至今只是一直扔石頭的後衛開始有了動作。

本來對格林漢他們「沉重粉碎者」來說，這點程度的不死者並不難對付。但正因為如此，後衛才會選擇待機，盡量保存力量。只要後衛採取行動，要消滅這點程度的不死者易如反掌。

「吾神，地神啊！請擊退不淨者！」

握緊聖印的神官的吶喊形成力量。原本充斥著不淨空氣的墓室，產生一股清風徐來的清涼感——比一般神聖力量更強勁的波動。神官發動了擊退不死者的能力。

隨著這股波動，不死者們從神官身旁開始崩潰，化為塵土碎落一地。

擊退不死者這種能力，當雙方實力具有壓倒性的差距時，可以直接消滅敵人而非擊退。不過，如果要消滅大量不死者，難度會大幅攀升，需要一定程度的力量。

結果超過二十隻的不死者一口氣崩潰。

「炸死你們！『火球』！」

魔力系魔法吟唱者使出「火球」，飛向不死者大軍中央後爆炸。火焰只猛烈燃燒了一瞬間，範圍裡所有殭屍與骷髏的虛偽生命都被焚燒殆盡，灰飛煙滅。

「還沒結束呢！『火球』！」

「吾神，地神啊！請擊退不淨者！」

後衛再度施展範圍攻擊，不死者的數量銳減。

「我們上！」

「好！」

格林漢與扔掉盾牌，兩手舉起釘頭錘的戰士一起殺向不死者大軍。若是全部交給魔法吟唱者們處理，要掃蕩這些敵人輕而易舉，但格林漢他們仍然選擇突擊，因為說真的，他們很想盡量保存魔力。尤其是神官的「擊退不死者」使用次數有限。他的職業特別擅長對付不死者，在這座墳墓裡能夠成為殺手鐧。

格林漢衝進殭屍集團，揮動斧頭。從砍飛的身體部位——如果心臟會跳動，應該會用噴的——緩緩流出稱不上血液的黏稠液體。屍體斷面飄散出令人作嘔的惡臭，但還不至於不能忍耐。

或者應該說，鼻子已經麻痺了。

格林漢與戰士聯手，攻擊，攻擊，再攻擊。完全沒想到要防禦。

因為有魔法輔助及堅固鎧甲護身，加上對手是弱小的不死者，才能這樣硬是突擊。

格林漢的頭部不時遭到毆打撞擊，但衝擊力都被鎧甲吸收，脖子幾乎沒受到什麼負擔。就連胸膛或腹部被毆打，也感覺不到什麼衝擊力。

畢竟對手只是最低階的不死者。剛才只是因為人海戰術而一時危急，一旦把敵軍掃蕩到這個地步，戰鬥起來也輕鬆多了。戰士繼續揮動武器，怒吼道：

「遇到的盡是些小咖不死者，但這個墳墓裡敵人數量還真多！」

「所以不能保證不會出現更強的不死者！話雖如此，如果有更強的不死者，為什麼還沒出現，我也搞不懂就是了！」

回答的人，是在後方一邊觀察戰況，一邊撿起戰士盾牌的神官。

「……不，也許這裡的不死者是以某些手段召喚出來的。可能是某種儀式魔法，也有可能是道具之類的。」

奇怪的是，屍體每經過一段時間就會消失，因此不至於淹沒整個地板，讓人沒地方站。那有點像是受到召喚的魔物最後的情況，所以魔法師才會這樣警告大家。

「大量召喚低階不死者之機關？……本人拒絕！不要讓本人想像整座墳墓塞滿殭屍之景象！」

格林漢一邊像砍樹枝一樣砍下骷髏的頭一邊回答，然後瞄了一眼室內。不死者所剩不多，兩隻手就能數完。似乎並沒有新的一批要從門戶大開的入口出現，再過不久戰鬥就會結束了。

就在他這樣想時，一種毛骨悚然的感覺從腳底竄起。

危機感應能力命令他立刻離開現場，但在目前的狀況下幾乎是不可能的。即使如此——

「注意！往室外——」

盜賊似乎也有了同樣預感，大聲怒吼。

但是，太遲了。突如其來地，原本堅硬牢固的地板變得脆弱。取而代之地，一種飄浮感包覆全身。隔了一拍後，失去平衡的身體被砸在地板上。

同伴們痛苦呻吟。然而，格林漢用力握緊了即使墜落也沒放開的斧頭，一邊破壞同樣倒在地上的骷髏，一邊站起來。

「殲滅敵人！」

由於不死者們也同樣遭受到了墜落的傷害——尤其是以毆打為弱點的骷髏們，墜落時受到了很重的傷害——因此打起來比剛才輕鬆多了。

解決了室內的不死者，格林漢這才有餘力環顧周圍。

他們應該是落入了房間地板整片消失的魔法陷阱洞穴底部。抬頭一看，天花板離得相當遠。目測少說也有十二公尺以上。而離地板三公尺高的位置，有一扇關著的門。門上三公尺高——離地板總共六公尺高——的位置有一扇開著的門，這是格林漢他們一開始進來的門。或許可以算做墜落了兩層樓的高度。

整體而言，這個空間就像個直筒四角柱。地板部分呈現尖端朝下的四角錐狀，由於坡度很陡，一不小心就會一路滾到房間中央——最低的位置。目前就有一個同伴在墜落時一路滾下，卡在最低的位置，差點沒被滾下來的殭屍活埋。

摔到這種地方居然幾乎沒受傷，真讓人不敢置信。

奇怪的是在三公尺高的位置附近，也就是跟關上的門一樣高的地方，每面牆上都有四個像是通道的構造，總共十六個。

「看起來像用來處以水刑的房間。大量的水會從那些像是通道的開口轟隆隆地灌進來。我可不要喔。如果是黏體(Slime)什麼的就更討厭了。」

「我也同意。趕快檢查一下那扇門，如果沒問題就從那裡逃走吧。」

要攀著沒有突出處的牆壁爬兩層樓高，實在有點辛苦。爬得上去的頂多只有盜賊，像格林漢這種裝備全身鎧的人很難爬上去。相較之下，下面那扇未知的門扉雖然不一定安全，但至少輕鬆多了。

當他們正在討論如何爬上去時，從十六條通道幾乎同時冒出了頭來。那是膨脹得幾乎快要破裂的屍體——瘟疫爆擊手(Plague Bomber)。

身體膨脹是因為累積了滿滿的負向能量，一旦被打倒就會爆炸開來，給予活人傷害的同時，還會替不死者恢復體力，是一種麻煩的不死者。

有如肉塊的不死者騰空跳起。瘟疫爆擊手的身體狠狠撞在地板上，發出令人作嘔的怪聲。接下來才是問題，掉在陡峭地板上的圓滾滾身軀停不下來，就這樣像岩石一樣滾動，撲向格林漢等人。

「危險！快躲開！」

「我是負責動腦的耶，別強人所難啦！」

所有人——包括叫苦連天的魔法師——都勉強躲掉了這波攻勢，不死者就這樣滾到四角錐的中央。下一批瘟疫爆擊手已經露出了牠們醜惡的臉孔，讓格林漢等人知道剛才這些不過是第一批而已，同時也猜到了接下來會發生什麼狀況。

「快逃啊！這間房間會被牠們淹沒！」

要是被猛烈滾動的不死者撞到而摔到中央，保證會直接被壓死。就算沒被壓死也會動彈不得，然後連續遭受被同夥壓爛的不死者發出的負向爆裂，最後一命嗚呼。

「有夠小人的陷阱！拜託，誰來當一下我的踏腳台！」

「哪有辦法啊！要是摔下去就躲不掉了！」

就算能成功躲避，一旦失去平衡，就躲不掉下一記攻擊了。在這種狀況下誰也不敢當踏腳台。

「那我用魔法好了！」

「不要用『飛行』！你的力氣拉不動我們！」

「不是，嗚哇！好險！我是要用『蜘蛛之梯(Web Ladder)』！」

「那就可以！麻煩架到最近那扇門上！格林漢，你保護他！」

「——不對！住手！要從我們進來的二樓高的那扇門逃走！下面那扇門有危險！」

同伴沒時間問這話的根據，但他們非常信任格林漢。

「『蜘蛛之梯』！」

魔法發動，蜘蛛網沿著牆壁，一直線伸向二樓高的位置。

魔法製造出來的蜘蛛絲具有特殊黏性，不想放開的時候去碰就會黏住，想動的時候就會鬆開。正適合用來當成梯子。

格林漢等人雖然焦急，但仍然以完美的身手，連成一串爬上梯子。

格林漢好不容易才來到一直開著的門扉，小心謹慎地觀察通道的情形。要是在這裡被撞到摔下去，那可是慘不忍睹。

他放心地嘆一口氣。看來並沒有發生他所害怕的狀況，通道上沒有不死者。

確認完畢後他跳到通道上，用力把後面的其他人拉上來。

「得救了！差點就被不死者壓死了，這可是最糟的死法前幾名呢！」

「……這座遺跡，設計得真有夠惡毒。墜落時把我的腳摔痛了，麻煩給我個治療魔法。」

「負向爆裂好像讓我的腳尖刺痛了一下！超可怕的！」

「我是運氣好才能躲掉。叫魔法師躲避攻擊，未免太狠了吧。」

同伴們氣喘吁吁，你一言我一句地抱怨。

「欸，格林漢。為什麼要避開那扇門？我本來以為那扇門才是正確選擇耶，正確路徑不是都會安排在危險地點嗎？」

「這只是我的直覺……你拿個不要的武器攻擊那扇門看看。」

沒有餘力的格林漢恢復了平常的講話方式，聽到他的回答，盜賊馬上抽出匕首朝門一扔。一直線飛去的匕首，即將命中——以為如此的瞬間，門的一部分忽然隆起，隆起的部分變成了觸手，彈開飛來的匕首。

「那是……！門形擬態魔（Door Imitator）。不對，從觸手的色澤推測，應該是不死門形擬態魔吧。這種敵人會以有黏性的體液抓住對手，再以觸手進行單方面的攻擊。」

「嘖！雙重陷阱是吧，有夠陰險的。不過你可真行，竟然看穿了。」

「不過是直覺罷了。不，正確而言，本人只是選擇了已知而非未知。何況那扇門的位置，會不斷受到負向爆擊之轟炸，雖然負向爆擊對沒有生命的門應該效果較低，但本人還是覺得會在那種地方設置通道有些蹊蹺。那麼，我等開始移動——」

講到這裡，格林漢閉上了嘴巴。因為直到剛才都還講個沒完的盜賊，將一根手指抵在嘴唇上，正在側耳傾聽。

格林漢也豎起耳朵，就聽見某種有規律地敲擊地板的「喀，喀」聲響。

所有人的視線都朝向聲音來源——通道。

「應該……是敵人吧。就不能讓我們休息一下嗎？」

「是啊，聲音只有一個，而且毫無躡手躡腳的感覺，不會錯。希望是最後一個敵人……」

所有人慢慢舉起了武器，站在前頭的戰士舉起同伴遞給自己的盾牌，將半個身體藏在盾牌後方。魔法師將散發亮光的法杖朝向發出聲音的通道前方，準備隨時施展魔法。神官高舉聖印，盜賊以弓箭瞄準聲音方向。

喀喀聲越來越響亮，最後對方終於現身了。

豪華——但相當老舊的長袍，包裹著比女人或小孩還細瘦的肢體，一隻手上拿著扭曲的法杖——就是這個發出敲擊聲的吧。

只剩一副皮包骨而開始腐敗的臉孔，帶有邪惡的智慧之色。身上瀰漫著負向能量，宛如煙霧一般籠罩全身。

這是個死者魔法吟唱者。其名為——

「——死者大魔法師（Elder Lich）！」

第一個看出魔物真面目的魔法師大叫出聲。

正是。這是邪惡的魔法吟唱者死後，負向生命進入了遺體而誕生的最凶惡魔物。

格林漢等人一聽到是死者大魔法師，霎時改變了陣形。沒有人排成一直線。而且每個人之間保持適度距離，以提防範圍魔法。

死者大魔法師是相當強大的敵人，以冒險者來說的話，白金級不太容易戰勝，祕銀級則有十足勝算。格林漢等人只要不去想疲勞的問題，是可以打得贏的。再加上幸運的是，這次的成員當中有人能對不死者發揮強大力量，讓大家彷彿吃了顆定心丸。

而且如果拉開距離會很難對付，但以目前的距離來說，戰況會對他們相當有利。

「是墳墓之主吧！」

格林漢如此判斷。死者大魔法師是支配者。有時他會支配不死者大軍，甚至依照情況，還可能跟生者進行交易。

像出現在卡茲平原，航行於霧中的幽靈船船長，以及因為支配了一座廢城等事蹟而聞名的死者大魔法師，都是很好的例子。

所以死者大魔法師是這座墳墓的主人也並不奇怪。

「我們抽中籤王了嗎？還真走運啊！」

「委託裡可沒要我們殺死墳墓的主人耶！」

「讓對手見識一下『沉重粉碎者』的力量吧！」

「讓他看看神的庇護！」

其他同伴紛紛發出怒吼。他們面對死者大魔法師這種強敵，為了驅趕恐懼才這樣咆哮。

「防禦魔法——」

格林漢正要對下定決心的同伴們喊出戰術時，忽然產生一種突兀感。他馬上就找到了突兀感的來源。就是眼前這個強敵，死者大魔法師。

「……是怎麼了？」

「他似乎並不打算……突襲我們？」

死者大魔法師明明看見了格林漢他們，卻不動聲色。既不舉起法杖，也沒有吟唱魔法。只是沉默地望著他們。

這讓格林漢他們也難掩困惑之情，因為他們本來以為會馬上進入戰鬥。但他們又不敢先下手為強。

的確，不死者對活人懷有敵意。然而一部分具有智慧的不死者願意與人類交涉，卻也是事實。由己方提出交涉時幾乎都會吃虧，不過有時候不死者也會提出停戰，而因此獲得利用失傳已久的技術製造的道具。

最重要的一點，是遇到死者大魔法師這樣的強敵，能不用戰鬥當然最好。也許他是因為沒能用陷阱解決一行人，不耐煩了才會現身；但也搞不好他是知道了一行人的實力，而選擇和平交涉。

考慮到這些可能性，先下手為強實在是太魯莽了。這樣等於是完全捨棄了交涉的可能性。這裡是敵人的手掌心之內。在尚未確保退路的狀態下，進行激戰風險太高了。

格林漢等人看看其他同伴的表情，確定大家想法都是一樣的。
做為代表開口的，當然是領隊的工作。
「恕本人失禮，您似乎是這座墳墓的主人。我等——」
死者大魔法師將那張恐怖的臉孔對著格林漢，骨瘦如柴的手指抵在嘴唇上。
意思是——安靜。
雖然這個手勢非常不適合死者大魔法師，但他們沒有勇敢到——不，是自暴自棄到敢對強者講那種話。
格林漢乖乖閉上嘴。然後他聽見悄然無聲的通道上又傳來「那個聲音」，不禁懷疑起自己的耳朵。
那聲音剛才也聽過，是某種物體「喀，喀」敲擊地板的聲音。而且還是好幾個——
格林漢等人全都面面相覷，他們不願意相信從聽到的聲音想像出的答案。
然後——所有人一齊發出慘叫。
「是誰！是誰說那個死者大魔法師是墳墓之主的？」
「真抱歉喔！是我啦！」
「別開玩笑了！這太離譜了吧！」
「喂喂喂喂，不可能打得贏的啦！」

「神的庇護也是有限的！」

一開始現身的死者大魔法師背後出現了同一種魔物，而且還是六隻。

如此強大的不死魔法吟唱者總共有七隻。

的確，既然都是同一種存在，攻擊手段也都是一樣的。換句話說只要湊齊了能讓所有攻擊失效的防範措施，要打倒七隻不成問題。

但問題是，他們沒有湊齊那麼多防範措施，也不可能辦得到。

在絕無勝算的這個狀況下，格林漢他們已完全喪失了鬥志。

「那麼，開始吧。」

隨著死者大魔法師一句毫無交涉之意的宣告，七把法杖慢慢舉高，同時格林漢一聲大吼：

「撤退！」

好像就等這句話似的，小隊所有人傾盡全力拔腿狂奔。他們往與死者大魔法師相反的方向全速奔跑。當然，他們無暇去考慮通道前方的狀況，一心只想逃離死者大魔法師集團這種過剩戰力，獲得一點小小的生存機會。

帶頭的是盜賊。後面依序是格林漢、魔法師、神官、戰士。

一行人不停奔跑，毫不猶豫地奔跑。

到了轉角。這種地方本來應該提防陷阱或魔物，但腳步聲從背後傳來，他們沒有多餘心力謹慎觀察。一切只能聽天由命，跑過去就對了。

通道左右兩邊有石砌的門，但想到有可能是死路，他們沒有勇氣開門衝進去。

穿著金屬鎧甲的人奔跑發出的刺耳金屬聲，在通道上迴盪。雖然聲音有可能引來魔物，但沒有多餘精神使用「寂靜」。

奔跑，奔跑，再奔跑。

他們不顧一切地擺動雙腿，跑過轉角，在通道上狂奔讓他們失去了方向感，早已搞不清楚目前所在位置了。如果可以，他們很想回到入口，但沒有那個多餘心力。

「——他們還在後面嗎？」

格林漢邊跑邊吼。跑在最後的戰士回答他：

「還在！用跑的在追我們！」

「可惡！」

「不要用跑的追啊！幹嘛不用飛行魔法啊！」

「他們要是用飛的，我們可是要連續吃魔法耶，白痴啊！」

「躲進小房間裡，跟他們談判……」

魔法師上氣不接下氣地喊道。目前成員當中最沒體力的他，一副隨時都會倒地的樣子。

格林漢判斷這樣下去不是辦法，魔法師體力撐不住了。

死者大魔法師這種不死魔物是不會累的。再這樣下去，一行人會被逼至絕境，體力耗盡後就只能慢慢遭到殺害了。

「怎麼會有那麼多死者大魔法師啊……」

照常理來想，這是不可能的。

「這座墳墓的主人是不是比死者大魔法師還強啊！」

這是唯一能想到的答案。然而，真的有那麼強大的不死者嗎？格林漢拿不出答案來。

「可惡！這個該死的爛墳墓！」

隊伍最後的戰士一邊氣喘吁吁地吐氣，一邊怒罵。

彷彿就等這一瞬間，地板浮現出發光的紋章。那紋章相當的大，足以將格林漢等人全數納入範圍之內。

「啊！」

不知是誰發出的，只聽見一陣像是慘叫的聲音——

——與剛才的墜落不同種類的飄浮感。

格林漢的視野被漆黑世界所覆蓋。腳下發出踩碎某種物體的噗嘰啪嘰聲，同時身體慢慢下沉。就像落入沼澤的感覺。他一瞬間差點陷入恐慌，不過沼澤般的空間似乎沒那麼深，沉到腰際之後就沒再下沉了。

格林漢在只受到寂靜支配的暗黑世界中，發出像是跟父母走失的幼兒般不安的聲音問道：

「……有人在嗎？」

「——我在這裡，格林漢。」

他立刻得到一個同伴——盜賊的回應。而且距離並不遠。大概就跟剛才奔跑時的間距差不多。

「……其他人都不在嗎？」

沒有回答。他早就料到了，這裡沒有光源，可以猜到魔法師與戰士都不在這裡。好歹還有盜賊在，就當作是幸運吧。

「……好像只有我們兩個喔。」

「汝之所言……嘖！你說得沒錯。」

他站在原地不動，觀察周圍的氣氛。深邃黑暗無邊無際地擴展，使人產生一種分不清自己與黑暗的界線的恐懼感。

好像沒有任何東西在動——

「要點亮光嗎？」

「也只能這樣了吧。」

採取行動會不會破壞這份寂靜？會不會觸動陷阱？雖然內心產生無數疑慮，但很遺憾，人類的肉眼無法看穿黑暗。燈光是不可或缺的。

「那麼，等我一下。」

傳來盜賊聲音的黑暗當中，有某種東西在動的感覺。然後亮起了光源。

他第一個看到的，是高舉手中螢光棒的盜賊，然後是反射螢光的無數光輝。那讓人聯想到在靈廟看到的寶物光輝。

然而——並非如此。

格林漢拚命壓抑住湧上喉嚨的慘叫，盜賊也露出抽搐的表情。

無數的反光。那是掩埋了周遭所有空間的蟲子——人們稱之為蟑螂——的光輝。小的只有小指指尖大，大的甚至超過一公尺，整個房間被各種大小的蟑螂所淹沒。而且層層堆疊。

腳下踩碎東西的觸感，原來是踩爛蟑螂造成的。想到大量蟑螂淹沒到腰際，實在不願意去想像到底堆了幾層。

室內很寬敞，因此螢光照不到牆邊。由於螢光棒的照明範圍為十五公尺，這樣一想，就大致能推測室內空間的大小。往天花板一看，上面也有數以萬計的蟑螂被螢光照亮。

「這……裡是怎麼回事？」

盜賊彷彿喘不過氣地說，格林漢很能體會他的心情。他一定是有種預感，只要發出聲音，這些蟑螂就會動起來吧。

「到底發生了什麼事？」

「……應該是地洞吧？」

盜賊害怕地環顧周遭時，格林漢想起在漆黑世界淹沒一切前，最後的光景——腳下浮現的發光魔法陣，向盜賊問道：

「不可能。我覺得不是單純的地洞，是中了某種魔法……」

「竟然會有傳送系的陷阱……還是說那是死者大魔法師吟唱的魔法？」

傳送魔法本來就是存在的，比方說可用來逃跑的第三位階魔法「次元移動(Dimensional Move)」就是一個例子。但是那種魔法只能傳送術士本人。能夠傳送其他人，而且是一次好幾個人，這種魔法——

「——我記得第六還是第五位階有種能傳送好幾個人的魔法，對吧？」

「對……記得好像是這樣。」

「難道對方真的這麼……」

他們很少聽過有人能自由使用至少第五位階的魔法。然而格林漢卻也接受了這個推測。如果有那樣無人能及的強者，那麼多死者大魔法師和平共存，也不難理解了。因為那樣的強者，要支配或是命令死者大魔法師，一定易如反掌。

格林漢強烈感受到這座墳墓的危險性，一陣寒意襲上心頭。同時也對提出這種委託的伯爵產生了激烈敵意。當然，是格林漢他們自己要接這份工作，知道會有風險，仍然拿命當賭本上了牌桌。就算被說成遷怒於人或許也無可奈何。

可是伯爵手中應該握有某種程度的情報。不然不會拿出那麼高的報酬，召集那麼多的工作者，提出調查這座墳墓的委託才是。

「捨不得洩漏情報嗎？王八蛋……趕快逃出去吧！這座遺跡……是我們不該碰的地方。」

「嗯，了解。那麼格林漢，我先走，你跟上來。」

看來盜賊還沒發現，幸好他沒發現。

那就是這些蟑螂一動也不動。

格林漢瞄了一眼眼前的大量蟑螂。

牠們的觸角微微晃動，所以應該沒死，但是動也不動一下。一種原因不明的陰森感盤踞周遭。

「——不，兩位是逃不掉的了。」

突如其來地，響起了第三者的聲音。

「什麼人！」

格林漢與盜賊都慌忙環顧周圍，但感覺不到有人在動。

「喔，這真是失敬了。吾人受安茲大人之命掌管此地，名叫恐怖公。還請兩位多多指教。」

視線往聲音傳來的方向一看，看到的是一個異樣的景象。有某種物體撥開蟑螂堆，正要從底下冒出來。

近身武器打不到那麼遠的距離。盜賊一語不發地拉緊弓，格林漢原本打算掏出投石器——但隨即作罷。如果要開戰，他可以撥開這些淹至腰際的大群蟑螂，用斧頭砍殺對方。

不久，推開蟑螂現身的，還是一隻蟑螂。

但這隻蟑螂與周圍的同族有著明顯不同。這隻身長約莫三十公分的蟑螂，竟然用兩隻腳站得直挺挺的。

牠披著以奢華金線繡邊的鮮紅披風，頭上戴著金光閃閃的小巧王冠，前肢拿著頂端鑲有純白寶石的權杖。

最奇怪的是，牠明明是直立著的，頭部卻是朝著格林漢他們。一般昆蟲如果用兩隻腳站立，頭部當然會朝上。但眼前這個怪異存在卻不一樣。

除此之外，都跟其他蟑螂沒太大差別。不，光是這樣就已經差很多了。

格林漢與盜賊交換一個眼神，由格林漢負責與對方交涉。確認盜賊放下了搭著箭的弓，格林漢向恐怖公說：

「你是……什麼人？」

「唔嗯。您好像沒聽到吾人剛才說什麼，是否該再報上一次名字比較好？」

「不，我不是這個意思……」格林漢講到一半，想起了這不是他現在該做或該問的事。「……我就明說了，要不要跟我們做個交易？」

「哦哦，交易啊。吾人很感謝兩位，也很樂意接受你們的交易喔？」

這番話中有一點讓人不解——為什麼要感謝他們倆？這點雖然讓格林漢有點在意，但目前身處壓倒性的不利狀況下，不能問對方這個問題。

「……我方希望的是……想請你放我們平安離開這個房間。」

「原來如此，會有這種想法是理所當然。不過就算兩位離開了這個房間，目前所在位置是納薩力克地下大墳墓的地下第二層。不得不說要回到地表很困難喔。」

第二層——

這句話讓格林漢睜大了眼睛。

「從地表的靈廟稍微往下走，穿過一扇門的地方，算是第一層對嗎？」

「一般都是這麼說的吧？」

「不，我只是想確認一下。」

「哈哈，兩位是從第一層傳送過來的，會感到混亂也是情有可原呢。」

恐怖公不知道是怎麼做到的，頻頻點頭，格林漢看著他，感覺到被冰柱刺穿般的寒意。

這是剛才的說法被證實所帶來的恐懼。

換句話說，雖然不知道是怎麼做到的，總之對方使用了傳送魔法當成陷阱。那是什麼樣的魔法，又是什麼樣的魔法技術？就算不是魔法吟唱者，也能理解這件事的驚人之處。

「……的確，我很希望你能告訴我們怎麼離開這座墳墓，但我不敢那麼奢求。只要放我們離開這個房間就夠了。」

「唔嗯。」

「我方……願意交出你想要的任何東西。」

「原來如此……」

恐怖公深深點頭，做出陷入沉思的動作。

在一片死寂的房間裡，流過一段短暫的時間。最後恐怖公似乎下了決定，點頭說道：

「吾人所想要的東西已經在吾人手中。兩位所提供的條件不足以滿足吾人喔。」

格林漢正要開口，恐怖公舉起前肢制止他，又接著說：

「在那之前，您好像不懂吾人為何說感謝兩位，就讓吾人回答您吧。吾人的眷屬似乎已經吃膩了彼此。所以吾人才會感謝兩位成為牠們的飼料。」

「啊！」

盜賊一聽懂的瞬間，立刻射出了箭矢。

破空飛出的箭矢，被恐怖公的深紅披風纏住，失去了力道而落下。

接著——房間開始蠢動。

房間裡響起無數的沙沙聲，變成了聲音的洪流。

然後捲起了漫天蓋地的巨浪。

那是黑色的濁流。

「很可惜只有兩個人，不過就請兩位成為眷屬的食物吧——」

隆起的狂濤駭浪，吞沒了格林漢與盜賊。那景象就像是從正面被海嘯吞沒一樣。

格林漢一邊被黑色漩渦淹沒，一邊拚命拍打鑽進鎧甲縫隙的蟑螂。

對付這麼小的蟲子集團，武器根本沒用，況且格林漢也不會範圍攻擊型的武技。既然如此，不如直接用手打比較快。所以武器已經被他扔掉，不知道跑哪裡去了。

他掙扎著想揮動雙手，然而覆蓋全身上下的無數蟑螂奪去了他的行動自由。那副景象非常像是溺水者揮動雙手的模樣。格林漢的耳中，只聽得見無數蟑螂蠢動的沙沙聲。
盜賊同伴的聲音被沙沙聲蓋過，傳不進他的耳裡。
不對，聽不見盜賊的聲音是理所當然的。因為盜賊的嘴裡、喉嚨以及胃裡都被蟑螂塞滿了，根本無法發出聲音。
渾身上下傳來刺痛感。那是鑽進鎧甲縫隙的蟑螂啃咬格林漢身體的痛楚。
「住手——」
格林漢想大叫，但鑽進口中的蟑螂堵住了他的嘴。他拚命想把蟑螂吐掉，然而只要稍微開口，又會有別隻蟑螂從嘴唇縫隙硬鑽進來，然後在口中爬來爬去。
耳朵裡似乎也鑽進了小隻蟑螂，沙沙聲變大起來，耳朵裡癢得受不了。
臉上有著數不清的蟑螂不安分地爬上爬下，到處亂啃。眼皮一陣刺痛。但他不能睜開眼睛。不難想像睜開眼睛會有什麼後果。
格林漢已經明白到自己會有什麼下場了，他將會活生生地被蟑螂啃食殆盡。
「我不要這樣！」
他發出慘叫，蟑螂緊接著湧進嘴裡。牠們到處蠢動，試著鑽進喉嚨深處。接著他感覺有某種物體順著喉嚨滑進胃裡。活蟑螂在胃裡亂動的感覺令他噁心欲嘔。
格林漢拚命掙扎。

這種死法他無法接受。

他要讓兩個哥哥對自己刮目相看。這唯一一個念頭，讓他奮發圖強，得到現在的地位。格林漢已經存夠了不用冒險也能悠閒度日的儲蓄，憑著顯赫的名聲，想娶個在村子裡找不到的美女當老婆也不是問題。自己無論是力量也好，財力也好，都遠遠勝過把自己趕出家門的兩個哥哥，應該是人生的贏家才對。

他才不要死在這種地方。

「啊噗嘔啊啊啊！我要活著回去啊啊啊！」

他一邊吐掉咬碎的蟑螂一邊大叫。

「……真能撐呢，那就再來一份吧。」

格林漢的吶喊在幾秒鐘過後，也被黑色漩渦輕易吞沒了。

他不經意地睜開雙眼。

映入視野的，是某個場所的天花板。天花板以石塊砌成，上面嵌了一個發出白光的物體。他不知道自己怎麼會在這裡，想環顧四周，才發現頭不能動。不對，不只是頭。手腕、腳踝、腰以及胸部都被某種東西綁住了，動彈不得。

無法理解的狀況引起了恐懼，他想大叫，嘴裡卻卡了個東西，既不能說話也不能閉嘴。

他只能移動視線，拚命試著確認周圍的情形，就在這時，有個聲音對他說話。

「哎喲，你醒了啊。」

是個嘶啞的聲音，難以判斷是女人還是男人的聲音。

一個駭人的怪物鑽進他無法動彈的視野，在他面前現身。

那個東西具有人的身體，頭部卻是個酷似歪扭章魚的畸形物體。長及大腿附近的六隻觸手蠕動著。

膚色呈現溺水死屍的混濁白色。同樣有如溺水死屍般膨脹的身體，纏繞著少許的黑色皮帶代替衣物。那些陷進皮膚裡的皮帶，簡直像是用來綁肉類料理的棉線，醜陋無比。如果由美女來穿一定相當妖豔，但是由這個駭人怪物來穿，非但稱不上妖豔，甚至讓人反胃。

怪物的手長出了細細的四根手指，手指間有蹼。指甲很長，而且全都塗了漂亮的指甲油，還做了奇怪的指甲彩繪。

這個異樣的存在，用沒有瞳孔的白濁眼睛對著他。

「呵呵呵。睡得好嗎？」

「呼……呼……」

恐懼與驚愕，受到這兩種情緒侵襲，他的口中漏出粗重的呼吸。那個怪物用一種安撫小孩的母親般溫柔的動作，摸了摸他的臉頰。
莫名冰冷滑溜的觸感，使他全身竄過一陣寒意。
如果散發的是濃厚的血腥味或腐臭就完美了。然而怪物身上卻散發出花卉的芬芳香氣。這反而助長了恐懼感。
「哎呀，用不著嚇得縮成這麼小一團啊。」
那個怪物的視線對著他的下腹部，肌膚感覺到的空氣觸感，讓他終於發現自己渾身赤裸著。
「嗯，我是不是該問問你的名字？」
怪物把纖細的手指放在疑似臉頰的部位，偏了偏頭。如果是美女做這動作，一定很賞心悅目，但對方是個長著章魚頭，活像具溺水死屍的怪物。這樣只會讓人感到厭惡與恐懼。
「…………」
怪物對只能轉動著眼珠子的他笑了笑。嘴巴完全被觸手遮住，表情也幾乎沒有變化。但他還是能看出對方在笑，因為有如冰冷玻璃珠的眼睛瞇細了起來。
「呵呵呵。你不想說啊，好可愛喔，還會害羞。」
怪物的手在他赤裸的胸膛上像寫字般滑動，但對他而言只感覺得到心臟隨時可能被挖出來的恐懼。

「先告訴你姊姊的，名，字。」怪物用彷彿語尾加了愛心符號的肉麻語氣說著——雖然聲音嘶啞。「我是納薩力克地下大墳墓特別情報收集官，尼羅斯特。不過大家也叫我拷問官。」

長長的觸手扭動著，露出根部的圓形嘴巴。嘴巴周圍長了一圈尖銳利牙，中間像舌頭般突出一根滑溜溜的管子，就像吸管一樣。

「等過一會兒，我再用這個把你吸一吸喔。」

究竟是要吸什麼？他害怕得想挪動身體，但完全被固定住了。

「好了，是這樣的。你被我們抓住了啦。」

沒錯，他最後的記憶，停留在跑在前面的格林漢與盜賊消失的那一刻。後來他就完全沒有記憶，直到現在。

「你至少知道自己人在哪裡吧？」尼羅斯特笑著繼續說。「這裡是納薩力克地下大墳墓喔。四十一位無上至尊當中，最後留下來的一位大人，飛——不對，是安茲大人的王國，這世上最尊貴的場所。」

「憨痾阿稜？」

「沒錯，安茲大人。」

尼羅斯特聽懂了他無法好好發音的話語，手在他的肌膚上游移。

「他是四十一位無上至尊當中的一位，是過去曾經統率各位至尊的領導者。而且是個非常、非常有魅力的人士喔。只要見到他，誰都會打從心底想為他竭誠盡忠的。像我啊，要是有幸為安茲大人侍寢，要我獻上第一次我也甘願喲。」

怪物害羞地扭動身子，那不能叫做扭扭捏捏，應該稱為扭頭暴筋了。

「欸，我跟你說喲。」怪物像個情竇初開的少女似的，在他赤裸的胸膛上寫字。「上次安茲大人大駕光臨時，他一直盯著我的身體看呢。那種眼光簡直就像挑選獵物的雄性野獸。然後他好像覺得害臊，又把視線別開了。害得人家心裡小鹿亂撞，背脊一陣酥麻呢。」

講到這裡，怪物停下了動作，把臉湊了過來，盯著他的眼睛瞧。他拚命想逃離那個恐怖的外貌，但身體動也動不了。

「夏提雅那個小妮子，還有雅兒貝德那個醜八怪，好像都在覬覦安茲大人的寵愛，但怎麼想都是我比她們有魅力。你說是不是？」

「喝，偶也呃麼覺了。」

如果否定怪物的意見，天曉得會有什麼下場。這種恐懼感使他表示了同意。

尼羅斯特開心地瞇細眼睛，雙手合握，注視著空氣。那副模樣就像向天祈禱的瘋狂信徒。

「呵呵呵，你好溫柔喔。還是說你只是陳述事實呢。可是不知道為什麼，安茲大人都不召幸我呢……啊啊，安茲大人……禁慾主義的性格也好迷人喔……」

怪物感動得發抖的模樣，讓人聯想到肥嘟嘟的環節動物蠕動的模樣。

「……唉，我整個人都酥了。哎呀，真對不起，都我一個人在講話。」

最好能就這樣忘了我，尼羅斯特無視於他的內心祈求，繼續說道：

「先告訴你你接下來會有什麼命運喔。你知道什麼是聖歌隊嗎？」

突如其來的問題讓他翻白眼。看到他困惑的反應，尼羅斯特似乎以為他不知道，開始解釋起來：

「就是唱聖歌與讚美歌，讚頌神的愛與榮耀的合唱團。我要讓你加入聖歌隊的行列，你的同伴也是喔。」

如果只是這樣的話，那沒什麼大不了的。雖然他對唱歌也不是特別有自信，但還不到音痴的地步。但是，這個怪物的目的真的有這麼單純嗎？他無法隱藏流露出的不安，側眼偷瞧尼羅斯特。

「是啊，就是聖歌隊。即使是你們這些未對安茲大人盡忠的愚蠢之人，只要大聲唱歌，就能成為獻給安茲大人的祭品，我們要以合唱為目標。啊啊，我全身都酥了。這是尼羅斯特要呈獻給安茲大人的福音音樂喔。」

噁心的眼珠子浮現出覆蓋一層煙霧的色彩。這可能是因為怪物對自己的想法感到興奮吧。細瘦手指像蟲子一樣蠕動。

「呵呵呵呵。好了，我來介紹一下幫助你合唱的幾個人吧。」

大概是至今一直待在房間角落吧，幾個人唐突地出現在他的視野中。

一看到那些人的模樣，他一瞬間忘記了呼吸，因為一看就知道那是一群邪惡的生物。

緊身的黑皮革圍裙。全身與其說是白色，不如說是乳白色比較貼切。而在這種顏色的皮膚底下——如果血液能夠是紫色的——浮現出紫色的血管。

他們頭上套著毫無空隙的緊密黑皮革面具，不知道他們是怎麼看見東西，又是怎麼呼吸的。而且手臂非常之長。身高大概有兩公尺以上，但伸長手臂的話應該會到膝蓋以下。腰上綁著腰帶，上面排滿了無數的工具。

這樣的邪惡生物總共有四隻。

「——他們是酷刑惡魔(Torture)，這些孩子會與我一起幫你用美妙的聲音歌唱喔。」

他有不祥的預感。他明白到歌唱指的是什麼意思，拚命扭動身體想逃跑，但身體還是動彈不得。

「沒用的，憑你的力氣是扯不斷的。這些孩子會幫你使用治療魔法，所以可以盡情練習喔。」

我很溫柔吧。尼羅斯特用帶有這種邪惡語氣的口吻說道。

「物吼啊！」

「嗯，怎麼啦？你希望我住手嗎？」

尼羅斯特向淚水盈眶地喊叫的他溫柔地問道。然後輕輕晃動著六隻觸手。

「聽好嘍，因為那位大人選擇留下來，由無上至尊創造出來的我們才有資格存在喔。侍奉那位大人就是我們的存在理由喔。你們這些宵小用髒腳踏進尊貴大人的住處，我們怎麼可能可憐你們嘛！你真的以為我會可憐你嗎？」

「賀偶後了！」

「對。你說得對。後悔是很重要的。」

尼羅斯特不知從哪裡拿出一把細細的棒子。前端有個五公釐大小，長了刺的部分。

「先從這個開始吧。」

他不明白那是用來幹什麼的，尼羅斯特開心地向他解釋：

「聽說創造我的大人，曾經受到一種叫做尿路結石的疾病所苦。為了表示敬意，就先從這個用起吧。反正正好這麼小，我想應該很容易進去的。」

「物吼啊！」

他明白到自己將會有何種遭遇而放聲哭喊，尼羅斯特把臉湊向了他。

「接下來我們可要相處很長一段時間喔。這點程度就哭哭啼啼的話，之後會很慘喔？」

3

各小隊在在十字路口選擇了不同的路線，其中艾爾亞・烏茲爾斯毫無根據地認為強敵應該會待在最深處，因此選擇了正前方的通道。

途中看到了石造門扉與無數轉角，他都是隨便選一個，默不作聲地在墳墓裡走著。一路上平安無事，讓他感到非常無聊。別說魔物，連個陷阱都沒有。

也許這條路是選錯了。艾爾亞想到這裡，嘖了一聲。

「慢吞吞的，還不快走。」

艾爾亞語氣強硬地，對走在十公尺前快要停下腳步的森林精靈奴隸下令。森林精靈奴隸只一瞬間震了一下，就有氣無力地開始往前走。她自從進入這座墳墓以來，幾乎一直走個不停，而不准停下來。

幸運的是目前一路上都沒事，但要是有陷阱的話，她很可能會因此喪命。

這樣使用奴隸與其說是在搜索陷阱，倒不如說是帶進礦山的金絲雀。艾爾亞的小隊，是以艾爾亞自己以及擁有不同技術——游擊兵、神官、森林祭司(Druid)——的三名森林精靈奴隸所組成。對擁有無可取代的搜索技術的她做出這種命令，實在太浪費了。

不過他有他的理由。

單純地說，他只是玩膩了走在前面的森林精靈。

聽到這個理由，很多人應該會大感驚訝吧。不是驚訝倫理觀念的問題，而是金錢問題。

從斯連教國流入此地的奴隸都不便宜。尤其是森林精靈會因為外貌或擁有的特殊技能而使得價格飆升。大多數情況下，森林精靈都是貴得驚人的商品，絕非一般市民買得起的。

其中擁有特殊技能的森林精靈，價格更是等同於一把具有特殊效果的魔法武器。就算是艾爾亞也不可能說買就買。

但「天武」的報酬都是艾爾亞一個人獨占，因此只要工作順利，很快就能賺回來。所以他只要玩膩了奴隸，就會覺得死了也不可惜。

（下次買個胸部大一點的女人吧。）

艾爾亞望著有氣無力地前進的森林精靈的背影，心裡做如是想。

（捏緊她們的胸部，讓她們發出慘叫可有趣了。）

因為這次的委託是合作工作，所以這幾天，他都沒有抱森林精靈。雖然就算抱了，別人應該也不會有意見，但是嫉妒會引來不快感。這樣會造成多大的損失，艾爾亞身為工作者，還不至於連這點常識都沒有。

因此而累積的慾望，讓艾爾亞產生了這種想法。

「或許下次，我可以指定一個跟那娘們類似的類型。」

艾爾亞腦中浮現出「四謀士」中的一人，就是那個狠狠瞪著艾爾亞的半森林精靈。

真是個礙眼的娘們。

她身邊還有一個能夠稱為少女的女性，不過艾爾亞覺得那個女孩看自己的眼神中帶著反感，是可以理解的。女人常常不願意理解男人的性慾，況且那個年紀的女孩多少有點潔癖。但是比人類低劣的生物，沒有資格用那種眼神看人類大爺。

光是回想起來，艾爾亞端正的臉龐就浮現出怒火。

「真想惡狠狠揍那張犯賤的臉孔一頓，揍到她不能抵抗……」

森林精靈奴隸在送到主人手上之前，會先被各種手段弄到心如死灰，這樣的森林精靈奴隸根本不可能反抗。

但是如果對那個半森林精靈下手，她肯定會如同發狂野獸般奮力抵抗。艾爾亞要擊敗、征服她並不難。但那樣一來自己也會受傷，而且艾爾亞對活捉獵物的技術毫無自信。他在想像當中揍了幾下伊米娜的臉，所以晚了一拍才發現走在前面的森林精靈停下了腳步。

「為什麼要停下來？繼續走啊。」

「噫……那……那個，我聽到聲音。」

「聲音嗎？」

森林精靈鼓起勇氣回答，艾爾亞皺起眉頭，全神貫注地豎起耳朵。四周悄然無聲，甚至安靜到讓耳朵刺痛。

「……什麼都聽不見呢。」

要是平常的話他早就給奴隸一頓粗飽了，但是森林精靈的聽覺比人類更靈敏。有可能艾爾亞聽不見，但森林精靈聽得見。為了確認，他向旁邊的兩人問道：

「妳們呢？」

「是……是的，有聽見聲音。」

「好……好像是金屬碰撞的聲音。」

「……這樣啊。」

自然環境中不可能發出金屬聲。

既然如此，想必是某人發出的聲音。換句話說，這可能是進入這座墳墓以來的第一場戰鬥。想到這裡，艾爾亞心中產生興奮雀躍的心情。

「我們去發出那個聲音的地方。」

「好……好的。」

他讓森林精靈奴隸走在前面，往傳出聲音的方向前進。

不久，艾爾亞也聽見了金屬聲。是堅硬物體與堅硬物體激烈相撞的聲音，還有氣吞山河的吼叫迸發。

「是其他小隊戰鬥的聲音嗎？我覺得前進時並沒有繞圈，但看來好像是碰上其他小隊了。」

類似喜悅的情緒被潑了冷水，艾爾亞毫無幹勁地嘆氣。

「好吧，算了。說不定可以當個援軍，打打魔物。」

艾爾亞繼續往聲音的來源前進，卻漸漸有種異樣的感受。這個聲音好像跟戰鬥不太一樣。簡直就像是——

當他彎過轉角時，疑惑得到了解答。

彎過轉角，眼前是一個相當寬敞的房間。空間大到可供幾十人四處奔跑。在這個房間裡，有十個身穿精美鎧甲的蜥蜴人（Lizard Man）。所有人都戴著項圈，連接在項圈上的鏈條被從中砍斷，在半空中晃蕩。

他們在室內互相揮劍。氣勢磅礴的一擊，被毫無迷惘的揮砍彈開，室內各處都可以看到這樣的景象。雖然看起來像是激烈的戰鬥，但艾爾亞一眼就看出這是在做訓練。

艾爾亞等人進入房間的同時，蜥蜴人也停下了揮劍的手，可見他猜得沒錯。

房間裡除了這些人，還有一個手拿巨大塔盾，穿著深紅紋路有如血管浮出的黑色全身鎧的彪形大漢，以及最後一個人——不，或許該說是一隻吧。

那是隻一身銀白毛皮，雙眼讓人感覺到睿智光輝的巨大魔獸。

「汝終於來了啊，入侵者大人。」

會講人話的魔獸，很多都是難以對付的強敵。基本上魔獸大多是以強壯肉體強行進攻的類型，不過一些具有高度智慧的魔獸還會使用魔法。

艾爾亞確信自己是個天才劍士，但並沒有優異的魔法力量。他丹田使力，堅定心靈，一邊做好抵抗對方魔法的準備，一邊向對方問道：

「你是？」

根本用不著問。既然牠在這裡等待自己，就表示牠是這座遺跡的守護者。問題是這個守護者的實力有多強。

就外貌看起來，搞不好是這座遺跡的主宰。若是如此的話，殺了這頭魔獸，可就是一等功勞了。也就是說，這次的工作者小隊中最優秀的是自己。「天武」是艾爾亞一個人的小隊，那麼自己就是這次所有工作者當中最強的了。運氣對工作者來說也是很重要的能力。

「有人要我在這裡對付汝，同時做各種測試……但憑汝的實力，恐怕有點不足呢。」

失望與惱火同時襲上心頭。

前者是因為魔獸不過是個看守，後者是因為對方瞧不起自己。

「還沒交手就狗眼看人低？喂。」

「呃，是。」

被主人用低沉的聲音一叫，森林精靈身子一震。那副模樣讓艾爾亞感到滿足。要用這種態度面對自己才對。雖然才短短幾天，不過與飛飛那種任誰來看都高人一等的存在朝夕相處，讓他心裡相當不痛快，這下總算舒坦了點。

「那是哪種魔獸？」

「非……非常，抱歉。我……我沒聽過那種魔獸。」

「嘖，沒用的廢物。」

他用刀柄狠狠揍飛了派不上用場的森林精靈。

森林精靈倒在地板上，用手遮著臉不停道歉，但艾爾亞理都不理她，逕自觀察著魔獸的身軀。

魔獸的身軀相當龐大，正面交鋒似乎對自己相當不利。不過，魔獸基本上身軀都很龐大。而艾爾亞至今殺死過好幾隻這種魔獸。沒必要只因為是陌生魔獸就怕得跟什麼似的。雖然需要提防，但提防過度而畏縮不前，那就成了窩囊廢了。

「問你一個問題，你有什麼根據認為自己能贏過我？」

「光看就覺得很弱啊……」

艾爾亞表情扭曲起來，刀握得更用力了。

「……看來你是有眼無珠呢。讓我幫你把那雙沒用的眼珠子挖出來如何？」

「這點還請汝高抬貴手。好了，因為有人命令鄙人可以在這裡殺了汝……我們就趕快開打吧。」

口氣輕鬆至極。這又激怒了艾爾亞。

他很想不說廢話馬上揮刀，但是氣得揮砍態度游刃有餘的魔獸，自己好像反而成了小角色。所以他忍了下來，用鼻子嗤笑。

「就這麼做吧，畜生。」

「話說回來，汝怎麼還拖拖拉拉的呢？那邊那些森林精靈不用做準備嗎？」

「不用。你才是該讓後面那些蜥蜴……」

「喔，不用啦。後面那些人只負責看鄙人戰鬥。請汝別在意。」

「竟然白白捨棄唯一的勝利機會，真是勇敢呢。」

「謝謝汝的稱讚。」

諷刺牠竟然沒用。也許這隻魔獸會講人話，但智商並不那麼高。艾爾亞正在思考時，魔獸抖動著鬍鬚對他說道：

「話雖如此，鄙人一定要殺了你，不會手下留情，所以希望汝也能拿出全力攻擊我。因為剛才鄙人也說過，這對鄙人來說同時也是測試。」

「測試？是考驗你夠不夠資格當看守嗎？」

「嗯~是測試鄙人做為戰士的功夫有沒有進步啦。好了，差不多該開始嘍。鄙人暫時不會對付後面那些森林精靈，只對付汝一個人。」

「隨你的便。」

「鄙人名叫倉助！好好記住奪去汝性命之人的名字，投胎轉世去吧！汝也報上汝的名字吧！」

「……很遺憾，區區畜生沒資格知道我的名字。」

「那麼鄙人就當汝是無名的愚蠢之人，讓汝從鄙人的記憶中消失吧！」

龐大身軀一口氣衝了過來。

從那巨大的體型，實在無法想像身手會這麼敏捷。若是沒什麼本領的戰士，恐怕會被節節進逼的壓力震懾，不免被龐大身軀衝撞，身受重傷吧。

（我跟那種小角色不一樣。）

艾爾亞一直等到衝刺過來的倉助離自己只有咫尺之遠，然後不移動雙腳，而是以滑動的方式移動到旁邊。

這是武技「縮地」的改良版「縮地改」造成的效果。

基本上縮地只能用來縮短與敵人之間的距離，但「縮地改」可以前後左右自由移動。雙腳不動直接滑行移動的模樣看起來非常詭異，但十分實用。

如果大動作閃避，姿勢不免會有點不穩。但是使用「縮地改」可以避免這一點，也就是能夠直接轉守為攻，而且重心穩當。

「喝啊啊！」

他揮下高舉的劍——

「——呃嗚！」

然而倉助的身體追了上來，擊潰了艾爾亞的揮砍，將他彈飛了出去。

那觸感相當堅硬。

看似柔軟毛皮的銀白體毛跟金屬一樣硬，以艾爾亞來說就像狠狠撞上巨大鐵球一樣。撞擊力令他腦中一時之間一片空白。

整個人狠狠撞在地板上的同時，他下意識地確認全身還能不能動。

雖然受了些跌打損傷，不過沒有骨折或其他問題。還能繼續戰鬥。

只不過，自己滾倒在地，而且丟臉地挨了敵人的攻擊，這兩件事實讓他差點氣到失控，然而身為戰士的艾爾亞斥責了自己，現在不是想那種事的時候。

艾爾亞站起來的同時，立刻掌握了倉助的位置，這次配合對方的衝刺將劍尖對準前方，擺好架式。

鼻孔流出了溼滑的液體。他用一隻手擦了擦，果不其然，是鼻血。

「該死的混帳……」

倉助以靜謐的眼眸注視著站起來的艾爾亞。用「觀察」來形容那種眼神最為貼切。

那不是野獸的「這個可以吃嗎？打得贏嗎？」的眼神，而是試著從剛才短暫的攻防判斷什麼才是最好的戰術，是戰士的眼神。

（拿我當魔獸成長為戰士的試金石？）

雖然令人不快，然而從一連串的動作，不得不承認對手不只是隻魔獸。剛才的攻擊，是一發現艾爾亞繞到了側面，立刻當機立斷，以跳躍進行了衝撞。雖然攻擊本身力道不怎麼強，但是能夠立刻做出反應，必定是經過了訓練。

「原來如此……只要這樣慢慢打下去，應該可以輕鬆獲勝呢。啊，請汝別放在心上。鄙人從來沒看過有人類能贏過鄙人的。」

「想說大話，等看過了這一招再說行嗎？跟區區畜生不同，戰士可是擁有武技這種招式的！」

他原本以為能輕鬆獲勝，所以沒用。但現在已經不是逞強的時候了。

「武技！『能力提升』『能力超提升』！」

這是他引以為豪的武技。尤其是能力超提升，一般來說以艾爾亞的等級是學不會的。

（但我學會了，所以我才是天才！我果然很強！）

他揮動了一下手中的劍。身體相當輕盈，動作很流暢。刀劍運用起來得心應手。

艾爾亞咧嘴一笑。接下來輪到自己發威了。

「唔嗯～鄙人記得在不能判斷對手力量時，要拉開距離，對吧。可是鄙人又得做為戰士應戰……真沒辦法。」

倉助用兩隻腳一步一步走過來，來到艾爾亞的眼前。

「鄙人要打近身戰嘍，汝願意接招嗎？」

「別把人看扁了，魔獸。」

一進入攻擊範圍的瞬間，艾爾亞一刀劈向對手。

經過強化的肉體施展出的劍擊，被倉助用利爪有驚無險地化解掉。不對，應該說是牠想化解掉。但是沒有化解成功，刀刃滑到了手臂上。然而刀刃的力道已被打消，無法撕裂牠堅硬的毛皮，切開底下的肌肉。

艾爾亞並未拉回刀劍，而是瞄準了倉助的眼睛刺出去。一部分的魔物能夠以眼球防護膜等特殊構造彈開不夠銳利的劍刃，或者像優秀的戰士也能用氣或靈氣等特殊能力彈開外行人的劍刃。然而，倉助似乎沒那麼大的防禦力。

正因為如此，倉助不會讓艾爾亞的攻擊砍中自己。

倉助身體一旋，躲避刺出的刀刃的同時，尾巴破風揮出，襲向艾爾亞。

艾爾亞以刀擋下這一招。難以置信的衝擊力震麻了手臂。

「唔！」

視野當中，倉助身體再一次旋轉。這也就表示同樣的衝擊馬上要來第二次了。

艾爾亞往後跳開。他早已大致掌握了尾巴的長度，等尾巴通過之後再使用「縮地改」踏進敵人懷中即可。

就在即將通過眼前的瞬間，尾巴猛然停住了。

「嗚！」

虛晃一招罷了。倉助趁著這個空隙重整態勢，同時尾巴也退開了。失去了跳進敵人懷中的機會，艾爾亞皺起眉頭。

尾巴與身體的動作完全不同。那不是老鼠之類的尾巴，而是類似混種魔獸（Chimera）的毒蛇尾巴，能夠單獨行動。

「尾巴也能行動自如——是嗎？」

艾爾亞在腦中更新倉助這隻魔獸的資料，同時衝進牠的懷中。等著接招的倉助也展開迎擊。

刀刃與利爪交錯，鮮血飛濺的是艾爾亞。

能夠以雙爪攻擊的倉助，攻擊次數勝過了只有一把刀的艾爾亞。近身戰於己不利。

雖然體能已經做了提升，但還是倉助略勝一籌。既然如此——

他以「縮地改」一口氣退向後方。

「唔嗯……」

趁著倉助沒追上來，艾爾亞將劍舉至上段，然後猛力揮砍。

「『空斬』！」

劍氣波劃破空氣，奔向倉助。

倉助遮住了臉擺好架式，皮毛彈開了劍氣波。

由於飛行距離遠，傷害程度也跟著降低，這樣很難形成致命傷。不過——

「這招你就擋不掉了吧？這就是區區畜生與人類的落差。」

「這真是傷腦筋……了。」

他連續使出「空斬」。倉助的皮毛很硬，想砍破這道防禦想必很難。所以他才要對準應該最缺乏防備的臉部連續使用武技。

倉助站在原地一動也不動，用手遮著臉，從露出的些許隙縫中對艾爾亞講話。

「等等啦～」
「想求饒嗎？畜生終究就是畜生呢。」
「不是～不要煩鄙人。這是鄙人的嘴裡……唉唷，麻煩死了啦！」
他一點都聽不懂。
（好吧，人類當然不可能聽得懂畜生在說些什麼……話雖如此，牠也差不多該衝過來了吧！）
「啊～真的煩死了啦！鄙人要上了喔！」
「來吧。」
不具有遠距離攻擊手段的倉助，能採取的戰法有限。牠應該會硬是靠近過來，這才正中艾爾亞的下懷。
「空斬」很難給予倉助致命傷，只能用直接攻擊打倒牠。倉助在奔跑時，會像隻野獸般突出整張臉，艾爾亞可以趁這時候使用比「空斬」更強的武技阻止牠的行動。再來只要在近身戰中不斷攻擊臉部，就穩操勝券了。
就在艾爾亞確定自己的勝利，露出殘忍的冷笑時，倉助的尾巴突然扭了一下。然後——
「嘎啊啊啊啊！」
有如鞭子般抽動的尾巴，用一種超乎常理的速度惡狠狠打在艾爾亞的肩膀上。

肩頭的鎧甲發出哀嚎被打凹，連皮肉一起壓爛。同時全身上下發出骨頭折斷的啪嘰啪嘰聲，劇痛有如電擊般飛向大腦。

艾爾亞痛得嘴巴流出黏答答的口水，搖搖晃晃地後退。

宛如巨蛇的尾巴在倉助背後扭動。而且變得異樣地長。

「鄙人就說尾巴太強了嘛。所以鄙人才想只以近身戰決勝負啊。」

不妙。

艾爾亞吞下了慘叫。

在這種狀態下要是遭受敵人的衝撞，自己就輸定了。

「妳！妳們！還在發什麼呆！快用魔法啊！治療！給我治療魔法！妳們這些奴隸快用魔法幫我啊！」

聽到自己主人的命令，一個森林精靈趕緊開始對他使用魔法。

肩頭的痛楚轉眼間消失了。

「還不夠！幫我用強化魔法！」

提升體能，以魔法暫時強化刀劍，皮膚堅硬化，加強感覺敏銳度……在無數的強化魔法飛舞當中，倉助只是靜靜地看著。

隨著好幾種強化魔法加身，輕浮的笑容重回艾爾亞的臉上。

龐大的力量竄過艾爾亞的身體。
自己在受到這麼多魔法的強化之後，從來沒有輸過。不管面對再強大的敵人也一樣。
他把刀劍一揮，發出嗡的一聲。劍光速度變得比平常更快。這下子他有自信可以與對手勢均力敵，甚至在對手之上。
「人類與魔獸本來體能就有差！這下差距已經被我彌補起來了！」
「鄙人本來就打算一次對付所有人，所以完全無所謂喔？是說如果這樣能打得平分秋色的話，鄙人反而高興呢。」
「放屁！」
艾爾亞向前衝刺。他打算用溢滿全身的這股力量一口氣擊潰對手，省得那隻魔獸再繼續說大話。他一邊使用「縮地改」，一邊施展「空斬」牽制對手。
「看招！」
隨著一聲怒吼，他使盡全力揮砍刀劍。如果毛皮很硬，那就用更強的力道去砍就行了。
全力揮砍的刀刃——
「『斬擊』！」
遭到對手從更高的位置使出了某種銳利攻擊，重重打在手臂上。
某個物體一邊轉動一邊飛上空中，然後狠狠砸在地上。只聽見一陣刺耳的金屬聲，與狀似溼答答的袋子掉在地上的聲音。

艾爾亞無法理解。

自己的雙臂，剛才還握著刀的手臂消失了。即使鮮血配合著心臟的搏動，從剖面咻咻地噴出來，他還是無法接受事實。

劇痛從手臂一路延伸上來。在較遠的位置，自己的手臂還緊緊握著刀，掉在地上。目睹了這些事實，艾爾亞才終於掌握了現實情形。

他步履蹣跚地從倉助面前後退，尖聲大叫：

「手臂，我的手臂啊啊啊！治……治療，快幫我治療！快啊！」

森林精靈動都不動。

混濁的雙瞳中，流露出受虐者的暗喜。

「很好！成功了！鄙人會用武技了！這樣主公就會稱讚鄙人了！」

「咿！」

艾爾亞發出沙啞的慘叫。

在這個比人類更強的生物專橫跋扈的世界，冒險就等於隨時與疼痛為鄰。

艾爾亞至今受過許多種疼痛。被雷擊劈中、烈焰焚身、受到寒氣凍結、骨頭被折斷、被咬碎、被砍傷、被打爛。但無論何時，他都沒有失去武器。這是理所當然的，在這個世界裡，放開武器就間接等於死亡。不，他有自信只要手中握著刀，不管何種困境都能克服。

而就在這一刻，他的自信被擊潰了。

艾爾亞這輩子頭一次受到如此大的打擊。

「手臂！快啊！」

鮮血咻咻地噴出，全身從傷口開始變冷，變重。

聽到艾爾亞破鑼般的尖叫，森林精靈笑容滿面。

就在艾爾亞不知道該用什麼字眼描述心中爆發的情緒時，一個甚至有點溫柔的聲音傳進他的耳裡：

「謝謝汝了！鄙人並不喜歡折磨別人取樂，所以就此結束吧。」

空氣發出「咻」一聲。

慢了一拍之後，艾爾亞的臉部受到一陣撞擊。那陣痛楚讓他甚至忘了手臂的事，彷彿一切都被打得四分五裂。

那是艾爾亞感受到的最後一陣痛楚。

半張臉被砸爛的屍體，咚的一聲倒在地上。

倉助頻頻點頭後，一步一步往後退。自己待在屍體旁邊的話，她們應該會不敢靠近男人身邊吧。森林精靈們雖然像是魔法吟唱者，但說不定也會像這個男人一樣拿劍向倉助挑戰。倉助無意妨礙她們。

「好了，汝輩也放馬過來……？」

離開屍體旁邊的倉助講到一半住了口。因為森林精靈們一邊嗤笑，一邊用腳踢應該是自己人的戰士屍體。

「為什麼？是森林精靈特有的埋葬方式嗎？」

牠試著講講看，但感覺完全不對。因為她們混濁暗沉的雙眼中浮現出愉悅之色。怎麼看都只是在鞭屍。

「……真是傷腦筋耶。」

對入侵者發揮磨練至今的技術，展現訓練的成果。牠是受到這項命令才戰鬥的，但是攻擊沒有敵意的對手，真的能算是發揮了至今的訓練成果嗎？至少希望她們能挺身挑戰自己。

「聽說這種情況下只要出言挑釁就行了……可是到底該說什麼挑釁呢？鄙人不懂啦……真沒辦法，等主公聯絡好了。對了……」牠回過頭，向替戰鬥打分數的人問道：「薩留斯大人，怎麼樣，鄙人表現及格了嗎？」

「是的，你表現得非常好。剛才的確發動武技了。」

教導自己戰士技術的蜥蜴人點點頭，讓倉助破顏而笑。

「好高興喔。下次是穿上鎧甲的訓練嗎？」

「是的。先從輕裝鎧開始，然後再慢慢增加重量吧。」

倉助至今總是無法穿上鎧甲，因為牠一穿上鎧甲就會覺得渾身不自在，沒辦法靈活行動。正常跑步或移動是沒問題，然而一旦進入戰鬥，揮動尾巴時就會失去平衡，無法正確讓尾巴命中目標。所以牠才會拜蜥蜴人為師，照著他一直以來的方式進行訓練。

「為了主公，倉助要變得更強，讓主公刮目相看！不知道還要訓練多久，才稱得上獨當一面的戰士？倉助戰士是也！」

「這個嘛……倉助的話再一個月，不，再兩個月應該就能稱為戰士了吧。」

「……還要好久喔～」

「我覺得已經很快了，倉助。一般都要花個一年才好不容易能學會武技耶，照這樣想，你已經夠快了啦。」

站在薩留斯身旁的另一個蜥蜴人——任倍爾開口道。

「是這樣嗎？」

「是這樣啊。實戰訓練與受傷時的治療，施加支援魔法後與強過自己的敵人進行殊死戰。雖說經過了這麼一番地獄訓練，但還是算很快了喔。」

倉助的身體抖了一下。兩名蜥蜴人也跟牠一樣發抖。他們都想起了自己受過的訓練。

「……希望下次進行的訓練，不會讓鄙人意識到死亡這個字眼就好。」

「以我個人來說，是覺得要在生死關頭戰鬥比較容易變強……不過這是看個人啦。再說新婚老公在訓練中喪命，似乎也有點太可憐了。」

「哦哦！對耶，你結婚了嘛！」

「是的。因為她好像懷了小蜥蜴了。」

「真不愧是優秀的戰士，命中率挺高的嘛。才兩、三發？」

薩留斯給了任倍爾一記老拳。

「閒話少說，差不多該開始訓練了。那麼那邊的森林精靈如何處置？」

「哎，就放著別管了吧。」

剛才一直對屍體又踢又打的森林精靈們，一個接一個如斷了線般跌坐在地。那副模樣完全感覺不到戰意，倉助決定除非主人下令，或是她們試著逃走，否則就放著不管。

過場

鼻頭前方的空氣流動，突如其來產生一陣輕柔的變化，讓別名「白金龍王（Platinum Dragon Lord）」的龍，查因度路克斯・白錫昂從淺眠中取回了意識。

占據著清醒意識的，是名為驚訝的情感。甚至說成驚愕也不為過。

龍的敏銳知覺能力遠遠勝過人類。任憑對方做了隱形，或是想以幻術欺騙牠們，龍都能在千里迢遙之外立即察覺到對方的存在。就算正在沉眠也一樣。

身為龍王的牠，知覺能力更非一般的龍所能相比。既然如此，能夠如此逼近牠身邊的人，想必擁有無比高超的能力。

就連活過長久歲月的牠，都只知道幾個擁有如此能力的人。首先是與自己同等的龍王，然後是已經不在這個世上的十三英雄之一，暗殺者伊傑尼亞。再來就是——

感覺到腦中接著描繪出的人物的存在，查因度路克斯・白錫昂——查爾揚起嘴角，慢慢睜開眼睛。

對龍的雙瞳而言，黑暗也有如白晝般明亮。

在他感覺到的氣息前方，威風凜凜地站著一位腰上佩著寶劍的人類老婦。她避開了龍的敏銳知覺，來到這裡——惡作劇成功的人特有的笑容，展現在那滿是歲月痕跡的臉上。

「久違啦。」

查爾沒有回答，望著老婦。

滿頭的白髮，顯示出她活過的歲數。只不過，臉上流露出不合年紀的頑童般活潑性情。

衰老使得她消瘦，羸弱，卻沒能改變她的心靈。

查爾比較著現實與記憶中的她時，老婦的眉毛豎起，形成凶險的角度。

「怎麼？老身的朋友連打招呼都不會了？傷腦筋，原來龍也會得老人痴呆啊。」

查爾露出獠牙，發出柔和的笑聲。

「真是抱歉。見到老朋友，讓我感動得全身發抖，所以一時說不出話來。」

難以想像那龐大的身軀會發出這麼柔和的聲音，相較之下，老婦的回答一如查爾所預料，充滿了挖苦。

「老朋友？老身的朋友是那邊那具空蕩蕩的鎧甲……雖然傷痕累累就是了。」

過去查爾與老婦等人一起旅行時，是從遠方操縱著空無一物的鎧甲代替自己。因此，當真面目曝光時，同伴們氣得要死，說自己被騙了。當時的怨恨至今仍未消弭，到現在還被她這樣酸溜溜地責備。

牠一方面希望她可以放過自己，但另一方面，又覺得能跟往日好友這樣嬉鬧，是一件很愉快的事。

一如往常的對話讓查爾不禁露出微笑，接著他看到了老婦的手指。

「咦？戒指好像不見了，妳弄到哪裡去了？我是覺得應該沒有人能從妳手中搶走任何東西……但那畢竟是超乎人類領域的強力道具，我可不希望隨便交到危險分子的手裡。尤其是教國漆黑聖典的那些人。」

「想轉移話題啊。不過你眼睛可真尖，是龍對於財寶的知覺能力嗎……好吧，也罷，那個老身送給年輕人了。放心吧。」

那個道具可不是能說送就送的。

那是以「原初魔法（Wild Magic）」做出的道具。如今魔法的力量已經汙濁，扭曲，很難再做出一個同樣的道具。身為屈指可數的幾個原初魔法背負者，牠很想好好問問戒指究竟到哪裡去了。

不過，牠很信賴自己的朋友。

「是嗎，既然是妳決定要送的，就應該不會錯吧……對了，我聽說妳之前在當冒險者，對吧？今天是為了公事而來嗎？」

「當然不是了，老身是來找朋友玩的。老身已經引退，不當冒險者啦。別再叫老身這個老太婆賣命了，老身的職責已經讓給那個愛哭鬼囉。」

「愛哭鬼？」查爾思索了一下，腦中靈光一閃。「……妳是說她嗎？」

「沒錯，就是茵蓓倫那個小妹妹。」

「啊～」查爾發出傻眼的聲音。「大概只有妳能稱她為小妹妹吧。」

「是嗎？你更有資格叫她小妹妹吧。因為老身跟那丫頭年紀差不多，但你應該更大吧？」

「是這樣沒錯啦……不過，真虧那女孩願意當冒險者耶，妳究竟用了什麼妙計？」

「哼。因為那個愛哭鬼嘀嘀咕咕地念個沒完，老身就說『如果老身打贏了妳，妳就得乖乖聽老身的』，然後海扁了她一頓！」

老婦呵呵大笑，好像開心得不得了。

「……能贏過那個女孩的人類，大概只有妳吧。」

查爾發出一種人類冒冷汗時的聲音，搖搖頭。同時他想起另一個老友──並肩對抗過魔神，在蟲魔神的戰鬥當中表現特別活躍的同伴。

「好說，畢竟有其他同伴幫助老身。即使本身力量贏不過對方，也可以靠有利或不利的屬性關係顛覆劣勢。愛哭鬼是很強，但有人比她更強，比方說你就能輕鬆打敗那個丫頭。只要你不要給自己設限，這個世界上最強的存在就是你了。」

老婦移動視線，望向白金鎧甲。老婦大概以為會得到輕鬆的回答，然而查爾的回答很沉重：

「這就難說了，也許汙染世界的力量又開始行動了。」

鎧甲的右肩頭開了一個被槍刺穿般的洞。

「……百年的餘震要來了嗎？這次不像領隊那樣站在世界這一邊嗎？」

「……雖然有可能只是不巧碰上而開戰，但我認為那個吸血鬼的本性是邪惡的。話說回來，雖然我早就想到差不多是時候了，但沒想到竟然會突然碰上，該說是運氣不好，還是幸運地能夠確認對方的存在？」

「正反兩面，選你喜歡的那一面吧。話說回來，之前老身也問過，不能向其他龍王求助嗎？」

「答案還是一樣的，很難。現在還活在世上的，畢竟都是些沒參加過八欲王之戰的人。說起來，我覺得像『聖天龍王（Heavenly Dragon Lord）』那樣只會在天上飛，或是『暗夜龍王（Deep Darkness Dragon Lord）』那樣窩在巨大地下洞窟裡不知道在做什麼的龍，不可能會幫助我們的。」

「是嗎。不是也有像『七彩龍王（Brightness Dragon Lord）』那樣跟人類生兒育女的龍王嗎？試著談談看，說不定會有很好的發展喔？」

「……也許吧。但我個人認為，還不如叫醒他說在海上都市最下層沉睡的她請求協助，成功機率比較高喔。」

「『在夢境中等待』，是嗎？如果領隊的智慧全都有保留下來，就不會這麼多麻煩事了。他死得太早了。」

「沒辦法。他……殺了一路共同走來的同伴（玩家），受到了打擊。我能體會他為什麼要拒絕復活。莉古李特不也受到了打擊嗎？」

老婦眼光望向遠方，神色沉痛地緩緩點頭。

「唉，是啊……真的……你說得沒錯。」

「莉古李特，抱歉，妳都已經不當冒險者了，我還這麼說，但我可以拜託妳一件事嗎？」

「什麼事？老身可以猜到八成，不過還是聽你說吧。」

查爾的視線對著一把劍。那把劍的形狀似乎不適合用來揮砍，然而它的劍刃之鋒利卻無與倫比，是現代魔法絕對無法打造出的水準。

這把劍——八欲王留下的八大武器之一——正是查爾無法離開此地的理由。

「以往這件事是我在做，現在希望妳也能幫助我。我希望妳去收集能跟那邊那把劍……跟公會武器匹敵的道具的情報。或者是像王國的精鋼級冒險者『朱紅露滴』擁有的強化鎧那種，ＹＧＧＤＲＡＳＩＬ的特別道具。」

第四章　一線希望

Chapter 4 | A handful of hope

所謂的潰堤濁流就是這麼回事吧，怒濤般的攻勢讓人產生這種聯想。

沒錯，敵人只是低階不死者，對「四謀士」而言不足為懼。然而敵方的襲擊卻是一波接一波，從不停息。

好不容易打倒了連續戰鬥開始以來第十戰的兩隻餓鬼(Ghast)，赫克朗用手擦掉滿臉的汗水。身體渴望著休息，但沒有那個時間，他只喝了口掛在腰上的水袋，就壓抑著粗重喘息指示大家後退。然而，或許該說是果不其然吧，敵人並不允許他們後退。

三隻手持圓形盾牌的骷髏戰士，以及兩隻身穿長袍，手持法杖的骷髏魔法師(Skeleton Mage)組成的綜合小隊一躍而出，擋住他們的去路。

「記得保存魔力！」

「知道！」

「——清楚得很。」

在無法預測接下來會發生什麼事的狀況下，能夠應對各種問題的魔法是最後王牌，不可輕易使用。所以從剛才打到現在，他們總是盡可能保存魔力。

話雖如此，相對地，她們用掉了每天使用次數有限的能力。因為一路上實在有著太多陷阱與不死者阻擋他們。

在格子門後面排排站，從劍砍不到的地方射箭的骷髏弓兵（Skeleton Archer）——由於他們對突刺武器具有抗性，伊米娜的弓箭很難給他們致命一擊——由羅伯戴克行使擊退不死者將其消滅。

用裝了毒物的玻璃瓶毆打過來的不死者，也用羅伯戴克的擊退不死者加以破壞。

化身為地板，用黏性體液黏住踏上地板之人的腳的地板擬態魔（Floor Imitator），以及飛行不死者的聯手攻擊，也都由羅伯戴克用擊退不死者各個擊破。

會造成疾病、中毒與詛咒等多種異常狀態的各類不死者的混合部隊，也以羅伯戴克的擊退不死者一一消滅。

到了這時候，羅伯戴克的擊退不死者一天能使用的次數已經所剩無幾，但其他能力與魔力都保存了下來。大概只有在殭屍集團中混雜了外型相似的血肉哥雷姆（Flesh Golem）時，才稍微苦戰了一下。

「注意！後方出現多數腳步聲！」

「不死者反應！總共六隻！」

伊米娜——慢了一拍後，羅伯戴克也——如此喊道，讓大家頓時緊張起來。排在前面的五隻骷髏遲遲不肯開戰，大概就是打算來個前後夾攻，一口氣殲滅他們吧。

赫克朗思考著下一步行動。

他的腦中瞬間列出好幾種戰術。先發制人攻擊眼前的敵人，然後一氣呵成解決掉他們；放著在前面磨磨蹭蹭的敵人不管，轉身毆打背後的敵人；暫且停下腳步仔細觀察，看清前面與後面敵人的實力後，再從較弱的一方開始收拾；使用魔法拖延其中一方的腳步，並趁此機會擊敗另一方。

每種戰術都有它的效果，但也都不夠有效。就在這時，有如上天旨意的直覺降臨赫克朗的腦中。

「赫克朗！要怎麼做？」

「後退！應該有條岔道才對！衝進去！」

一聽到這句話的瞬間，負責殿後的伊米娜馬上衝了出去，愛雪與羅伯戴克也跟隨其後，最後是赫克朗。

伊米娜會聽命奔跑，表示從距離上來說是辦得到的。赫克朗拚命狂奔，以免追不上全速奔跑的其他成員。當然敵人也不會好心放他們走，不死者們窮追不捨的腳步聲從後面追了上來。

「吃我這一招！」

赫克朗拿出具黏性的鍊金溶液往後一扔。

以鍊金術製成的溶液在地板上滑溜地散布。

效果立竿見影，腳步聲一口氣全消失了。

如果是有智慧的不死者，也許會想到繞路，但低階不死者當然不可能那麼聰明。再說像骷髏這種沒有肌肉力量的魔物，一旦黏住了就很難用蠻力扯開。

「不死者反應！右邊四隻！」

「右邊是牆壁！」

「不對，那是幻術！」

四隻食屍鬼（Ghoul）穿過牆壁襲擊而來。骨瘦如柴的不死者，來勢洶洶地用鳥爪般的發黃尖指甲扎人的模樣十分嚇人。話雖如此，這支小隊裡沒人會幼稚到被這種伎倆嚇到。

「別小看我！」

即使遭到突襲，伊米娜仍然馬上拔出匕首一扔，射進食屍鬼的喉嚨。骯髒液體般的血液大量湧出，一隻食屍鬼癱軟倒地。另一隻被伊米娜身旁的羅伯戴克用盡全身力氣揮動釘頭錘，砸爛了腦袋。

赫克朗判斷交給兩人不會有問題，就將全副精神用來注意後方，敵人必定會追上來。既然如此，或許該像剛才一樣潑灑鍊金溶液比較安全。

赫克朗正要扔出鍊金溶液，忽然看到一隻駭人的不死者。

「死者大魔法師！」

同時，他也看見了不死者高階魔法吟唱者手指上纏繞的雷電。就算是赫克朗，也很清楚那是什麼魔法。

「雷擊(Lightning)」。效果是一直線貫通的雷電攻擊。閃避方法只有一種。

「——把食屍鬼一起塞進去！」

伊米娜與羅伯戴克想必不知道赫克朗為什麼會下這道命令，但兩人毫不猶豫地照辦了。

四人連同食屍鬼一起進入幻影牆壁的瞬間，一道白色雷擊有如閃光般通過背後。

當空氣發出啪哩啪哩聲震動時，赫克朗等人的腳下張開了一個魔法陣。下個瞬間，下面升起了無從閃避的蒼白光芒，將所有人包裹起來，接著映入視野的風景全變了樣。

「全體注意！提高戒備！……怎麼回事？」

即使食屍鬼消失了，周圍的景象全變了樣，經過連續戰鬥的緊繃神經仍然不會鬆弛。即使如此，他面對這過度異常的事態，而不禁發出呆愣的喃喃自語，也無可厚非吧。

赫克朗甩甩頭，重新集中注意力。第一件該做的事——掌握狀況雖然也很重要，但更要緊的是確認同伴們的安危。

伊米娜、愛雪、羅伯戴克。

「四謀士」的成員們仍然維持著剛才踏入魔法陣的隊形，一個人也沒少。確認大家平安無事後，四人不敢大意，繼續對周圍提高警戒。

那裡有一條陰暗通道，一直線延伸出去。通道既寬且高，大到連巨人都能輕鬆通行。通道上豎起的火炬火光晃動，形成陰影，影子有如起舞般飄動。通道延伸的前方，有個落下的巨大格子門。從格子門的空隙之間，透進白色的魔法光。往通道的另一側看去，似乎延伸到很遠的地方，途中有好幾扇門，被火炬光源照得清清楚楚。

整條通道悄然無聲，只能聽見火炬嗶嗶剝剝的迸裂聲。

目前看起來，似乎沒有魔物要襲擊他們。雖然如此判斷，卻還是無法放鬆心情。

「雖然不知道這裡是哪裡，不過跟之前那些地方氣氛完全不同呢。」

的確，這裡給人的感覺跟剛才的墳墓完全不同，或許該說這裡比較有文明氣息吧。「四謀士」的成員們環顧周遭，試著掌握這裡是哪裡，但只有愛雪的態度有點不同。

「——這裡是……」

赫克朗敏銳察覺出這句話中具有的感情，向愛雪問道：

「妳知道這裡是哪裡嗎？還是說妳心裡有頭緒？」

「——我知道一個類似的地方，帝國的競技場。」

「喔，經妳這麼一說，的確很像。」

羅伯戴克出聲表示同意。赫克朗與伊米娜雖然沒有出聲，但也表示同意。

「四謀士」的成員們在競技場出場之際，從等候室前往競技場時經過的通道，跟這個地方確實有些相似之處。

「那麼，那一頭就是競技場(Arena)嘍。」

羅伯戴克指著格子門那邊。

「應該吧。傳送到這個地方來……大概就是那個意思吧。」

就是在叫他們上競技場吧。雖然完全無法想像在那裡有什麼等著他們。

「——很危險。長距離傳送被認為是第五位階魔法。竟然能夠做出那種領域的魔法陷阱，這種事我只有在故事裡聽說過。這座遺跡是擁有超乎常理的魔法技術之人建造的場所。稱了敵人的意會很危險，我建議走反方向。」

「可是啊，如果對方在邀請我們過去，不是可以趁這個機會死中求活嗎？妳想想嘛，如果對方邀我們過去，我們卻不聽，不是反而惹惱對方了嗎？」

「兩個選項都有危險，羅伯你認為呢？」

「兩人的說法都有道理。只不過，我對愛雪小姐的發言有個疑問，這是住在這個遺跡的人設下的陷阱嗎？會不會是只是把不認識的第三者設置的陷阱拿來有效利用？」

四人面面相覷，嘆了口氣。繼續爭論下去也不是辦法。雖然情報不夠，意見也沒統合，但還是得做出結論。

「——羅伯說得沒錯，這裡也許是五百年前的遺跡。」

「是啊。據說在很久以前，曾經有過相當先進的魔法技術。」

「一度統治大陸之後隨即毀滅，現在只剩下首都的那個國家嗎？」

「——八欲王，據說就是他們在這個世界推廣魔法的。這如果是那個時代的遺物，也許……」

「……原來如此。如果是這樣的話，我贊成前往競技場。真要說起來，如果對方是用陷阱將我們傳送到這裡，怎樣都不會放我們走的。」

聽了羅伯戴克的發言，赫克朗等三人點頭表示下定決心，開始往前走。

走近格子門時，那門好像等待已久似的，猛烈地往上升起。一行人穿過格子門，只見一個好幾層觀眾席圍繞著中間空間的場所，映入他們的視野。

這座競技場跟帝國那座相比毫不遜色。不，看這奢華的建築，恐怕還更加富麗堂皇，而且各處都施加了「永續光」，向周圍散發著白光。因此四周看起來就像白天一樣明亮。

「四謀士」的成員們在看到觀眾席時，震驚之情達到了最高點。

因為那裡有著無數的土塊，觀眾席上坐滿了稱為哥雷姆(Golem)的人偶。

所謂的哥雷姆，是一種對主人唯命是從，以魔法方式製造出來的無生物。他們不需要飲食或睡眠，既不會疲勞也不會老化，是最好用的看門人或勞動者。由於製作需要耗費大量時間、勞力與費用，因此即使是最弱的哥雷姆，價格也相當高昂。

就連高價受僱的赫克朗他們，都很難買得起一隻哥雷姆。

如此昂貴的物品，竟然擺滿了這個競技場，幾乎要塞不下了。

在赫克朗等人來看，這就像是一個標誌，顯示了這座競技場的主人擁有多雄厚的財富，又是個多寂寞的人。

如同被傳送到這裡以來重複了好幾次的反應，他們面面相覷，然後走向悄然無聲的競技場中央。

「戶外？」

他們聽到伊米娜這樣說，抬頭一看，看到的是一片夜空。由於周圍的光源很亮，繁星光輝顯得不夠明亮而無法一眼望盡，但還是看得出來競技場上空是一片夜空，這點不會錯。

「我們被傳送到外頭了嗎？」

「——既然如此，就用飛行魔法逃……」

「嘿！」

彷彿要打斷愛雪的話，隨著一陣喊聲，類似貴賓席的露臺上躍下一道人影。

從六層樓的高度縱身跳下的人影，在空中一個翻轉，然後彷彿長了對翅膀般輕盈落地。

這個動作並沒有借助魔法之力，只是單純的體能技巧。完美動作讓身為盜賊的伊米娜都不禁屏息。

雙腳輕輕一彎就完全抵消了衝擊力道的人影，露出自豪的表情。

降落眼前的是一個黑暗精靈男孩。

他抖動著從金絲般頭髮中突出的長耳朵，露出像太陽一樣燦爛的滿面笑容。

男孩全身都穿著皮甲，外面穿上貼著漆黑與深紅龍鱗的合身輕裝鎧，再套上一件白底金繡的背心。胸前繡了某種花紋。

看到左右不同顏色的雙眼，伊米娜驚訝地叫道：

「你──」

「──挑戰者入場！」

男孩對著手裡握著的棒狀物體一喊，尚未變聲的聲音立刻擴大好幾倍響遍競技場。

配合著男孩開朗的聲音，突如其來地，傳來一陣陣震盪競技場的聲響。

環顧周遭，至今動也不動一下的哥雷姆們，全都開始原地踏步。

「挑戰者是蠢到敢入侵納薩力克地下大墳墓的四個亡命之徒！他們的對手是納薩力克地下大墳墓之主，偉大而至高無上的死之王，安茲．烏爾．恭大人！」

就在黑暗精靈如此說道的同一時間，對面的格子門抬了起來。在那前方，有個人從陰暗通道出現在競技場上。用一句話來形容，就是具骷髏。

化為白骨的頭顱上，空虛的眼窩點亮著紅色火光。

此人身穿類似長袍的衣服，但以腰帶束起的腰部位置，可能是因為沒有肉的關係，細得超乎常理。手上沒有拿武器，或許是個魔法吟唱者。

「喔！決鬥助手是我們的守護者總管，雅兒貝德！」

一看到跟隨其後走來的女性，「四謀士」的所有成員都倒抽一口氣。

那是位勝過漆黑美姬的絕世美女。如同證明了人類不該有的美貌，額頭左右兩側長出了向前突出的犄角，腰上有著一對漆黑羽翼。這些部位都十分真實，絕非人造物品。

撼動競技場的踏步聲，隨著迎接兩位新登場的人物，變成了掌聲。正符合歡迎王者的喜悅。

在周圍的哥雷姆們無止無盡的雷鳴般喝采下，兩人一步一步走向「四謀士」。

「——對不起。」愛雪低語：「——都是我害的，才會變成這樣。」

接下來要進行的戰鬥，恐怕將是「四謀士」有史以來最慘烈的戰鬥，說不定甚至會有人喪命。愛雪似乎認為大家會陷入這種絕境，都是自己造成的。要不是發生了那件事，大家有可能會放棄這份工作，不會踏進情報不足的墳墓。

然而——

「不不，這個小妹妹在說什麼啊。」

「就是啊。這份工作是大家決定要接的。不是妳害的喔。再說照這份委託的內容，就算沒發生過妳那件事，我們應該還是會接吧？」

「就是這樣，妳不用放在心上。」

赫克朗與羅伯戴克對她笑笑，最後伊米娜摸了摸愛雪的頭。

「好啦，雖然覺得希望不大，不過還是先談談看吧。還有，愛雪。妳知道那個不死者的身分嗎？」

「——感覺得到知性，所以應該是高階骷髏系？」

站在前面的骷髏——安茲伸手一揮。那動作也像是在撢掉什麼東西。

聲音消失了，所有哥雷姆的動作瞬間停止，回到了刺耳的寂靜。赫克朗轉向慢慢走來的安茲，以誠懇的態度，彬彬有禮地鞠了一個躬。

「首先我想向你道歉，安茲．烏爾……閣下。」

「……是安茲．烏爾．恭。」

「失禮了，安茲．烏爾．恭閣下。」

安茲停下腳步，下巴一揚，等著他繼續說下去。

「我願意為了未經過您允許就踏進這座墳墓謝罪。只要您願意饒恕我們，我願意支付足夠的金額作為賠償。」

一段短暫的沉默流過。然後安茲嘆了口氣。當然，不死者安茲不需要呼吸。之所以刻意嘆氣，應該是想用這種方式表達自己的觀感吧。

「你們難道會那樣嗎？放在家裡打算晚點再吃的食物長蛆的時候，不會殺死牠們而是會好心地拿去放生嗎？」

「蛆跟人類不能相提並論！」

「可以，對我來說可以。不，也許人類還比較低劣。我們可以說錯不在蛆，而是在生下牠的蒼蠅，但你們不一樣。並不是被硬是帶來，或是有什麼特別理由，逼不得已，只是為了滿足對金錢的無聊欲望，而襲擊了也許有人居住的墳墓，搶走這裡的財寶。」

安茲發出了笑聲。

「啊，不用放在心上，我並沒有在責怪你們。強者剝削弱者是理所當然的事。我也都是這麼做，並不覺得只有自己例外。如果有人比我更強，我就會淪為被剝削的一方，所以我一直小心戒備……好了，閒話說多了。依據弱肉強食這個單純的真理，我要從你們身上奪走一樣東西。」

「不，其實我們是逼不得已……」

「──住口！」強硬的口氣打斷了他。「不要說謊讓我不高興……那麼，用你們的性命償還愚蠢的罪過吧。」

「如果有人允許我們這麼做呢？」

安茲的動作突然停了下來，彷彿瞬間凍結一般。所顯示出來的，是無庸置疑的強烈動搖。赫克朗內心對於自己隨口說出的一句話有這麼大的影響力感到驚訝，但沒有表現在臉上。就在以為萬事皆休的時候，突如其來地出現了一線希望，怎麼能不好好利用。

「……無聊透頂。」

那聲音小得像蚊子叫。

「真是無聊透頂，不過是虛張聲勢罷了。想惹我不高興也該有個限度吧！」

他的動搖影響到周遭的人，黑暗精靈男孩也露出困惑的模樣。赫克朗想確認最後一人的反應，全身突然起了雞皮疙瘩。

跟隨安茲身後的美女仍然面露溫柔的微笑。然而她散發出的殺氣，卻足以讓人額上布滿冷汗。

「如果是事實呢？」

「……不……不，你只是虛張聲勢，這是絕對不可能的。所有人應該都只是我手掌心裡的活祭品才對。」安茲搖搖頭，目光射穿了赫克朗。「不過，但是，我……對，為了以防萬一，就聽聽你怎麼說吧……是誰允許你的？」

「您應該認識他吧。」

「他……？」

「他沒有報上姓名，不過外貌看起來就像一隻巨大的怪物。」

「巨大的？那是……」

赫克朗死命思考這條危險的鋼索要走到哪裡才算終點。

正因為對方夾在兩個糾葛之間進退不能，所以才沒提出進一步的質問。因為一問，真假就確定了。

赫克朗覺得對方的態度簡直像個人類。這不像是怪物會有的反應，而是膽小鬼的行動。不過，這可是個好機會。

「你說說看那人的外貌。」

「……皮膚呈現油亮的光澤喔。」

「油亮……？」

看到安茲再度陷入思考漩渦，赫克朗知道自己再一次脫離險境，心中安心地呼出一口氣。他輕輕動動手指打暗號，要同伴悄悄觀察周圍的情形。他們要找的是逃生路線，對方在確認情報的真偽之前，想必不會殺了他們。必須在這之前設法逃生。

「他說了些什麼？」

（必須警戒的是迷惑或支配等魔法或特殊能力吧……）

「在那之前，請您保證不會傷害我們。」

「什麼？……如果你們真的有得到同伴們的允許，我會保證你們的安全。不用擔心。」

新的詞彙——同伴。

赫克朗組合到手的情報。安茲．烏爾．恭接受了交涉，想問出自己這邊的情報，可能表示他有同伴，而且現在沒能取得聯絡。

巧妙問出對方想要的情報，再交出去誘使對方產生誤會。這是詐欺的不二法門。

「……怎麼了？為什麼不肯說話？告訴我你見到的人跟你說了什麼。」

目前走鋼索都還算成功，該走下一條了。他把汗溼的手在褲子上抹了抹。

「他要我向納薩力克地下大墳墓的安茲問好。」

「……安茲？」

對方突然停住了。赫克朗心想自己可能說錯了話，繃緊表情。

「……他說向安茲問好，是嗎？」

赫克朗做好了覺悟，因為覆水難收。

「是的。」

「喝哈哈哈哈哈！」

聽了赫克朗的回答，安茲放聲大笑。那笑聲聽起來並不爽快，而是散發出黏稠熱度的狂笑。

「哈……好吧，也是啦。冷靜想想就知道根本破綻百出嘛。」

安茲停住了所有動作，注視著赫克朗等人，眼窩中暗藏的火紅光影開始染上黑色光輝。承受到彷彿伴隨著物理壓力的目光，赫克朗等人不由得後退一步。

那目光中散發著憤怒。

「該……該死的雜碎啊啊啊啊啊啊！你們！用你們的髒腳，踏進我與同伴們！一起建造起來的，我們的，我們的納薩力克！」

他無法壓抑激烈怒火，講話一再中斷。安茲就像做深呼吸一樣，肩膀上下起伏，氣急敗壞地接著說：

「豈止如此！你還，還拿我朋友，我最，最重視的同伴的名字來騙我！下三濫！我絕不會原諒你們！」

安茲憤恨地吼叫。

那股怒氣似乎永無終止的一刻。然而，一切突然急速恢復寧靜。

那種變化就像是一條拉緊的線突然斷了。劇烈的變化甚至連與他對峙的赫克朗等人，都覺得十分異常。

「——我剛才雖然那樣發火，不過錯不在你們。因為你們大概是為了得救，才拚命撒謊的。老實說，這股現在還在心裡悶燒的怒氣……是我的任性……雅兒貝德、亞烏菈，還有其他聽得見我的聲音的守護者們，摀起你們的耳朵。」

絕世美女與黑暗精靈男孩，都各自塞住了耳朵。男孩把手指插進耳洞裡，美女則是可愛地用手蓋住耳朵。兩人這就是在表示：您接下來說的話，我們都沒聽見。

「我本來就不喜歡這項計畫，竟然要把骯髒的宵小引進納薩力克地下大墳墓內。話雖如此，我知道這是最好的辦法，所以也就接受了。」安茲悶悶不樂地搖頭。「算了，也罷。抱怨就到此為止……我本想以最後的慈悲心腸，把你們當成戰士殺死，但我改變心意了。我要把你們當成骯髒的宵小處理掉。」

安茲事不關己地說完後，把長袍脫下一扔。

長袍底下當然只有一具骨骸。肋骨內側漂浮著紅黑色的不祥寶珠。除了裝備著褲子與護腳之外，什麼都沒穿。不，他還戴著一個項圈。垂下的鎖鏈被從中切斷，垂掛在半空中。

「哦哦！」

上空傳來一聲怪叫。

抬頭一看，有個像是銀髮少女的人影從貴賓席探出身子來。不過後面立刻伸出一隻戴著類似藍色金屬手套的物體的手，將她拉了回去。

「……那傢伙在搞什麼啊。」

「晚點我再好好訓她。」

聽到傻眼的語氣，將視線拉回來一看，只見不知什麼時候，安茲的手中握著一把單刃黑劍，以及一面圓形黑盾。

「那麼，我已經準備好了。馬上開始吧。」

他稍微拉開了雙腳的間距——是戰鬥姿勢。

「雅兒貝德，還有亞烏菈……妳們可以不用摀住耳朵了。」

兩人聽到主人呼喚自己的名字，立刻齊聲回應。同時也把摀著耳朵的手放下來。

「我心情非常惡劣，真沒想到他們會是這種人。我會陪他們玩兩下，不會要他們的命。之後就麻煩妳們處理了。好了，開始吧。」

與用劍及盾武裝自己的安茲對峙時，赫克朗的第一個想法，是眼前的敵人並非戰士或劍士。真要說起來比較接近魔獸，感覺像是以優異體能強行進攻的敵人。

對方馬虎的站立方式以及迎戰態勢讓他這麼想。換句話說就是像個外行人。然而壓迫而來的沉重壓力卻很強大。與人類相等的身軀彷彿膨脹數倍，當著他的頭壓下來一樣。

與這種存在為敵時，最可怕的是被對方一口氣乘勝追擊。

「你們不過來嗎？那就由我出招嘍。」

安茲一邊問，一邊向他們踏出一步。

那速度驚人之快，好似一瞬間就將彼此距離縮到了零。

緊接著施展而出的，是舉高過頭的揮砍。

這種攻擊雖然破壞力十足，但破綻應該也很大，然而由體能過人的強者來施展，就變成了奪命的劍擊。

——擋下來會有危險。

赫克朗感受到劍刃高速逼向自己，在一瞬間內做出判斷。如果選擇擋下來，就得正面對抗那股破壞力。那樣一來，自己絕對會因為體能差異而抵擋不住。

既然如此，方法只有一個——

留下劍刃被刮削的刺耳嘎嘰聲，安茲揮動的劍砍向地面。

——那就是卸力。

卸力之後，一般來說對手應該會失去平衡，因而得到反擊的機會，但安茲晃都沒晃一下。簡直好像早就料到一樣，步法俐落地恢復成原來姿勢。

赫克朗發現自己搞錯了。

對方絕不只是憑恃體能在戰鬥。那是懂得戰士技巧的人才有的身手。

（糟了！太小看他了嗎？不過，現在也只能不斷進攻！）

他瞄準的是暴露在外的頭部。施展的是武技——

「『雙劍斬擊』！」

雙劍形成刀光劍影，砍向安茲的頭部。本來與身為骷髏系的安茲搏鬥時，使用毆打武器傷害量比較大，也比較有利。但赫克朗比較擅長使用揮砍武器，用毆打武器有點沒自信。

這場戰鬥需要的是盡量給予安茲傷害，能給多少就給多少。而不是一再使出不一定能打中的攻擊，祈求運氣好給對手大量傷害。

雙劍朝著頭部疾速飛去。

普通敵人肯定躲不掉這一擊。

一流敵人或許只會受到擦傷就撐過去了。

那麼——超一流的敵人呢？

「哼！」

安茲用圓形盾卡進劍的軌道。若是一般人肯定來不及，但壓倒性的體能就辦得到。

「——『魔法箭（Magic Arrow）』。」

「『增強低階敏捷力（Lesser Dexterity）』。」

盾牌彈開了兩道攻擊，響起堅硬的敲擊聲時，愛雪的魔法化為光箭飛向安茲。同時增強敏捷力的援護魔法也從羅伯戴克飛往赫克朗。

「小孩子把戲罷了。」

安茲看都不看愛雪一眼，光彈在只差一點就能碰到安茲的位置消失了。愛雪大驚失色。

「魔法無效化？哪一種？」

「哼！」

彷彿要用來代替回答，安茲拿起盾牌就往赫克朗的臉砸上去。

(盾強打嗎？)

腦中閃過著名的基礎武技。但赫克朗將危機視作轉機，自己也攻擊對手。瞄準的是腹部。這個部位會被盾牌擋住，應該是死角。

然而，安茲輕易就用黑劍把它掃開。

(——被看穿了！)

赫克朗蹲了下去，有驚無險地躲過眼前如高牆般逼近的黑盾——然而穿著護腳的腿一腳往眼前踢來。

如果只是普通的腳踢倒不怎麼可怕。然而經過幾次攻防，赫克朗已經清楚明白到，以安茲的肌力使出的攻擊——明明是具沒有肌肉的骷髏——全都是可怕的奪命招數，一旦被打中必定是致命傷。

赫克朗連忙翻滾身體躲開腳踢。若不是有羅伯戴克的魔法輔助，這招是躲不過的。腳踢的風壓削掉了他幾根頭髮，背脊竄過一陣涼意。

「我在這裡！」

伊米娜拉弓同時放出雙箭。因為她先喊了一聲，並不是偷襲，因此安茲不慌不忙地加以應對。

箭矢沒射中目標，往後方飛去。

本來箭矢對身為骷髏的安茲是無效的。所以伊米娜很希望他躲都懶得躲，看來她想得太美了。掉在地上的箭鏃呈現壓扁的形狀，是能夠給予毆打傷害的特製魔法箭。如果對方沒躲開，應該會產生對骷髏特別有效的毆打屬性傷害。

話雖如此，她也不怎麼遺憾。因為赫克朗趁著這個空隙，在稍微遠離安茲的地方站了起來。原本伊米娜出聲呼喊，也是為了替赫克朗製造起身的空隙。

赫克朗向敵人踏出一步，開始反擊。

「『雙劍斬擊』！」

「喝！」

安茲用一把劍輕輕鬆鬆彈回兩道斬擊，彈回的衝擊力道震麻了手。

（好難纏的傢伙啊。肉體遠遠強過人類的魔物經過戰士修練，竟會變得這麼厲害。難怪武王會強了！）

在奪命劍刃的攻擊範圍內戰鬥異常消耗精神力。腦部因疲勞而開始哀號的赫克朗，後退與敵人拉開距離。

當然，安茲不會允許他這麼做。

「哪裡……逃！」

安茲踏向赫克朗。不用說，前進一定比後退快。

赫克朗判斷要被敵人追上了，就在這時，後方有個東西發出聲響，從他的臉旁邊飛過。

從赫克朗的背後——一隻偷偷射出的箭矢高速飛來。一般人絕對躲不掉這一箭。但或許該說果不其然，依舊射不中擁有超人反射神經的安茲。

「——『閃光（Flash）』。」

「『增強低階臂力（Lesser strength）』。」

閃光在安茲眼前爆開。這種魔法無論抵抗成功與否，都會短時間奪走對方的視野，然而碰上安茲似乎毫無作用。他只顯示出有點厭煩的態度。

「礙事！」

被增強了敏捷力與臂力的赫克朗拉近距離，安茲嘖了一聲。

「——『鎧甲強化（Reinforce Armour）』。」

「『抗惡防禦（Anti-Evil Protection）』。」

愛雪與羅伯戴克的援護魔法加強了赫克朗的守備。
安茲躲開赫克朗的攻擊，以劍彈開，正要進行反擊時，又有箭矢飛向安茲的臉。
「……哼！」
安茲只稍微動了動臉就躲掉了箭矢，其身手正符合墳墓統治者的身分，也稱得上是個十足的魔族戰士。
接受了支援，赫克朗稍微拉開距離，擦掉時間雖短但驚險萬分的戰鬥帶來的汗水。
雖然他早就知道了，不過安茲．烏爾．恭真的很強。
他擁有人類遠遠不及的體能。而且還有靈活運用強壯肉體的技術，看穿假動作的洞察力，掌握「四謀士」所有人行動的認知能力，對魔法的抗性，然後是手中的魔劍與盾牌。可以說戰士想要的一切，他一個也不少。
赫克朗能跟這樣強大的男人平分秋色，也是有原因的。
的確所有的一切都是生死交關的攻防。一旦卸力時看錯了劍揮砍的角度，劍就會被打個粉碎，自己也會受到致命傷。只要稍微錯判橫掃的劍的距離與速度，自己就會被砍成兩半。這種幸運就像是至今扔出的硬幣全都是正面，幸運的確在冥冥之中幫助了自己。
但還有一個更大的理由。
那就是團隊合作。

只有共同經歷過生死關頭，心有靈犀的同伴們，才能像一個完整生物般採取行動。

做為群體的「四謀士」與做為最強個體的安茲．烏爾．恭平分秋色。

赫克朗消除了臉頰稍微浮現的笑意。

安茲至今仍然毫髮無傷。巨牆既厚且高，但不是絕對無敵。

赫克朗如此確信，揮動了雙劍。

赫克朗受到魔法強化的肉體使出的最快劍擊，被圓形黑盾輕易彈回。飛來的箭矢被黑劍砍飛。趁著這時候，愛雪與羅伯戴克繼續用魔法強化赫克朗。

安茲不大愉快地嘖了一聲，敵意迅速減弱。

赫克朗本想繼續追擊，但他選擇先調整越來越亂的呼吸，於是退後。身為不死者的安茲再怎麼戰鬥也不會累，但赫克朗他們是人類，會逐漸累積疲勞。一旦演變成持久戰，吃虧的是他們。能休息時就該休息才正確。

「果然……還是缺少決定性的攻擊啊。我以為我知道攻擊次數多的優勢，然而一旦自己處於這種立場，還是不免感到煩躁……會覺得自己怎麼連一個這點程度的對手都打不倒。」

安茲聳肩的模樣看了並不討厭。他是由衷這樣想的。

實際上，這就是團隊行動的強項。赫克朗像是受到稱讚般綻開笑容。

就在這時，原本一直默默旁觀的絕世美女開口了。

「——安茲大人，是不是該玩夠了呢？」

「什麼？」

「恕我失禮，但我認為放任假冒無上至尊之名的傲慢盜匪繼續享受自由，似乎是一件令人難以容忍的事。給予他們慈悲的時間是不是該結束了呢？」

「欸，雅兒貝德，怎麼可以對安茲大人——」

「——不，亞烏菈。她說得的確沒錯。」安茲搖搖頭。「況且應該也夠了吧。我覺得剛才的戰鬥方式，已經累積了不少的經驗。」

「真是太精采了。不愧是貴為我等統治者的無上至尊。」

「呵呵，是嗎，真教我高興。妳做為戰士的實力遠遠在我之上，就算只是場面話，聽了也讓我有點害臊。」

「怎麼說是場面話呢！我是真心如此認為的。」

「是嗎，謝謝妳。再來就是詢問科塞特斯的評價，以及他對今後的訓練方法有什麼意見吧。」

安茲點了好幾次頭，顯得心滿意足的樣子，然後再度轉向「四謀士」。

他散發出的氣氛產生了變化，讓赫克朗有種不祥的預感。

歷經多次生死關頭鍛鍊起來的直覺在吵嚷著「危險」。

「好了，拿劍玩遊戲就到此結束吧。接下來是別的遊戲。」

劍與盾牌從安茲手中掉落。兩件裝備還沒掉到地上，就消失不見了。

「什麼？」

把劍丟掉——這是承認敗北之人會有的動作。只是，安茲的態度當中沒有絲毫敗北之色，目前的狀況應該也不需要認輸。

因此赫克朗不明白安茲在想什麼，大惑不解。

「……這是做什麼？」

對於這句疑問，安茲露出了冷笑。不，是似乎笑了。

他緩緩張開雙臂。那種張開雙臂的方式，就像迎接信徒的天使，或是擁抱親生子女的母親，用滿滿的愛包容對方。

「你不明白嗎？那我就用講的吧。」安茲滿意地哂笑。「我陪你們玩玩，儘管放馬過來吧，人類……」

氣氛變了——

照常理來說，放棄武器——裝備，應該會相對地變弱才對。然而赫克朗卻覺得眼前的安茲似乎變成比剛才更強大的存在。對，就像體格整整大了一倍以上的壓迫感，襲向赫克朗。

放棄了劍之後反而增強力量的存在。

從這點可以想到兩個答案。一個是像修行僧（Monk）那樣以自己的肉體做為武器之人。但如果是這樣的話，剛才的戰鬥方式——閃避的方式似乎並不習慣肉搏戰。

既然如此，就剩下另一個可能性——

「——魔法吟唱者？」

愛雪想到了跟赫克朗一樣的答案，大聲叫道。

沒錯。到了這時候他們才第一次想到，眼前這個存在，安茲．烏爾．恭。他有可能是個魔法吟唱者。

沒想到是理所當然的。誰能想像有個魔法吟唱者，能與小隊中最強的戰士，身經百戰的赫克朗打成平手？

魔法吟唱者——尤其是魔力系——肉體方面總是比戰士脆弱。因為如果有時間鍛鍊身體，還不如用來鑽研魔法。因此，沒有一個魔法吟唱者能跟戰士打成平手。

這是——世界的常識。

誰能想到顛覆這種常識的存在就在眼前呢。

因此，愛雪聲音中隱藏的，是希望能得到否定，拒絕的哀求。若是得到肯定，就表示安茲對於自己做為魔法吟唱者的能力，比做為戰士的能力來得有自信。這代表什麼意思？不用說也知道。

稍微使用一點魔法，戰鬥能力就會大幅上昇了。只要使用幾種強化魔法就能變強好幾倍，例如現在的赫克朗就是如此。那麼——

「你們終於發現了啊，真是群愚蠢的東西。你們是用髒腳踏進我的……不對——我與同伴們的納薩力克的老鼠。只有這點程度的智商也是無可厚非。」

然而，既然愛雪人在現場，赫克朗就有理由否定這一點。

「愛雪！這傢伙是魔法吟唱者嗎？」

「不是！我敢肯定！至少不是魔力系魔法吟唱者！」

「嗯？這話是什麼意思？」

「——從你身上感覺不到魔法的力量！」

「喔，妳用了探測系魔法嗎？失禮了。」

安茲張開五指讓赫克朗等人看個清楚。是隻白骨森森的不死者的手。左右十根手指都各戴著一枚戒指。

「拿下這枚戒指妳就知道了。我也有借給部下使用。」

安茲邊說邊取下右手的戒指。然後——

「——嘔噁噁噁噁！」

一陣嘔吐聲。幾乎只有液體的嘔吐物啪噠啪噠地潑灑在競技場的地面上，一股酸臭四處飄散。

「你做了什麼！」

突然發生的狀況讓伊米娜想跑到愛雪身邊，惡狠狠瞪著安茲。對於她的反應，安茲似乎感到困惑，但有點不愉快地回答：

「這個女人在做什麼啊，竟然看著別人的臉嘔吐，也太沒禮貌了吧。」

「——大家快逃啊！」

愛雪眼角泛著淚珠喊叫。

「那傢伙是怪物——嘔噁噁噁！」

愛雪似乎忍受不了，再次嘔吐時，赫克朗等人明白了愛雪嘔吐的原因。

並不是安茲做了什麼。是愛雪因為過度緊張與恐懼，以及承受不住安茲擁有的龐大魔力，才會吐了出來。

也就是說——

「——不可能贏得了！力量相差太多了！用怪物根本不足以形容！」愛雪哭喊著：

「——不可能不可能不可能！」

伊米娜緊緊抱住了發瘋般搖頭的少女。

「冷靜下來！羅伯戴克！」

「我知道！『獅子心（Lion's Heart）』。」

愛雪在羅伯戴克的魔法幫助下脫離了恐懼狀態，像頭剛出生的小鹿般，腳步搖搖晃晃地舉起法杖。

「——大家快逃！那個不是人類能戰勝的存在！是無法置信的怪物！」

「……了解，愛雪。」

「我很明白。一拿下戒指的瞬間，彷彿有種刺激神經，令人起雞皮疙瘩的氣息飄散出來，好像籠罩著全世界。我完全能體會。」

「是呀，我明白那不是能用『超級』形容的怪物。」

三人的警戒等級已經突破極限。他們神經比剛才更敏感，瞪著安茲。每個人臉上的神情，都表示他們明白只要移動一下視線，就會丟掉性命。

「這下肯定是逃不掉了。」

「只要讓他看到我們的背後，就死定了。我看就算只是別開視線也很危險。」

「得想想辦法盡量爭取時間呢。」

「……你們不過來嗎？」

安茲好像缺乏幹勁地用長手指摳摳頭蓋骨，但赫克朗沒有中了他的挑釁。敵人的戰鬥能力遠超過至今遇過的任何存在。既然如此，只有一個時機可以下手。

那就是安茲開始吟唱魔法——魔法吟唱者最疏於防備的瞬間。如果對方進行無吟唱化，這個渺小希望就會破滅了，但也只能寄託在這個可能性上。

如同拉緊弓箭般，赫克朗開始像彈簧一樣累積力量。

「那麼就由我先攻吧。『不死者的接觸（Touch of Undeath）』。」

「那是什麼魔法？愛雪！」

「不知道！從來沒聽過！」

赫克朗對包覆安茲右手的黑霧——未知的魔法提高警戒，雙腳使力以便隨時採取緊急閃避。身後的同伴們似乎也對範圍攻擊提高警戒，而互相拉開距離。

突然間，安茲往他們這邊走來。

赫克朗大大眨眼。安茲的走路方式滿是破綻，隨便又馬虎。那不是展現出高超戰士能力的男人該有的步法。雖然肯定是陷阱，但猜不透對方的目的。

（應該是想用魔法做什麼，可是……剛才的魔法是只能在近距離內發揮效果的類型？還是防禦魔法？）

赫克朗有學習記住一些有名的魔法，但他畢竟不是專業，無法掌握安茲的意圖。

「不准過來！」

伊米娜大聲怒吼，連續射出的箭往安茲飛去。

安茲俐落地用白骨的手，打掉了使用特殊技術射出的三隻箭。

「……真礙事。」

那句話冷峻又小聲。

藏在空蕩眼窩中的紅色火焰搖曳了一下，只有提高注意力，從正面緊盯他一舉一動的赫克朗，才看見了這一幕。

一陣冷顫竄過背脊的瞬間，安茲的身影消失了。

赫克朗聽從直覺，一轉身往後奔跑。同伴們驚訝的神情映入視野。但他沒有多餘精神或時間解釋。因為就在伊米娜的背後，站在那裡的安茲正慢慢地對她伸出手。

（伊米娜！她沒發現！叫她……不行！要不是對方從容不迫，早就來不及了！）

赫克朗使用武技提升移動速度全力奔跑時，忽然猶豫了。

保護伊米娜是聰明的行為嗎？

與能夠使用強化魔法的愛雪或羅伯戴克相比，在這一戰當中伊米娜的重要性很低。為了讓多數人存活，捨棄累贅並沒有錯。但即使如此──

（──可惡！）

身為領隊不該這樣做。赫克朗明白這幾乎等於是背叛了同伴，但仍然沒有放慢速度。感性而非理性驅動著身體。

感性在告訴自己：救伊米娜。

無意間，躺在床上的伊米娜掠過腦海。在生死交關的局面，竟然想起那個前不凸後不翹的身體，讓他不禁對自己苦笑。

即使如此——灌注雙腳的力量卻更強了。

那是男子漢保護自己的女人時的力量。

「讓開！」

飛奔而來的赫克朗似乎讓安茲有點猶豫，所以才趕上了。安茲還來不及碰到伊米娜，赫克朗先把伊米娜像用揍的一樣撞飛。

當聽見忍受痛楚的小聲慘叫時，赫克朗非常清楚，安茲看到出現在面前的男人與逃掉的女人，正在考慮該優先對付哪一個。

「我啦！混帳東西！」

他怒吼一聲，切換了武技。

首先，最初發動的是「突破極限」。這招雖然必須付出代價，但可以提升一瞬間同時發動武技的極限。接著由於體內產生某種東西斷裂的痛楚，因此他啟動了「痛覺鈍化」。然後是「肉體提升」，「剛腕剛擊」之後的「雙劍斬擊」。

如此最強的一擊就完成了。

對方越是在剛才的攻防中習慣了赫克朗的劍速，越是容易抓錯時機，而更難以閃避。這是事先布好了局才有效果，一旦習慣就必死無疑的奪命必殺技。

安茲無法對這招做出反應。

（到手了！）

他以為劍刃砍開了缺乏防備的頭部，但那個瞬間手上感覺到的，卻絕非刀刃砍斷骨頭的觸感。

（揮砍完全抗性？）

在做為工作者冒險的期間，他曾經感受過類似的觸感。

（對突刺與揮砍具有完全抗性嗎？哪有這種怪物啊！）

赫克朗急著想後退，但冰冷觸感覆蓋了他的額頭。那是安茲的手。有如虎頭鉗的夾緊力道不放過赫克朗，阻止了他的一舉一動。

「赫克朗！」

「伊米娜！他對揮砍具有完全抗性！」

赫克朗忍受著劇痛，把得到的情報轉達給身後的同伴們。就在這時，赫克朗感覺到對方抓著自己的頭，把自己整個人舉了起來。赫克朗用劍脊敲打他的手臂，但力道一點也沒有放鬆。

「不對。突刺也好，揮砍也好，毆打也好——你們這點程度的弱者的攻擊，是無法傷到我分毫的。」

「——這算什麼啊！根本是作弊吧！太卑鄙了！」

「你騙人！伊米娜，倘若真的是這樣，他剛才就沒必要那麼拚命戰鬥。一定有什麼弱點才是！」

「——別想騙我們！」

「竟然不肯相信我，真教我難過啊。你們聽了我們剛才的對話應該已經猜到八成，剛才那些近身戰其實比較具有實驗意味。況且稍微打得不分上下，比較能產生希望不是嗎？這是我的一片慈悲心腸，讓你們之後被打入地獄時，還可以做個美夢。」

「去你的慈悲心腸！這個狗屎王八蛋！快把赫克朗放開！」

赫克朗聽見了連續放箭的聲音。但安茲晃也不晃一下，似乎處之泰然，赫克朗額頭傳來的痛楚並未改變。

「這樣好嗎？會射中這個男的喔。」

額頭湧生的劇痛讓赫克朗產生一種恐懼感，懷疑自己的頭顱會不會就這樣被捏碎。他亂打亂踢，但對手文風不動。用內藏鐵板的靴子踢他，也只是弄痛了自己的腳尖。

「很痛嗎？放心吧。我不會在這裡殺了你。我不會再給盜賊更多的慈悲了。——麻痺。」

身體凍結了。不對，這不是凍結，是麻痺。

「如果只是要使用麻痺，『不死者的接觸』好像有點浪費了。」

只有耳朵毫無意義地聽見聲音。

弓弦不斷發出嗚吼聲，而回答的是甚至帶有嘲笑的平靜語氣。

「所以，再怎麼……不，你們儘管抵抗吧。這樣比較感受得到絕望。」

（快逃。）

赫克朗動著不能動的嘴。

就算全速逃跑，對手也沒善良到會放他們一條生路，但是選擇戰鬥更愚蠢。尤其是本來應該擋在前面抵禦對手攻擊的戰士已經倒下，可以想見戰線馬上就會崩潰。

「那麼下一個是誰呢？所有人一起上也行，不過那樣就不好玩了吧。」

伊米娜注視著倒在競技場地上的赫克朗。

他沒死，但跟死了沒兩樣。她想不到辦法可以從安茲・烏爾・恭這個無法理解的怪物手中救出他。但即使如此——

「你這笨蛋！照常理來想應該要對我見死不救才對啊！這個大白痴！」

一股氣憤湧上心頭。

「笨蛋，笨蛋，笨蛋！你這個大笨蛋！糊塗蟲！」

「……對挺身保護了同伴的男人這樣惡言相向，聽了很不愉快喔。」

安茲講這種話，好像完全沒能理解伊米娜的感情。不，對方是個怪物，自然不可能理解人類的感情了。

「這我比你更清楚啦！他是個最棒的領隊，我根本配不上他！」她吸了一口氣。「可是我還是要說！你真是個笨蛋！竟然這麼感情用事！」

「……這是在講什麼？」

無視於狐疑的聲音，伊米娜開始思考。既然領隊已經倒下，思考就成了副領隊的工作。

（捨棄迷惘吧。）

伊米娜如此勸說自己。她扼殺了自己想去拯救男人，做為女人的感情。

她必須捨棄赫克朗，把在這裡獲得的情報帶回去才行。她也得讓其他人知道這座遺跡裡有如此駭人的怪物，根據情況可能還得編組討伐隊。

（——魔神。）

兩百年前，在大陸掀起禍亂的惡魔之王，是否就是這樣的存在呢？

她覺得自己生活的世界似乎被染上了神話之類的色彩。明知道不可能，卻還是有種身陷夢境般的傾危感。

（神話嗎？形容得真貼切。能與這種怪物交戰的，只有英雄——）

就在這一瞬間，她靈機一動。

有了。過去與魔神交戰的是十三英雄——就是英雄。那麼能與安茲交戰的也只有英雄。

「把赫克朗還給我們！如果我們沒在規定時間內回去，這個世界上最強的英雄就會闖進這座遺跡。只要你讓我們平安回到原本的地點，我們會主動聯絡他的。」

「又在撒謊了嗎？」

安茲嘆了一口氣。伊米娜額上冒出汗珠。這是真的。

「不，我不是在撒謊。」

「——雅兒貝德。這附近地表上有看到強者的身影嗎？」

「沒有，我想只是無聊的謊話罷了。」

「是真的！」伊米娜的背後傳來少女的聲音。「有精鋼級冒險者『漆黑』的飛飛在！他是最強的戰士！比你們都還要強！」

雅兒貝德這時第一次慌了起來。她張皇失措地向安茲低頭道歉。

「這……這真是失禮了！的確有位強者！請……請原諒我！」

「嗯嗯……啊～沒關係，妳完全不用放在心上，雅兒貝德。『漆黑』的飛飛是吧。順便告訴你們，那個是……算了，無所謂，那個人打不贏我的。」

原本魔王般威嚴的身影，一下子變得有氣無力地聳聳肩，那種態度中好像隱藏了什麼，但他們無從得知。

「飛飛很強！比你強多了！」

「……不，那個沒辦法當成交涉條件的，放棄吧。」安茲沒勁地揮揮手。「那麼……可以開始了嗎？」

他散發出一種「廢話就到此為止」的氛圍。

「愛雪！妳快逃。」

羅伯戴克大叫，伊米娜也表示同意。

「對！快逃！」

「妳看上面！這裡很可能是戶外。用飛的或許可以逃走！妳一個人逃吧！我們會爭取一分鐘……不，至少十秒鐘的時間！」

「這提議挺有意思的。亞烏菈，去把出口的門打開。陪他們玩一下也不錯。」

「了解！」

安茲指著羅伯戴克他們走進來的方向。亞烏菈輕盈一躍，鞋子發出微光，她的身影隨即消失。

「好了，亞烏菈應該已經傳送過去開門了，想逃就請便吧。儘管捨棄同伴逃走吧。那麼你們誰要逃走？」

安茲伸出手來。骷髏的臉龐沒有表情。但他們十分清楚，那臉上浮現的是邪惡微笑。是期待看到同伴鬩牆的陰狠笑容。

的確跟冒險者不同，很多工作者小隊都只是以金錢利害關係組隊，遇到危機很可能會爭先恐後地落跑。但「四謀士」不一樣。

「愛雪，妳走吧！」

「對，妳走吧。」伊米娜微笑了。「妳不是有妹妹嗎？那麼就把我們拋下吧。這是妳該做的！」

「怎麼可以！都是我害的！」

羅伯戴克看到安茲無意立刻攻擊，就走到愛雪身邊。然後他將從懷裡取出的小皮袋塞進愛雪手裡。

「沒事的。等我們打倒那個叫做安茲的怪物，再去找妳。」

「對啊～到時候妳要請我們喝一杯喔。」

伊米娜也取出一只小皮袋，塞到愛雪手裡。

「……好了，妳走吧。還有我寄放在旅店裡的錢，儘管拿去用沒關係。」

「我的也是喔。」

「……師道了，偶先籑了。」

當然，三個人都知道這是謊言。

他們一點都不認為能打倒安茲那種超乎想像的存在。愛雪知道從此大家就要永別，早已泣不成聲，幾乎只能發出嗚咽，愛雪開始吟唱魔法。

「空中有魔物，用飛的逃走會被抓住喔。」

「──『飛行』。」

無視於安茲的忠告，愛雪發動魔法。然後她看了同伴最後一眼，就無言地飛向空中。

「……喔，也對，這樣比用跑的快，而且也不會累嘛。」安茲擺出一副好像忘了的態度。「不過，真虧你們沒鬧內鬨就決定了。我還以為你們會像個小賊一樣，表現得更加難看呢。」

「你是不會了解的，因為我們是同伴啊。」

「是啊。能夠當同伴的肉盾而死也不賴……」霎時間，有個念頭飛快閃過伊米娜的腦中。「──你的同伴不也是這樣嗎？」

「唔！」

「你的同伴應該也是很了不起的人吧？我們的感情也很好，就像你們一樣。」

「妳說得沒錯。」至今那種邪惡氛圍消失得無影無蹤，安茲語氣平靜地低喃。「人為朋友捨命，人的愛心沒有比這個大的——我記得好像是《馬可福音》吧。」

「……我們死不足惜，不過，希望你能看在我們做出與你偉大的朋友相同行動的份上，饒那個女孩一命。」

「唔……」安茲猶豫了幾秒，然後搖搖頭。「我對你們這些宵小沒有那種慈悲心腸。我要你們受盡折磨，然後死去。不過看在你們情願捨命也要拯救同伴的份上，就對那女孩網開一面吧——夏提雅。」

安茲毫不在乎地轉身背對兩人，再度對貴賓室出聲呼喚。那種態度擺明了認定自己絕不可能受到傷害。

不，事實就是如此，任何攻擊都絕對傷不了安茲。他就是因為明白這一點，才會如此從容。兩人沒有任何手段可以殺傷安茲這個怪物。所以他們才能冷靜思考。因為他們至少得替愛雪爭取逃跑的時間。

雖然覺得白費力氣，但還是非做不可。伊米娜與羅伯戴克交換了個眼神，互相點頭。

至於貴賓室那邊，回應著安茲的聲音，又有一名少女從天而降。

那是一名美得有如耀眼白銀的人類少女。就連怒火直上心頭的兩人，都被那美貌奪去了目光。

無意間，美少女移動了視線，從正面望著兩人瞧。那是對深紅色的美麗眼眸。感覺就像握緊了伊米娜的心臟。跟伊米娜一樣，羅伯戴克似乎也感到一股沉重壓力當頭壓下而無法動彈——甚至連呼吸都有困難。

直到少女別開了視線，伊米娜與羅伯戴克都還動彈不得。

「夏提雅，讓那個女孩知道何謂恐懼。讓她從以為可以逃命的甜美希望，墜落到面對事實時的絕望深淵，藉此做為入侵納薩力克地下大墳墓的懲罰。之後就不要多加折磨，帶著慈悲之心殺了她。」

「遵命，安茲大人。」

少女——夏提雅對安茲甜甜一笑。然而，從旁看到那豔光四射的微笑，伊米娜的背脊卻竄過一陣冷顫。因為她直覺地明白到，那只是個披著美麗人皮的怪物。

「好好享受狩獵樂趣吧。」

「是，我會的。」

夏提雅對安茲深深行了一禮，然後慢慢走去。腦中某個角落的另一個伊米娜正在大叫：那個少女每走一步，都是在奪走愛雪的性命。但伊米娜與羅伯戴克還是無法動彈。

夏提雅一點都不理會他們倆，看都不看一眼就從兩人身旁走過。那點距離只要用跑的，馬上就能追上她。但卻讓人覺得遙不可及。

「怎麼，不過來嗎？其實你們可以趁我們講話時偷襲的……想不到還滿懂禮貌的嘛。」

這不是在挖苦兩人，而是真心話。這種就某種意義來說有點傻氣的反應，使伊米娜稍微恢復了鬥志。

「我有一事相問！你的這種做法！這種做法哪裡慈悲了！」

「神官……我就告訴你吧。在這納薩力克當中，死亡代表不會受到更多的痛苦，所以稱為慈悲。」

死寂籠罩四下。多說無益，只能用手中武器交談了。

「——我們上，羅伯！」

「好！唔喔喔喔喔！」

羅伯戴克發出不符合他個性的吼叫，衝向安茲，舉起釘頭錘往安茲的臉上砸。不經大腦思考的全力一擊。他知道安茲不可能會躲開，所以才用上了全身力氣去毆打。

安茲臉上挨了使盡全力的一擊，不出所料，一副不痛不癢的神情。這時羅伯戴克進行追擊。他筆直伸出空著的另一隻手。

「『中傷治療（Middle Cure Wounds）』！」

治療魔法的對象是安茲。因為不死者受到治療系魔法反而會受傷。然而這招也像之前愛雪使用的魔法那樣，彷彿被看不見的牆壁擋下而失效。

「——啊啊啊啊！」

——伴隨著失控的尖叫，伊米娜拉緊了弓弦。然後——放箭。雖然羅伯戴克就在安茲身邊，但伊米娜的弓術沒差勁到會不小心射中他。這個距離內可以百發百中。

然而——飛來的箭矢射中了安茲，沒造成任何傷害就掉在地上。

安茲的身影突然消失了。

——跟剛才一樣的戰術。

「傳送魔法！」

「答錯了。」

那聲音仍然是從背後傳來的。

「伊……！」

比羅伯戴克叫得更快，安茲的手輕輕拍了一下伊米娜的肩膀，感覺不到一絲敵意。

然而，效果卻無可抵擋。她全身失去力氣，虛軟倒地。只有意識仍然保持清醒，身體的肌肉卻好像變成了黏糊液體。

「你究竟做了什麼？」

羅伯戴克始終緊盯著虛軟倒地的伊米娜，以及站在她身旁的安茲，顫著聲音問道。

「很不可思議嗎？其實沒什麼大不了的。」

安茲揭開謎底，講出了令他心灰意冷的答案。

「跟剛才幾乎是一樣的。就是發動無吟唱化的『時間靜止（Time Stop）』後，一邊移動一邊發動對躺在地上的那個男人用過的魔法『不死者的接觸』，然後從背後碰了她一下罷了。」

四周陷入空間凍結般的死寂。自己吞下唾液的聲音聽在羅伯戴克耳裡，顯得異常響亮。

「……你停止了時間……？」

「沒錯。時間對策是不可或缺的喔？等你們達到七十級左右時，就非得準備這些手段才行。不過你的人生就要在這裡結束了，所以沒必要了。」

羅伯戴克的牙齒格格作響。

他說謊。要是能這樣大叫該有多幸福啊，要是能否定眼前這個怪物——或者該說站在神之領域的存在所說的一切，摀起耳朵蹲下來該有多輕鬆啊。

他也明白安茲的確實十分強大。

但就算再怎麼強大，這個世界的生物也不可能停止時間。

照理來說，時光的流動絕非人類所能支配或控制。現在面對一個能操縱時光的對手，他還能怎麼辦呢？倒不如叫他拿著一把劍把大森林的樹木統統砍倒，還比較有可能辦到吧。

安茲．烏爾．恭。那是人類種族絕不可能勝過的存在，是站在神之領域的人物。

羅伯戴克兩手握緊釘頭錘——

——突然有人拍了一下他的肩膀。

「啊……」

羅伯戴克的身體凍住了。不用看也知道是誰拍了他的肩膀。因為本來站在眼前的安茲·烏爾·恭——連時光流動都能操控，有如神一般的存在，不知不覺間從視野中消失了。

一股寒氣從放在肩上的手流入體內，將自己化為冰塊雕像。失去自由的身體甚至讓他產生了這種錯覺。

「——你們也辦不到就是了。」

他用溫柔的——感覺不出絲毫敵意的聲音對羅伯戴克說道。釘頭錘無力地從羅伯戴克的手中滑落，掉在地上——

「好了。」安茲低聲說著，看看失去戰意的羅伯戴克。

「辛苦你們白費了一番工夫。」

——沒有半點效果。不管用任何手段都不可能傷到安茲。

被徹底擊垮的羅伯戴克靜靜地注視著安茲，平靜地問道：

「我想問一個問題。接下來會有什麼命運等著我？」

「嗯？因為你是信仰系魔法吟唱者，所以跟那邊那兩人不一樣喔。」

安茲先講了句開場白，然後才說出自己的想法。

「那就先說說那邊那兩人吧。亞烏菈，把那兩個人帶到大洞去。餓食狐蟲王跟我說過巢不夠。」

黑暗精靈的耳朵彈跳了一下，同時眼睛圓睜。

「安……安茲大人。馬雷！我可以命令馬雷去嗎？命令馬雷帶他們過去！」

「唔……唔嗯。可以。」

「了解！我讓馬雷去做！」

「啊，不好意思。他們不會有什麼好下場喔。至於你嘛——在那之前，我想先講另一件事。剛才去追那女孩的是我的部下，她是信仰系魔法吟唱者，不過她所信奉的神跟你們信仰的神完全不同。應該說我知道她信奉的那個神，但不知道你們信仰的四大神是什麼。所以請讓我確認一下。像從屬神都有自己的名字，但四大神，或是六大神只有火神、土神這種類似職稱的名稱。這是為什麼？」

「這我並不清楚。」

「原來如此……所以他們不是擁有神祕力量的超越性存在，而只是將過去的偉人神格化——」

「——一派胡言！」

「哎，你先聽我說。我是這樣認為的。可是，如果是這樣，你們說你們是借助神的力量發動魔法，但死去的人類有這種能力嗎？追根究柢，神究竟是什麼？他們是真實存在的嗎？你們真的是向神借助力量嗎？」

「……你究竟在說什麼？」

「……你有看過神的存在嗎？」

「神就在我們的身邊！」

「聽你的回答，就是沒有親眼看過嘍。」

「不是！使用魔法時，會感受到巨大的存在。那就是神。」

「……是誰斷定那個是神的？是神自己這樣說的嗎？還是使用這份力量的人說的？」

羅伯戴克想起各種神學論。對於安茲的疑問，他拿不出一個明確的解答。這個問題在各界神官之間仍然是個爭議性議題，但大家還是做出了一個結論，認為那是神的存在當中的一部分。

羅伯戴克正想開口，不過安茲搶在他前面說：

「……好吧，假設那是高等存在——也就是所謂的神，我覺得那原本應該是個無色的存在。說穿了就是個力量團塊。只要在它上面滴上彩色液體，就會產生各種變化……好吧，在具有魔法法則的世界想這些問題，連我自己都想吐槽了。就算神實際上是存在的也不奇怪嘛。」

「…………」

「抱歉。我本來不是想說這些。我是在想你們信仰的神的力量，是不是能夠學得起來……說得明白點，我想進行人體實驗。」

「……人體實驗？」

「沒錯。比方說讓一部分記憶產生變化，把你信仰的神變成別的神，看看會帶來什麼結果。」

瘋了。這是羅伯戴克誠實的感想。

不對，對方是不死者，做出什麼傷天害理的事都不奇怪。

安茲興味盎然地望著往後倒退一步的羅伯戴克。那道視線就像觀察實驗動物的學者，讓羅伯戴克甚至想吐。

「你為什麼要這樣做？」

「為了證明神的存在……就別開這種玩笑了吧。真正的目的是解開力量的謎團，或許可以讓自己變得更強。況且如果真的有神這種存在，我也想確認他們有沒有可能與我為敵的情感或智慧。我呢，一點都不覺得只有自己被選上。實際上我也看到了許多類似的陰影。」

他完全聽不懂安茲在說什麼。

「所以我需要擴充軍備。當然，也許根本沒有人與我為敵，也可能沒有人像我們這麼強大。但身為組織之長就不能怠忽職守，你說是不是？自以為強大就貪安好逸，不求精進，總有一天會被人趁虛而入的。」

我想確認神的存在，也是為了這個原因。安茲說完聳了聳肩。

2

愛雪重複著紊亂的呼吸。

每當周圍的草木隨風搖晃，她就嚇得身子一震，然後像隻小動物般環顧周遭。周圍全是森林，很多地方照不到光。蒼鬱茂密的樹木枝椏遮蔽了天上灑下來的光，地上幾乎一片黑暗。

在以人類視力連步行都有困難的場所，沒有照明手段的愛雪之所以能夠行動，是因為使用了魔法「夜視(Dark Vision)」，使得周遭在她的眼裡就像白晝一樣盡收眼底。

然而即使如此，還是有能輕易藏起一個人的樹下雜草，足夠躲在後頭的大樹，以及沙沙搖晃的樹枝等無數必須留心的地方。

身為魔法吟唱者的愛雪，要是被魔物撲倒或壓倒，靠蠻力是絕對推不開魔物的。若是平常，同伴會立刻伸出援手，然而現在沒有人會幫助自己，沒有人負責保護前方，也沒有人會幫自己治療。

換句話說她必須在陷入近身戰之前搶先察覺敵人的存在，看要拉開距離還是逃走。她很清楚這一點，所以才精神緊繃地窺探四周，精神疲勞比平常更激烈。

本來她想既然身在戶外，可以使用「飛行」一口氣逃走。然而當她飛到樹林上空時，看見夜空中有著剪紙畫般的巨大黑影，好像在尋找什麼似地飛來飛去，只得放棄這個計畫。一旦目睹了有如巨大蝙蝠的存在，就不會想跟牠們來場空中競速。因為就算可以用「透明化」欺騙蝙蝠的視覺，也騙不了牠們所擁有的特殊感覺器官。

愛雪確認了周遭安全後再度飄浮起來，用慢吞吞的速度在半空中前進。

她用比「飛行」的最快速度慢上許多的速度前進，是因為要窺探周圍情形。若是全速飛行，就算對周圍提高警覺，發現的時機還是會慢一拍。這樣一來甚至有可能一頭撞進一群魔物當中。為了避免這種情形，只能放慢速度。

不久，愛雪感覺到包覆自己的魔法薄膜漸漸變弱。「飛行」的有效時間過了。

她慢慢讓雙腳著地。

問題是接下來該怎麼辦。要再次使用「飛行」沒有問題。她可以感覺到自己還有這點魔力。但她同時也需要「夜視」，還要維持為了以防萬一而發動的防禦魔法，這些都要消耗魔力，而且也得保留力量應付可能無法避免的戰鬥。

愛雪能夠使用的魔法當中，第三位階魔法「飛行」是位階最高的魔法。換句話說，就是最耗魔力的魔法。所以她盡量不想用。

但是「飛行」可以忽視難走的地形，而且肉體不會疲勞，如果不能使用這個魔法，逃出這座森林需要花掉多少時間，她連算都算不出來。不只如此，不能飛就代表也不能確認目前位置。

愛雪來到這裡的一路上，有時會提升高度飛到樹上確認競技場旁邊的大樹，以確定方位。如果不使用「飛行」移動的話，愛雪恐怕很快就會失去方向感。待在蒼鬱森林中看不見能當成路標的大樹，狀況也不允許她每次都爬到附近樹上確認方位。

「——找個地方休息。」

愛雪喃喃自語。

的確，只要能休息恢復魔力，就可以多用好幾次「飛行」，而且在太陽下行動也比較安全。尤其是棲息於森林的魔物很多都是夜行性。

與其在這個幽暗森林中勉強前進，不如找個地方藏身過夜，安全性高多了。

可是，愛雪不知道哪裡才是安全地點。

如果伊米娜在的話，應該會告訴自己哪裡安全吧。如果有羅伯戴克或赫克朗在，就算在危險的地點也能安心休息。但可靠的同伴已經不在了。

「——伊米娜，羅伯戴克。」

愛雪讓身體靠著大樹，想起同伴的事。

「……你們騙我。」

已經過了這麼久的時間，兩人還沒聯絡自己。

他們還是沒能逃掉。

不，她早就知道了。他們不可能打贏安茲那種超人存在。但愛雪還是不禁懷著小小的期待，是不是因為自己太愚蠢了呢——

愛雪一屁股坐在地上，背靠著樹，閉上眼睛。她知道這樣很危險。

但她很想閉上眼睛。

她想著那三人的事，用力閉起眼睛。

樹皮的冰涼觸感撫慰著頭部。稍微休息一下，讓她強烈體會到自己真的累了。高漲的緊張感彷彿化為精神疲勞，壓得她喘不過氣來。

「——唉。」

她放鬆脖頸的力道，讓頭往後仰。

然後她瞪大了雙眼。

「夜視」鮮明映照的黑夜世界之中，一幕景象映入了視野，但愛雪反應不過來。

有個人物俯視著愛雪。

那是個愛雪從未見過，令人毛骨悚然的美麗少女。

少女穿著與森林格格不入的柔軟漆黑舞會禮服。肌膚如白蠟般雪潤。她還用一隻手拈起銀色長髮，以免垂到了愛雪身上。

就連曾經是貴族的愛雪都沒見過如此美麗的少女。如果出現在舞會上一定會成為搶手貨，光憑她的美貌，想要什麼都能到手。深紅雙瞳散放著勾魂的魅力。

愛雪馬上就回過神來。不可能有人會穿成這樣出現在這裡。而且她雙腳站在樹上，與樹幹呈現直角站立。

有可能是安茲派出的追兵。但也不能肯定不是長年住在這座森林裡的居民。

「捉迷藏結束了嗎？」

小小的期待輕易就破滅了。

「——追兵。」

愛雪跳了起來，一邊拉開距離，一邊將法杖對準少女。少女似乎對愛雪失去了興趣，沿著樹幹走下來，降落在地上。

「快點逃走呀。」

「——只要在這裡打倒妳，就可以安全逃走。」自己說著，愛雪內心卻在苦笑。她也明白自己不可能打贏安茲那種超乎常理的怪物派出的追兵。

但她還是擺出這種態度，純粹只是為了觀察對方的反應。

「那好呀，就稍微陪妳玩一下。」

一副完全理解彼此實力落差的態度。也就是說對她而言，與愛雪的戰鬥不過是遊戲程度罷了。

「——『飛行』！」

愛雪吟唱魔法後，開始逃亡。沒時間慢慢低空飛行了。一口氣提升高度。她以雙手護著臉，穿越樹枝之間，迅速飛到樹木上空。

夜空下，愛雪環顧周遭。她是在提防剛才看到的那種像巨大蝙蝠的魔物。不過，附近一帶沒看到牠們的身影。既然如此就逃走吧。

「哎唷，加油呀，加油呀。」

愛雪正要逃走時，一陣悅耳的聲音對她說道。愛雪的心臟重重跳了一拍。她的視線四處徬徨，尋找對方的位置。然後愛雪看到比自己更高的空中。

不知道是從何時開始，剛才那個少女就在那裡。

「——『雷擊』！」

突出的法杖前端飛出蒼白雷擊，劃破黑夜，刺進少女的體內。這是愛雪能使用的最強的攻擊魔法。即使被雷擊貫穿，少女臉上浮現的微笑仍然沒有消失。

足以與安茲匹敵的存在。愛雪敢肯定這一點。那同時也就表示她是愛雪不可能戰勝的存在。愛雪想逃走，但少女發出了開心的聲音。

「來吧，我的眷屬。」

少女背後長出一對巨大的翅膀。那像是蝙蝠的翅膀，只是大得離譜。是一隻從背後分離飛起的異常巨大的蝙蝠。當然，具有深紅眼瞳的蝙蝠不可能只是一般野獸。

蝙蝠發出啪沙啪沙的聲音飛起，少女在一旁咧嘴笑著。那種笑容足以令愛雪全身凍結，絲毫不符合少女的外貌年紀。

「來吧，儘管努力逃命吧——」

愛雪逃跑著。

不顧一切地逃跑著。

為了擺脫追兵而衝進樹林裡，任由樹枝割傷自己的身體逃跑。
自己可是拋下了同伴逃走，至少得成功逃出去才行。為此她願意做任何事。
然後不知道飛了多久，愛雪面臨了絕望。
牆壁。
眼前有一面看不見的牆壁。
明明世界還在擴展，卻有一面牆壁擋住了愛雪的身體。現在愛雪位於兩百公尺的高空，看不見的牆壁一路延伸到這麼高的地方。
「——這是……」
愛雪用充滿絕望的聲音喃喃自語。她一邊用手摸著牆壁一邊飛行。然而，到哪裡都是牆壁。牆壁。牆壁。牆壁。
沒錯，不管她飛到哪裡，手都摸到硬硬的觸感。
「這究竟是？」
「牆壁呀。」
本來不該得到回答的自言自語，竟然有了回應。愛雪猜得到那是誰的聲音，一臉疲憊地回過頭來。
在那裡的人果然跟她猜的一樣，就是剛才那個少女。還有在周圍盤旋的三隻巨大蝙蝠。

「妳好像搞錯了什麼呢，這裡是納薩力克地下大墳墓第六層。也就是地下。」

「……這個世界是地下？」

愛雪指著世界。天上是一片星空，風靜靜地吹拂，森林綿延整片大地。她覺得地下不可能有這種世界，但又覺得如果是這些人的話，這點小事或許易如反掌。

「四十一位無上至尊──他們過去曾經統治這片土地，並且創造了我們。就連無上至尊創造出來的我們，也無法理解這個世界的原理。」

「──創造世界？那是只有神才能……」

「是呀。對我們來說，以安茲大人為首，曾經待過此地的那些大人就是神。」

愛雪環顧周遭。

她已經接受了事實。都目睹了這麼驚人的現象，也只能接受了。

接受自己不可能活著回去的事實。

「好了，妳不逃嗎？」

「──逃得掉嗎？」

「不可能。因為我本來就沒打算放妳走呀。」

「──是嗎？」

愛雪雙手握緊法杖，飛向少女。她已經沒有魔力了，所以無法使用魔法。但她還是盡最後的努力逃跑。這是「四謀士」最後一個成員愛雪的職責。

「好好好，辛苦妳了。」

少女興趣缺缺地對捨命突擊的愛雪說。

「那麼，妳的逃亡就到此為止嘍。真可惜妳最後沒有痛哭給我看。」

少女輕輕鬆鬆就用手接住了揮動的法杖，拉向自己。愛雪失去平衡，被拉向少女身邊。兩人在空中相擁。

少女就這樣將臉埋進愛雪的肩窩。愛雪扭動著身子想掙脫，但少女的身體就像被黏膠固定住一樣推不開。溫熱的氣息落在頸項上，讓愛雪身子打了個冷顫。

「……嗯～汗臭味。」

身為工作者的愛雪認為，工作時本來就沒辦法保持清潔。這點對於工作者、冒險者或旅人等在外旅行的人來說是理所當然的，就算被人嫌髒也可以笑著回答「那又怎樣」。

可是，被一個年紀比自己小，而且美若天仙的少女這樣說，難免會自慚形穢。

少女的臉龐離開了愛雪的頸項。一看到那深紅色眼睛的瞬間，一股厭惡感襲向愛雪。因為那雙眼睛裡，暗藏著想貪婪享受女人的肉體，慾火焚身的男人般的情感。

「放心吧。妳會死得一點痛苦都沒有。要好好感謝安茲大人的慈悲心腸喔。」

「——！」

愛雪正想回嘴，卻大吃一驚。因為她發現自己的身體不能動了。就像靈魂被那雙深紅眼眸吸走了似的。

愛雪這時才終於察覺少女的真面目。她不是人類——而是吸血鬼（Vampire）。

「……然後呢。」少女把臉逼近愛雪的臉蛋，從雙唇中溜出的舌頭，舔舐了愛雪的臉頰。「……鹹鹹的。」

少女咧嘴一笑，愛雪的心因為絕望而碎裂。

少女加深了笑意。

嘴角像裂開般延伸到耳畔。從虹膜滲出的色彩，將整顆眼球染成了血紅色。

然後她張開嘴巴，宛如會發出啪喀一聲似的。剛才還排列著滿口潔淨白牙的口腔，此時長滿了有如針筒般又細又白的物體，就像鯊魚的牙齒一樣層層重疊。散發粉紅色淫穢反光的口腔顯得又溼又滑，透明的口水從嘴角滴落。

令人膽寒的恐懼從心底湧生，籠罩著愛雪。

「啊哈……哈，哈哈哈哈哈！」

面對放聲狂笑，散發血腥味的怪物，愛雪放棄了自己的心靈。

最後浮現在腦中的，是在家裡等待自己的兩個妹妹。

「嗯嗯嗯嗯嗯？昏過去了啊——？……那就不需要用魔法讓妳昏倒了。妳就這樣在夢中投入死神的懷抱吧。」

3

將入侵者交給部下善後，安茲在王座之廳啟動螢幕，瀏覽納薩力克內的資料。最讓他在意的持有金額只有極些微的變化。因為他們幾乎沒有用到付費型陷阱。算是一場相當成功的演習。

他對神色緊張地等待評價的雅兒貝德破顏一笑——雖然骷髏的臉不會露出表情——然後讚美她：

「非常好。雖然入侵者很弱，但在這個世界的人類當中算是有點實力。而妳只用這點程度的花費就消滅了他們，看來今後可以放心把防衛工作交給妳了。」

「謝謝您的讚美。」

雅兒貝德神情明顯鬆了口氣，深深低頭致謝。

「那麼安茲大人，您時間方面沒有問題嗎？」

「沒有問題。我問過潘朵拉・亞克特了，上面那些人雖然覺得工作者們回去得慢了，但還是決定先等一天，或是等到遺跡內有了動靜才行動。」

眼見到了早上仍然沒有半個工作者回來，冒險者們全都慌了手腳，但飛飛——潘朵拉・亞克特向他們提議待在現場等個一天看看。雖然事先說好一旦遇到緊急狀況必須撤離據點，到較遠的地點觀察情形，但精鋼級冒險者的發言比事前的決定更有分量。

「那麼可以占用您些許時間嗎？其實我有件事想向安茲大人提議。」

「怎麼了，雅兒貝德？稍微等我一下……好，沒問題。」最後確認了螢幕上倉助與蜥蜴人的狀況後，安茲才轉過頭來。「妳想提什麼？」

「——是的。」她先環顧四周後才開口。「關於剛才那些愚昧之徒所說的事，對安茲大人而言，搜索並發現無上至尊這件事，優先順序有多高呢？」

「最高。在不使這座納薩力克地下大墳墓陷入危險的範圍內，這是第一優先事項。」

安茲立即回答。

「原來如此。我明白了。那麼，我有另一件提議，希望能允許我組成搜索無上至尊的直屬部隊。」

「什麼意思？」

安茲的語氣不由自主地變僵硬，因為他察覺到潛藏於自己心中的黑暗面。

至今有過幾次機會可以主動尋找同伴們。但他每次都以「人手不足」，「情報不足」做為理由，將安排計畫一事再三延後。

因為他很怕找遍了世界每個角落都還是找不到，所以沒能做出決斷。與其努力確定自己是孤獨一人，還不如變成瘋狂提升名氣的怪物比較能抱持希望。

「是的。剛才那些愚昧之徒的謊言程度很低，馬上就能看穿。然而今後，我想可能會碰到難以問出真偽的情報。為此，我想組成一支小隊確認情報的可信度，同時搜索各位無上至尊的下落。這樣可以由我仔細調查後，再向安茲大人報告。」

安茲用只有白骨的手托著下顎：「這樣啊……」呻吟般地低語。他想起剛才與工作者的對話，產生的不是怒氣而是空虛感。夾在希望與絕望之間搖擺不定，的確讓人心痛無比。先不論個人的感傷，看來做為組織的領袖，即使只是小小的一步，也該是決定前進的時候了。

「不一定要由雅兒貝德來負責吧。我希望妳能好好經營納薩力克。如果以外出收集情報為前提的話……馬雷或亞烏菈不是更適任嗎？聽說外面世界也有黑暗精靈。」

「正如大人所說。但是這樣會有一個不安因子，那就是『失控』。比方說如果聽到了佩羅羅奇諾大人的情報，夏提雅必定會不顧一切地擅自行動，同樣地，在得到泡泡茶壺大人的情報時，亞烏菈與馬雷會做出什麼行動，我們無法預測。」

「原來如此……」想起夏提雅，安茲苦笑了。「的確，我也覺得有可能。」

「因此竊以為組成一支隸屬於我的小隊，會比較妥當。」

「……得到翠玉錄桑的情報時，妳不會失控嗎？」

「請放心。我身為納薩力克守護者總管，絕不會做出那樣的行為。我向您保證。」

「原來如此……」

如果是納薩力克內最精於組織營運的智者雅兒貝德，受感情左右而失控的可能性應該很低。雖然她有時候有點脫線，但是安茲不在時，她營運納薩力克從未出過問題，值得信賴。

「我個人覺得迪米烏哥斯也可以，但他還有其他許多職務要處理。如果又要他負責收集無上至尊的情報這種重責大任，似乎有些吃重。」

「妳說得也有道理。那麼派潘朵拉．亞克特處理這事如何？」

「我就是想提這件事。請大人將潘朵拉．亞克特借與我當作副官。」

「原來如此。由納薩力克內最有智慧的兩人共同行動，比一個人行動不容易出錯，不過……他還得管理寶物殿。妳有需要時再優先借給妳吧。」

「謝謝大人，可以再讓我提幾個請求嗎？」

安茲抬高下巴，示意她繼續說。

「我直屬的無上至尊搜索隊，希望能盡量以實力高超的成員組成。」

「當然了，我會給妳位階最高的一群部下。」

「謝謝大人。另外，如果能獲賜安茲大人創造的不死者副官，將會很有幫助……」

「這點我不能准。的確，我創造的副官等級高達九十，但是——」

比起傭兵NPC，以安茲的特殊技能之一，在消耗了經驗值之後創造出來的不死者——死之統治者賢者（Overlord Wiseman）或是具現化死神（Grim Reaper Thanatos）等等——因為只能擁有一隻，因此相當強大。但這個世界不像YGGDRASIL可以大量賺取經驗值，因此他想盡量避免使用經驗值消耗系的特殊技能。

「對，還是算了吧。小隊負責人由雅兒貝德擔任，副官是潘朵拉・亞克特。其他成員就用魔物吧。」

「遵命。還有另一件事，這個組織我希望能盡量保密，不讓其他守護者知道。」

「為什麼？有守護者協助不是比較好嗎？」

「不。一旦情報不慎外洩，守護者或是由其他無上至尊創造出的人們，可能會要求我帶他們去親眼確認。這樣一來如果情報是個陷阱，有可能會白白落入圈套。我的能力以防禦見長，一個人的話還可以逃回來，但如果還要保護其他人，就有點困難了。」

「有道理。好吧，雅兒貝德。就照妳的希望進行吧。」

「謝謝安茲大人！」

雅兒貝德深深鞠躬致謝，長髮垂了下來，遮住了整張臉。

「無妨。那就拜託妳嘍。」

「請大人放心！執行最重要指令的祕密特別部隊，絕不會讓安茲大人後悔的。」

安茲心中覺得不解。這個回答的講法好像有點怪怪的。

（算了，沒差。）

「那麼來挑選部下吧。先不要挪用配置在各層的部下，重新創造一些好了。八十幾級的魔物需要幾隻？」

「暫且有個十五隻就夠了。」

「十五隻？有點太多……」講到一半，安茲搖搖頭。搜索過去的同伴們是一件要緊事，這點程度根本連必要經費都算不上。「不，也好。我知道了。」

「另外我有一事相問，可以將露貝德的指揮權交給我嗎？」

「不行。」

安茲立刻回答。

露貝德是納薩力克最強的個體。以純粹肉搏戰而論，她比塞巴斯、科塞特斯或雅兒貝德都要更強。恐怕就連全副武裝的安茲也打不贏她，與露貝德比較之下，連夏提雅都算弱。

（能打贏她的只有配置在第八層的那些，而且還要一併使用世界級道具。她再怎麼強，應該也不至於能跟那當中的一隻打成平手，不過……）

「既然啟動實驗已經成功了，我目前不打算動用那個。我想問妳，妳為什麼會需要那麼大的戰力？」

「說來難為情，大人願意聽嗎？」

「儘管說吧。」

「難得有這機會，我想組成一支最強小隊。」

「哈哈哈哈——！」

雅兒貝德講話雖然像個孩子，但安茲十分可以理解，不禁哈哈大笑。他的感情立刻受到抑制，但仍然留下陣陣有如漣漪的愉快心情。

「安茲大人！」

看到雅兒貝德困擾的模樣，安茲笑容可掬地——雖然臉沒有動——回答：

「抱歉，抱歉。不是，嗯，很有意思喔。這樣啊。既然如此，反正她是妳的妹妹，指揮權就交給妳吧。」

「真的可以嗎？」

「當然可以，就去組成妳的夢幻隊伍吧。說不定今後還有其他任務需要由這支小隊發揮力量呢。」

「謝謝安茲大人！」

雅兒貝德再度深深鞠躬，因此看不到她的表情，不過安茲心想她應該會露出一如平常的微笑，於是將目光再度轉向螢幕，這時有人走進了王座之廳，是安特瑪。她一直線來到王座跟前，單膝下跪，然後深深低頭。

「失禮了。」

「什麼事，安特瑪？」

雅兒貝德的語氣聽起來很僵硬，安特瑪應了一聲「是」，維持著原本姿勢回答：

「亞烏菈大人與馬雷大人出發的時間到了，因此前來報告。」

「是嗎……抬起頭來。」

安特瑪再度簡短回了聲「是」，然後抬起頭來。

「還有時間，我就去送他們吧。用魔法聯絡太不知趣了。安特瑪，不好意思，妳先去轉告兩人。」

「遵命。」

安特瑪站起來就要離開，看著她的背影，雅兒貝德探詢似的向安茲問道：

「……安茲大人，您會不會覺得不愉快？應該讓安特瑪以外的女僕來才對。我會好好訓斥她們的。」

「……此話怎講？」

「不，只是覺得不該讓安茲大人聽到那個講話失禮的女孩的聲音——」

「喔，我並不在意。其實是我建議安特瑪拿她的——等等！安特瑪！」

「是！有何貴事？」

安特瑪正急著要回來，安茲伸手阻止她，指示她留在原地回答自己。

「其他部分怎麼樣了？有好好運用嗎？」

「是的。頭部給了一隻高帽惡魔（Silk Hat）。手臂部分由掙扎亡者（Deadman Struggle）平分，皮膚讓迪米烏哥斯大人拿去了。剩下的部分則是當成格蘭特的孩子們的飼料，我想應該沒有一點浪費。」

「是嗎？那就好。做為獵殺者的責任，一定要使用得一點都不剩才行。只要是獵人都會這麼做的，這就叫做供養。」

「您真是……太溫柔了。連對骯髒的小偷都如此慈悲為懷，真不愧是無上至尊。若是聽到安茲大人現在這一席話，納薩力克內的所有人必然都會感動落淚的！」

雅兒貝德感動萬分地說。安特瑪異於常人的眼睛裡似乎也有著尊敬之色。

「……唔嗯。哎，還好啦……這只是我個人的判斷，不會強制妳們也要跟我一樣。不過我還是……覺得善加利用是一種禮貌喔。」

「遵命，其他人我們也一定會善加利用的！」

看到兩人深深低頭，安茲總覺得好像鈕扣扣錯一顆那樣不自在，只能回一聲「唔嗯」。

4

魔法省當中有好幾間會議室與會客室。其中夫路達現在前往的，是以最高級家具裝飾的會客室。這個房間只有在皇帝或是地位相當之人來訪時才會用上。

站在房間門口，夫路達確認一下自己的儀容。

這件高級長袍能夠穿去參加皇帝主辦的大型晚會，灑在領口與袖子的香水散發出怡人芳香。

夫路達本身對政治或社交幾乎都毫無興趣。應該說他希望能將整顆心放在研究魔法上，所以其他瑣事他都嫌煩。但他也知道自己的立場不能對這些問題漠不關心。

他可不希望自己的儀容不整，傷到帝國的威信。

（很好，沒有問題。）

確定服裝沒有任何紊亂後，他敲敲門，然後打開門扉。

豪華的房間裡有著兩位冒險者。一位是個戰士，穿著彷彿剛才那個死亡騎士的漆黑鎧甲。然後另一位──是個連夫路達都一瞬間看得出神的美女。

（「漆黑」的飛飛，以及「美姬」娜貝嗎？）

「抱歉讓兩位久等了。」

夫路達靜靜關上房門時，突然有種異樣的感覺。

（……怪了……）

他仍舊站在門前，定睛凝視那位絕世美女。

「……看不見？」

以夫路達的眼睛，本來應該會看到另一個重疊的影像。但現在卻看不到，讓他因為過度震驚與訝異而不禁脫口而出。

夫路達擁有天生異能，能夠目視魔力系魔法吟唱者依照可使用的位階而發出的靈氣。

然而，夫路達明明聽說隸屬於「漆黑」的「美姬」娜貝是魔力系魔法吟唱者，他的天生異能卻感應不到對方的靈氣。

（探測防禦？）

只有這個可能，不過這樣又會產生新的疑問。她為什麼要做探測防禦？一般冒險者不會特地做探測防禦。因為特地把力量用在這種事情上太麻煩了，也不會常常處於必須隨時戒備的立場。況且在與人見面時不消除探測防禦，會被認為是失禮的行為。

（好吧，畢竟我也使用了探測系的能力，也算是不懂禮數……但她為何要隱藏自己的力量？）

夫路達的異能廣為人知，對方這樣做也許是為了提防自己，但他還是猜不透原因。
看到夫路達一直站在原地，對方有些訝異地對他說：
「怎麼了嗎？」
「喔喔，這真是失禮了。」
夫路達在飛飛面前坐下。但他還是忍不住側眼偷瞧娜貝。
「喔，我懂了。那就開始吧。」
開始什麼？夫路達還來不及問，飛飛先接著說：
「……娜貝，差不多該把戒指拿下了吧。」
「遵命。」
娜貝拿下戒指。霎時間——

彷彿一陣爆波迎面撲來。
「啊！」
他差點沒叫出聲。
娜貝身上放射出排山倒海的力量。
身體並不是真的遭受到風壓侵襲。這是只有與夫路達擁有相同異能之人才能目睹的力量奔流。

夫路達就像個飽受冰凍朔風吹襲的人，縮成一團瑟瑟發抖。

「不……不可……」

不可能，不可能有這種事。不可能——有比自己更強大的力量。

但他無法斷然否定，眼前的景象是事實。這個能力至今從未背叛過自己。既然如此——她的力量遠遠在自己之上，就是千真萬確的事實。

「第七位階……不，難道，這股巨大的力量奔流是……第八位階的證明……嗎？」

若真是如此，那已經是神話的領域了。

夫路達已經發不出聲音來了，因為第五位階魔法是英雄的領域。而夫路達到達的第六位階是前無古人的領域。然而現在卻有一個輕易踏入下一個位階的人物，突如其來地出現在自己眼前。

而且還是如此年輕貌美的女性。

（難道說外貌與年齡並不一致嗎？）

驚愕地發抖的夫路達，眼角餘光看到飛飛脫掉了黑色金屬手套。而且還拿掉了手上戴的其中一枚戒指。

「————！」

一瞬間，世界被閃光所覆蓋，夫路達覺得自己的意識突然一片空白。

他無法理解眼前發生的事。就連活了超過兩百年的夫路達，連這個能使用人類所能到達的最高位階魔法之人，都無法認清這件事實。

「這……這……這太……這太難以置信了。」

溫熱液體沿著夫路達的臉頰滑落。但他沒有多餘心情或氣力去擦。過於強烈的衝擊使他心亂如麻。

誰能料得到呢。眾人歌頌為黑暗戰士的人物，竟然會是個魔力系魔法吟唱者，而且立於夫路達望塵莫及的高處。

「如果那是第八位階……這就是第九……不……這真是……喔喔，神啊……」

從漆黑戰士飛飛身上噴發的壓倒性力量，遠超過坐在身旁的娜貝。既然超越了推測為第八位階的魔法吟唱者娜貝，那麼飛飛所能行使的位階究竟有多高？

夫路達的靈魂，回答了腦海角落浮現的疑問。

——第十位階。被認為實際存在，但沒有任何人真正確認過的絕對性領域。

如今，立於那至高領域的人物來到了自己的眼前。

夫路達站起來，在飛飛的跟前跪下，任由老淚縱橫。

「……以往我信仰著一個司掌魔法的小神。然而，如果您不是那個神的話，我的信仰之心就在這一刻消逝了。因為真正的神已經降臨我的面前。」

夫路達用力磕頭，額頭貼地。面對自心底湧現、無法控制的喜悅，痛楚也失去了意義。

「我知道這樣十分失禮，但還是要向您跪拜懇求！請大人務必賜教！我想窺視魔法的深淵啊！千萬拜託！千萬拜託！」

「——為此你願意付出什麼代價？」

那聲音冷淡得有如一面冰壁。讓一百個人來聽，一百個人都會這樣形容，然而聽在夫路達的耳裡，卻是令人心蕩神馳的甜美聲音。當然，他很清楚這句話裡暗藏的毒藥。但——那又怎麼樣呢？

夫路達連一瞬間都不猶豫，選擇支付代價。連靈魂都願意交出來。

「一切！沒錯，我願將自己的一切支付與您！深淵之主！高深莫測的偉人！」

「……很好。如果你願意交出一切，我的知識就是屬於你的了。我會實現你的願望。」

「喔喔！喔喔！」

夫路達用額頭蹭著地板，流下歡喜的淚水。因嫉妒而凝結僵硬的心彷彿溶化了。他等了兩百年以上，如今終於獲得了可能實現長年心願的機會。

興奮到了極點的夫路達繼續用額頭貼著地板，匍匐著來到飛飛腳下，親吻他的護腳。他本來是想把整個護腳舔乾淨的。但他腦海中冷靜的部分擔心自己的主人與神會感到厭惡，才不得不妥協。

「這樣就夠了，我已經明白你的一片忠心了。」

「喔喔！感謝您！…………我的老師！」

「那麼先給你一道命令。把活祭品送到我的城堡——」

「老爺子！老爺子！怎麼了，老爺子！」

陷入沉思的夫路達聽見有人呼喚自己，回過神來。幾天前衝擊性的相遇，至今仍緊緊抓住夫路達的心，一不留神就把他拉進白日夢的領域。

夫路達眨了幾下眼睛，想起自己身在何處後，對呼喚自己的人物輕輕低頭。

「失禮了，陛下。我在想一點事情。」

在夫路達視線前方的，是唯一能稱自己為「老爺子」的人物。此人就是巴哈斯帝國皇帝，吉克尼夫・倫・法洛德・艾爾・尼克斯。而這個房間則是皇帝公務室。

平常這個房間只有寥寥幾個人，此時卻有許多人聚在一起。皇帝吉克尼夫，以及四名隨扈。帝國最高階魔法吟唱者夫路達・帕拉戴恩。能力足以輔佐才智卓越的皇帝，忠心耿耿的十名能臣。不只如此，甚至連人稱帝國最強的帝國四騎士之一「雷光」巴傑德・佩什梅都到場了。

他們各自選了喜歡的位子坐下，從剛才到現在都在討論今後帝國的方針。散落周圍的紙張說明了會議爭論的熱烈狀況。其中還有人嗓子都啞了。

人稱鮮血皇帝的年輕國君，對夫路達說出對別人絕不會說的話：

「不，別在意。畢竟我有很多事讓你費心。老爺子也一把年紀了，我也想稍微讓你享享清福，但很多事還是非麻煩你不可。原諒我。」

「感謝陛下的體貼關懷。不過，我是效忠陛下的臣子。請陛下不用多慮，有事儘管吩咐我。」

受到慰勞的夫路達輕輕低頭。

成長為一個善良的孩子了。

夫路達注視著眉清目秀的青年，心裡產生這種想法。

夫路達是從大約六代前皇帝開始為帝國效力。

他與當時的皇帝——六代前皇帝關係惡劣。然而因為那時候夫路達已經是個有實力的高階魔法吟唱者，因此受到招聘之後，沒多久就在宮廷魔法師之中獲得崇高地位。

因為這些原因，夫路達與五代前皇帝關係變得較為親密，在獲得宮廷首席魔法師地位的同時，也開始從事四代前皇帝的魔法教育工作。

從三代前皇帝起，他開始擔任教師教導皇帝各種知識，也在政治決策上有了舉足輕重的影響力。

然後是現任皇帝——他心愛的孩子。

他照顧過歷代皇帝，沒有一個是無能昏君。就像得天獨厚般每一代都很優秀，全是些天資聰穎的孩子——雖然六代前皇帝當時已是壯年。其中尤以現任皇帝更是才智過人。雖說從兩代前就在慢慢鋪路，但能夠成功施行君主專制，仍是拜他的卓越才幹所賜。

夫路達深深疼愛著吉克尼夫·倫·法洛德·艾爾·尼克斯。

夫路達教育他就像教育自己的孩子。他能確定皇帝也將自己當成第二個父親敬愛。

即使如此——

就算是當成親生兒子疼愛的人，夫路達一樣能割捨。

（我想窺視魔法的深淵啊，吉爾。為此要我割捨什麼，我都不會猶豫。就算是你這樣可愛的孩子也一樣。）

「那麼陛下，這期就決定完全停止對王國的進攻，是嗎？」

「沒錯。因為比起這個，更重要的是調查名為亞達巴沃的惡魔。老爺子，有查到什麼了嗎？」

「很遺憾，陛下。我一直在進行調查，但目前沒發現任何資料。」

沒錯，事先是這樣講好的。

「帕拉戴恩大人。不能用魔法進行調查嗎？」

對於說出疑問的男人，夫路達謹慎地裝出一副表情，冷眼望著他。

「魔法的確具有無所不能的可能性。那是——」

「——老爺子，抱歉。這件事一講又要講半天了。你先別講了吧。」

「我明白了，陛下。」夫路達露出不太高興的表情，用老師教笨學生的口氣再度開始說道：「使用魔法搜索是有辦法可以對抗的。比方說這個房間就張開了隔音防壁，這你也是知道的吧，其他像是探測魔法阻礙，也是個簡單的方法。」

「……原來如此。也就是說有各種對抗手段，所以很困難嘍。」

「就是這樣。不過，如果只是魔法失效的話還算幸運的。高等魔法吟唱者還會對這類魔法做好反擊準備，直接殺死使用探測魔法的對手。」

（對於無上至尊，我這點程度的魔法有什麼用呢……沒有人比那位大人更適合無上至尊這個稱呼了。我得盡快向大人展現我的有用之處——）

有幾人聽到對方不過是反擊就要大開殺戒，露出了厭惡的表情，但夫路達一點也不感興趣。

「照您的說法來想，」一名臣子拿起一張紙。「帕拉戴恩大人用魔法查到了安茲・烏爾・恭這個魔法吟唱者的據點，是否代表那人能力不及帕拉戴恩大人？」

「太天真了！」

夫路達拚命壓抑住苦笑，語氣強硬地說，好讓對方明確感覺到自己的煩躁。

「你太天真了。我是著眼於這個人拯救了卡恩村……不對，是只拯救了卡恩村這一點，以魔法監視附近所有地區，才發現了遺跡。由於我的知識當中沒有這座遺跡，於是繼續進行監視，才發現疑似安茲・烏爾・恭的魔法吟唱者進了這座遺跡。你要記住我只是碰巧找到他的，否則可是會惹禍上身！」

一部分是真心話，只有愚者才會看輕那位大人。不，自己也曾經是個愚者，無知真是件可悲的事啊。

夫路達暗自嘲笑過去那個愚蠢的自己。那時的自己實在是太愚昧無知了。

「失禮了。」

夫路達揚起手接受對方的謝罪。

「喔，對了，老爺子。派去闖入此人住處的工作者們後來怎麼樣了？」

「跟蹤他們的一名間諜以『訊息（Message）』送來了第一份報告，應該是全部死亡了。」

吉克尼夫用手指數著日期，然後稍微睜大了雙眼。他聽說派出的是相當優秀的好幾支工作者小隊。這樣的戰力竟然才一天，或是半天就遭到毀滅性打擊，的確值得驚訝。

不用說，夫路達並不驚訝。他覺得這是理所當然的結果。不過，寫在臉上的當然是無法置信的表情。

「……是嗎？話雖如此，光憑魔法情報還不夠可信，冒險者們還要幾天才會回來？」

「由於碰到了無人生還的狀況，因此他們決定立即撤退，但應該還要四天路程。」

「等歸返的冒險者提供了情報……我看至少也要五天了。在那之前我們也無法行動。」

「訊息」是非常欠缺可信度的傳遞情報手段。因為距離越遠就越聽不清楚。除此之外，各國沒有重視「訊息」這種手段，還有其他原因。

最有名的當屬哥提堡國的悲劇吧。

這個國家大約在三百年前，在都市間設置了「訊息」網，提升了情報的傳遞速度，是個以魔力系魔法吟唱者為主的人類種族國家。這個國家由於過度信任「訊息」，只因為接收到三道假情報就陷入內亂狀態，都市間掀起戰火，又遭逢魔物襲擊與亞人類侵略等災禍，國家就此滅亡。

除此之外，吟遊詩人們也訴說著接到妻子背叛情報的丈夫憤而殺妻，結果竟是假情報的悲劇故事。

因此很少有人信任「訊息」傳遞的情報，反而是過度信任「訊息」的人會被當成傻瓜。吉克尼夫也是其中一人。他的確會使用「訊息」。但一定會同時從其他路徑獲得情報，絕不會只依賴魔法。

「不過，那人也真是個蠢材。要是在耶・蘭提爾僱用工作者，一切就會更符合我方的計畫了。雖然也是因為他無能，才會在我手中可笑地起舞，但太過無能也是個問題。當誘餌也得當得再好一點才行。」

「陛下所言極是。」

聽到夫路達表示贊同，吉克尼夫皺起眉頭。

幾天前的會議上，他接受夫路達的提案訂立的計畫，有兩個目的。

一個是掌握安茲・烏爾・恭的個性。

根據夫路達調查，安茲・烏爾・恭的反應有好幾天都沒有離開遺跡，因此他們判斷那座遺跡是他的據點，於是派出工作者前往該處，先觀察一下安茲・烏爾・恭的反應。

對於闖進自己居處的人，他會溫和應對，還是激烈反抗？

結果工作者全數死亡，藉此掌握到了他的部分性格。

另一個目的，是破壞王國與安茲．烏爾．恭的關係。若是在耶．蘭提爾僱用工作者就更好了，只可惜沒那麼順利。

（看來他還沒蠢到那種地步。）

伯爵得到的情報只知道那是座未知的遺跡。帝國貴族擅闖王國領土內的遺跡已經是冒險了，僱用王國領土內的工作者更是需要極大勇氣。也難怪他會僱用帝國內的工作者了。

但是，這樣就無法破壞耶．蘭提爾，甚至是里．耶斯提傑王國與安茲．烏爾．恭的關係了。所以為了達成第二個目的，也必須將未知遺跡的情報傳給王國的冒險者工會。

「飛飛來到帝國，正中我們的下懷呢。」

「就是啊。這下他應該會把未知遺跡與工作者們全數死亡的消息，轉達給那邊的工會。這樣一來，王國的工會得知帝國想搜索那個遺跡，就會正式開始進行調查。」

他們就是為了達成這個目的，才會硬是將冒險者擠進這次行動。當然，處理時完全沒動用到皇帝的權限，是經由間諜對其他貴族散播一些風聲，促成此事的。

這次的事件，必須自始至終當成一個愚蠢貴族的踰矩行為來處理。如此一來，就算帝國的干涉露了餡，安茲．烏爾．恭的敵意也會朝向被操縱的伯爵，吉克尼夫則可以友好地進行此事。

「而王國的冒險者們將會攻進激烈反抗的安茲．烏爾．恭的居處。擁有強大力量的魔法吟唱者會對王國做出何種反應？而遭到反擊的王國工會又會怎麼做？」

「真讓人期待。」吉克尼夫笑著說，為了以防萬一，又做個確認：

「我已經知道安茲．烏爾．恭有多少力量了。他能輕易消滅工作者小隊。這事應該處理得乾乾淨淨，用蠢材貴族的一顆人頭就能解決了吧。」

「這是當然，我們十分小心處理，只有這裡在場的人知道內情。」

「那就好。為了以防萬一──怎麼了？」

一陣地震般的震動，打斷了吉克尼夫的話。房間的窗戶與家具擺設搖動得碰碰作響。不過，感覺不像是地震。好像某個龐然大物猛烈撞上大地，造成僅僅一次的劇烈搖晃。

「怎麼回事？快去確認──吵什麼！究竟怎麼回事！」

不只是室內，吉克尼夫還聽到了室外傳來的慘叫聲。這個房間的牆壁做得又厚又堅固。既然如此，外面的人究竟慘叫得多大聲？還是說有太多人在慘叫？是什麼原因引起慘叫──最不適合這個地方的聲音？

從窗簾縫隙之間看看傳出慘叫的中庭，觀察狀況的一名隨扈，臉色慘白地回答了吉克尼夫的疑問。

「陛下！是龍！龍降落在中庭裡！」

短短一瞬間，一陣極為呆滯的空氣流過眾人之間。沒人能立刻理解這句話的意思。不對，是不可能理解。大家即使知道他不可能撒謊，仍然衝向窗邊，想自己親眼確認。

他們幾乎是硬扯著拉開了厚重窗簾。看見窗簾後面，半透明的玻璃窗外的光景——穩穩盤據中庭正中央的龍，所有人無不張口結舌。

「怎……怎麼會有龍在那裡？那頭龍是哪裡來的？」

「外務！今天有哪個會騎龍闖進中庭的無禮之徒要來嗎？」

「我沒聽說有這等事！」

「你跟評議國的龍見過面嗎？那個不是評議國的龍嗎？」

「……那頭龍與我聽聞過的外貌完全不同。我是聽外交人員說的，應該可以採信。」

「這些都不是重點，讓對方入侵到宮廷禁地才是最大的問題吧？陛下在此，皇室空衛兵團都在做什麼啊！」

龍擁有堅固鱗片包裹的強韌肉體，遠在人類之上的壽命，各種特殊能力與魔法力量，是這世界上最強的存在。當然，龍的實力也是有高有低，時常可以聽到冒險者擊敗了龍的事例。但縱觀歷史，也經常可以看到被憤怒的龍毀滅的都市，有時甚至是國家。二十幾年前南方國家的一個都市被龍毀滅一事，至今仍令人記憶猶新。

這樣的存在出現在皇城正中央，是非常嚴重的狀況。

就連吉克尼夫都屏氣凝息觀察著狀況，這時，只見兩個小小人影從龍的背上下來。定睛一瞧，是兩個肌膚彷彿被太陽曬黑的小孩。

「那應該是黑暗精靈。」

夫路達氣定神閒地說出兩人的種族。

「帕拉戴恩大人！那頭龍究竟是什麼來頭！那兩人究竟又是什麼人？」

「這個嘛，我也不認識那頭龍……」

從龍身上下來的兩人不用說，降落在中庭的龍也被騎士們團團包圍。這些騎士雖然是帝國的驕傲，然而站在龍的面前卻顯得十分不可靠。真不愧是最強的生物。

騎士們當中，走出了一名左右手各拿一面盾牌的男人。

「喂喂，是那傢伙出馬嗎？雖然也沒其他辦法了……但失去他未免太可惜了吧。」

走上前的是帝國四騎士之一，「不動」納札米・艾內克。

他是帝國的巔峰級戰士之一，在防禦戰上擁有四騎士中最強的本領。這名戰士雖然能夠抵擋多種能量系攻擊，但與龍相比之下仍然顯得微不足道。聽到「雷光」巴傑德・佩什梅斷定同袍會有何下場，所有人都只能點頭同意。

「皇帝陛下，請快去避難吧！」

「能逃到哪裡去？你說哪裡就安全了？」

聽到回過神來的臣子如此提議，吉克尼夫嗤之以鼻。

「可是！」

「——我明白你們想說什麼，但我如果捨棄皇城落荒而逃，必然會淪為笑柄。就算對手是龍也一樣。雖然那個好像不是評議國的龍，不過如果對方是知道我不會逃走，才這麼做的話……聽說龍很有智慧，看來對帝國的政治情形也瞭若指掌呢。」

吉克尼夫之所以能對貴族們施加壓力，是因為有騎士團的軍事力量做為靠山。若是因為皇城出現一頭龍，皇帝與騎士就拋下皇城逃之夭夭，這件事一旦被貴族們知道，他們很可能會看輕皇帝的軍事力量而群起造反。他不認為自己會輸給烏合之眾，但仍然會導致帝國力量一口氣削弱。

（無論是戰還是逃都會吃虧，真是討厭的一招。那頭龍究竟是何方神聖？）

不久，前往中庭的人越來越多，包圍龍與兩人的總共有四十名近衛兵，以及六十名騎士。不只如此，還有魔力系與信仰系的魔法吟唱者。

「光憑一百二十幾人不足以對付他們。陛下，我想我最好也過去。」

吉克尼夫微微皺起眉頭。夫路達是帝國最大的王牌。他不確定將這張王牌用在龍這種強者上有沒有好處。然而他相信夫路達就算陷入絕境也能平安脫逃，這份信賴斬斷了他的迷惘。

吉克尼夫並不知情。

他不知道夫路達會主動說要前往，是為了避免吉克尼夫使用傳送魔法撤退。

「老爺子，拜託你了。還有如果可行，你可以叫『不動』退下嗎？」

「遵命。不過，那些人深不可測。我認為他們的實力恐怕難以想像，請陛下做好逃走的準備。」

只留下這句話，夫路達就打開了窗戶。他直接跳出窗外，以飛行魔法的力量飛上天空。

「呃，大家聽得到嗎？我是安茲．烏爾．恭大人的屬下，名字叫做亞烏菈．貝拉．菲歐拉！」

就在這時，一陣超大音量響遍了四周。

「這個國家的皇帝，送了一些沒禮貌的傢伙到安茲大人居住的納薩力克地下大墳墓來！安茲大人很不高興。所以如果你們不來道歉，我們就要毀滅這個國家！」

吉克尼夫的表情扭曲了。究竟是誰用了什麼方法，找出了這個答案？他是如何沿著細小線索發現真相的？

環顧室內，所有人都驚愕地看著皇帝。而明白吉克尼夫心中疑惑的人，全都搖了搖頭。

「首先第一步，我們要把這裡的人類統統殺光光！馬雷。」

站在身旁的另一個黑暗精靈把手中法杖插進中庭地面。霎時間，彷彿只有中庭發生了局部性大地震。之所以說彷彿，是因為吉克尼夫完全感覺不到地表的震動。但大地仍然以龍與黑暗精靈為中心發出哀號並遭到撕裂，比蜘蛛網更複雜的地表裂縫張開了大口。

騎士、近衛兵、魔法吟唱者。除了在天空飛行的夫路達以外，所有人都被大地吞沒。

黑暗精靈似乎巧妙地將自己與同伴放在效果範圍外，若無其事地站著，一拔起法杖，就跟發生地震時一樣，大地突然迅速聚攏在一起。似乎由於聚攏的速度太快，大地順著剛才的蜘蛛網紋隆起，反而成了一塊土丘。

剛才集合在中庭的騎士們全都消失無蹤。結束得實在太突然了。

「好啦～統統殺光了。接著輪到這座城裡的人類……呃，我不知道哪個是皇帝，所以還是算了！不過如果皇帝不趕快出來，我們就要破壞這座都市！皇帝，請快點出來！」

「陛……陛下。」

大臣簌簌發抖，慘白著一張臉請示吉克尼夫。

「……是想說我們拔到了龍的鬍鬚，所以才騎龍來的嗎？」

吉克尼夫拚命壓抑顫抖。帝國唯一至上的存在，一手掌握權力的皇帝，不能在臣子面前表現出懼意。

「安茲．烏爾．恭……究竟是什麼人……不，現在不是思考這個的時候。」

吉克尼夫從窗戶大聲喊道：

「我就是皇帝，吉克尼夫．倫．法洛德．艾爾．尼克斯！我想與你們好好談談！可否勞駕使者閣下前來宮內！」他轉向大臣：「做好最高級的款待準備！火速進行！」

臣子們連滾帶爬地衝出房間，吉克尼夫的視線從他們的背影，轉向看著他這邊的黑暗精靈。

「……我太小看他們了。如果那只是部下的話……難道此人不是我能對付得來的嗎……話雖如此，我不能在這裡退縮。如果對方想進行交涉……那麼接下來就比場舌戰吧，安茲．烏爾．恭。我定會擊潰你的野心！」

Epilogue

「那麼，這是講好的一百枚交易金幣，這是借據。」

看看皮袋裡的東西，滿足地點頭後，愛雪的父親毫不遲疑地在遞給自己的羊皮紙上簽字。最後再蓋上家徽。熟練的動作證明了這些行為已經做過好幾次。

「這樣就可以了嗎？」

看看遞出的羊皮紙，男人點點頭。如果赫克朗與伊米娜人在這裡，一定會露出厭惡的表情。這個男人就是之前去過「四謀士」逗留的旅店的那人。

男人看了幾遍遞給自己的羊皮紙，確認沒有問題而且墨水也乾了，就將紙捲起來，扔進羊皮紙筒裡。

「確認無誤。」然後男人指指父親面前的皮袋，問道：「您不用確認一下嗎？」

「哎，少個一枚金幣也不會怎樣的。」

「是嗎？」

對於大方地點頭的父親，男人點頭回答。

當然，他早就檢查過了，一分也不少。不過窮途潦倒到必須借錢度日的家庭，即使只是一枚金幣也不該輕視。不，也許讓這種人當上當家，這個家就已經完蛋了。

不過對男人而言，只要父親當個好客戶就無所謂。

「那麼利息與還款時間就照平常一樣，可以嗎？」

對於他的問題，這個家長仍舊用大方的——堅信自己地位高於對方的態度點頭。

男人點頭表示了解。

「……對了，府上千金最近還好嗎？」

「嗯？」

男人想起這個家裡有三個女兒，於是補充道：

「我是指愛雪小姐。」

「喔，愛雪啊。她去賺錢了。」

「……這樣啊。」

女兒去工作賺錢時，你又在做什麼？

男人如此想的同時，巧妙隱藏起眼中蘊藏的輕蔑之色。

他不禁覺得那個少女有個這樣的父親實在可憐。

男人也不是惡魔。

只不過，最重要的依然還是本金含利息如期償還，而且還要一再跟自己繼續借錢。他無意插手管別人的家務事。

「不過才賺一、兩個錢回來，就得意忘形了。」

聽到父親不快地低聲說著，男人多少蹙起了眉頭。要是發生什麼麻煩事，連帶影響到還錢就傷腦筋了。況且這個家在利息方面讓他賺到了優渥的利潤，他很希望能繼續維持生意關係。為此，他試著插嘴管了一下平常不會介意的事。

「發生什麼事了嗎？」

「沒有，沒什麼事。只是做女兒的忘記自己從小到大受了多少恩情，想跟父親唱反調罷了。」

「那就好……」

「真是！我得好好說她一頓才行！讓她知道貴族該有的態度。」

男人絕不會把心裡的想法說出口。但他只有一句話想說。

「真是不容易。」

「就是啊。真是，那個笨女兒……」

男人沒說是誰，父親自動認為說的是自己的辛勞，口中唸唸有詞。

一百枚交易金幣可是筆鉅款。但是照平常的狀況，父親很可能會馬上花光，到時候他一定會再找自己過來，不過男人判斷直到這次的借款還清之前，先不要再借錢給他比較好。

想到這裡，男人環顧室內。

以男人的眼光來看，房間裡有著琳瑯滿目的精美家具，至少可以拿回借給他的本金。況且就算賣掉家具不夠還錢——

男人為了隱藏眼中浮現的情感，壓低了視線。

「追根究柢，菲爾特家的女兒本來就不該去做那種骯髒工作。跟她一起工作的好像都是些平民，品性一定也相當低劣。」

「……會嗎？」

男人回想起在酒館見到的兩人的臉，若有所思地說。不知道是如何理解他語氣中的情感，父親像要找藉口般急著解釋：

「唔，我不是說所有平民都是這樣，我是說做冒險者那一行的。」

「或許是吧。」

「對吧？女兒會叛逆搞不好也是他們害的，我得找機會好好說她一頓才行。真要說起來，身為女兒本來就該聽父親的話。竟然想跟我頂嘴，還早十年咧。」

瞥了一眼一肚子氣的父親，男人從椅子上站起來。

「……那麼我還有其他地方要跑，就先告辭了。請務必按期還款喔。」

「姊姊什麼時候會回來？」
「很快就回來嘍！」
那間房裡有兩個小女孩。把床當成椅子，乖乖地並肩坐在床上的兩人長得一模一樣。白嫩臉頰帶有少許朱紅的模樣，讓人聯想起天使。而與姊姊有幾分相似的容顏，讓人很容易想像到她們將來的花容月貌。
兩人穿著同一款式，潔淨無暇的純白皺摺連身洋裝，裙子底下伸出的白皙雙腿擺動著。
「真的嗎？」
「真的啊～」
「是這樣嗎？」
「是這樣啊～」
「等姊姊回來，我們就要搬家了，對吧？」
「對啊～」
兩人笑得好開心。她們並沒有認真思考過搬家是什麼意思，只知道她們最喜歡的姊姊不會再離開她們了。這讓她們非常開心。
姊姊——愛雪經常外出。她們不知道姊姊都在做什麼，但兩人都知道姊姊在做相當重要的事情。所以她們決定不要任性，但還是忍不住想跟溫柔的姊姊一起玩。

沒錯，兩人都喜歡愛雪喜歡得不得了。
她們最喜歡既溫柔，又知道好多事情，而且對她們好好的姊姊了。
「姊姊怎麼還不回來呢～？」
「怎麼還不回來呢～？」
「好期待喔，庫蒂麗卡。」
「嗯，好期待喔，烏蕾麗卡。」
「我要叫姊姊唸書給我聽～」
「我要叫姊姊跟我一起睡覺～」
「庫蒂麗卡好詐喔～」
「烏蕾麗卡也好詐喔～」
接著兩人你看我，我看你，露出了同樣愉快的笑容，然後發出銀鈴般的可愛笑聲。
「那，庫蒂麗卡也一起吧，跟姊姊一起。」
「嗯，烏蕾麗卡也一起吧，跟姊姊一起。」
然後兩人笑了起來，幻想著即將來到的快樂時光——

OVERLORD
Characters

角色介紹

Character 29

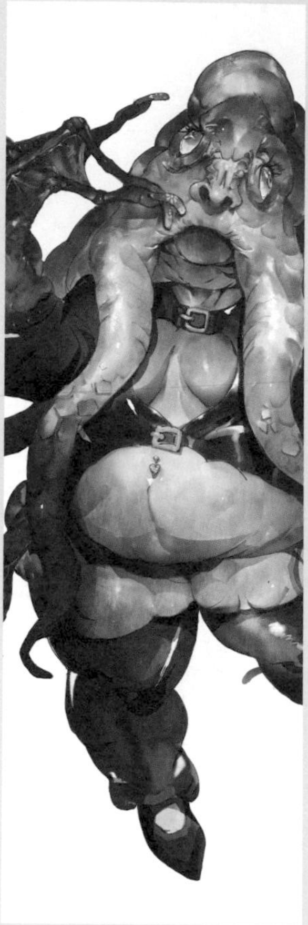

尼羅斯特·轡因其爾

異形類種族

neuronist painkill

五大最惡「職位最惡」

職位——納薩力克地下大墳墓
特別情報收集官（別名：拷問官）。

住處——地下第五層冰結牢獄內眞實（Pain is not to tell）之屋。

屬性——邪惡——[正義値:-425]

種族等級—食腦者（Brain Eater）——7lv

職業等級—祭司——3lv
醫生——10lv
神手——3lv

[種族等級]+[職業等級]——合計23級
●種族等級 職業等級●
總級數7級 總級數16級

status

能力表

[最大値爲100時的比例]

Character 30

恐怖公

異形類種族

kyouhukou

五大最惡「據點（住處）最惡」

職位——納薩力克地下大墳墓地下第二層領域守護者。

住處——地下第二層黑棺（Black Capsule）。

屬性——中立——[正義值：-10]

種族等級——昆蟲森林祭司（Insect Druid）——10 lv
其他

職業等級——高級祭司——5 lv
召喚師——3 lv
馴蟲師——2 lv
小人（付費）——3 lv
其他

[種族等級]+[職業等級]——合計30級
種族等級　職業等級
總級數12級　總級數18級

status

能力表

[最大值爲100時的比例]

項目	比例（0–100）
HP[體力]	約19
MP[魔力]	約24
物理攻擊	約10
物理防禦	約33
敏捷	約18
魔法攻擊	約12
魔法防禦	約34
綜合抗性	約20
特殊性	約15

Character 31

赫克朗·塔麥特

人類種族

hekkeran termite

小隊的中心支柱

職位——四謀士領隊。

住處——歌唱蘋果亭。

職業等級 —戰士——?lv

輕戰士——?lv

劍舞者——?lv

生日——上風月3日

興趣——計算儲蓄金額。

{ personal character }

以速度與多次攻擊爲武器的二刀流輕裝戰士。原本是商家的四少，立志成爲冒險者，但可能是因爲天性愛錢，不知不覺間變成了工作者。只要判斷沒有危險，行事就會多少有點不經考慮，常常挨伊米娜的罵。不過做爲領隊相當優秀，巧妙的待人處事方式讓他的工作者小隊幾乎不曾樹敵。

Character 32

愛雪・伊福・利爾・菲爾特

人類種族

arche eeb rile furt

受到敬愛的姊姊及妹妹

職位——四謀士成員。

住處——歌唱蘋果亭（心態上）。

職業等級 —魔法師——?lv

學院魔法師——?lv

高級魔法師——?lv

生日——中風月26日

興趣——閱讀（多方涉獵）。

personal character

在魔力系魔法吟唱者當中，屬於將魔法當成學術研習的魔法師。家道中落後捨棄過去懷抱的所有夢想，成爲工作者。四謀士的其他成員都把她當成妹妹一樣疼愛，她本身也把其他成員當成哥哥或姊姊看待。別人以爲她天賦異稟，其實只是早熟的秀才，能力已經接近成長的極限。

Character 33

伊米娜

人類種族

imina

精明強幹的射手

職位——四謀士成員。

住處——歌唱蘋果亭。

職業等級 —游擊兵——?lv

盜匪——?lv

叢林巡行者——?lv

其他

生日——上火月29日

興趣——（無所事事地）發呆。

{ personal character }

森林精靈父親與人類母親生下的半森林精靈。父親依然健在。在游泳方面具有「非常容易浮起，不容易溺水（並不是絕對不會溺水）」的「天生異能」，但很討厭游泳，因爲有過在水地被魔物襲擊的慘痛經驗。

Character 34

羅伯戴克·戈爾特隆

人類種族

roberdyck goltron

本性善良的神官

職位——四謀士成員。

住處——歌唱蘋果亭。

職業等級 —祭司 ——————?lv

高級祭司 ——————?lv

聖殿騎士 ——————?lv

生日 ——中水月13日

興趣——假日木工。

{ personal character }

原本是高級神官，因爲忍受不了處處受限而無法拯救該救的人的狀況，而選擇成爲工作者。天性善良，總是將自己報酬的一部分捐給孤兒院，又代替抱有同樣憾恨的其他神官奮鬥，因此私底下受到許多人尊敬與讚賞。

後記

從第六集發售以來七個月沒見了，大家好久不見，我是丸山。

本書是在八月底出版，天氣還很熱呢。記得丸山還小的時候，只要進入九月氣溫就會漸漸下降，現在卻不是這樣，一直到九月中好像都還是很熱。不過這純粹是丸山小時候的印象，也許實際上並沒什麼改變。

丸山由於比一般人穿得更多名為脂肪的衣服，所以非常討厭夏天。為了讓電腦散熱，我平常都待在冷氣開得很強的房間裡過日子，但是上下班的路上還是會出一身大汗。香水大概也被汗水沖掉了，真是糟透了。

就在這樣炎熱的日子裡，應該有許多人在書店等地方看到書腰時，會發出「呼哇！」之類的怪叫吧？各位一定以為是天氣太熱，所以產生幻覺了。

不過，這是真的！

丸山第一次聽到這件事時，也差點沒大叫「你們是認真的嗎？」，但企畫真的在進行當中。《OVERLORD》動畫化企畫進行中！

我會努力讓大家欣賞到好東西的，今後也請繼續指教！

那麼就讓我按著絞痛的胃，進入謝辭的部分吧。

感謝so-bin老師努力地使出渾身解數，繪製了輕小說史上不可能出現的插畫。真的畫得太棒了，不只是丸山，讀者們一定也對老師感激不盡！下次再一起去吃飯吧！感謝負責設計的Chord Design Studio，這次的設計還是一樣帥氣。校正的大迫大人，感謝您每次做出的各種指正。

特別交代丸山描寫方面不准含糊敷衍，角色插畫還毫不猶豫地指定了恐怖公的Ｆ田大人，工作也要顧身體，不要累壞了喔。

再來是協助製作《OVERLORD》的各方人士，謝謝你們大家。還有Honey，這次也謝謝你的許多幫助。

最後感謝賞光購買本書的各位讀者！

二〇一四年八月

丸山くがね

Postscript by So-bin

當各位工作者正在遭受拷問時
我也受到丸山先生的拷問（式的插畫要求）
正在淌著血淚。
so-bin

獲得安茲搭救的卡恩村後來發展——安莉與恩弗雷亞的

淡淡戀情

以及哥布林。

還有納薩力克守護者的日常生活大公開。包括實現了作

者熱烈要求的完全

新作在內，兩篇小說

一次呈現。

也許能解開您想了解的疑問。

第8集

Volume Eight

OVERLORD 8

OVERLORD *Kugane Maruyama* | illustration by so-bin

丸山くがね

illustration◉so-bin

敬請期待
第8集

國家圖書館出版品預行編目資料

OVERLORD. 7, 大墳墓的入侵者 / 丸山くがね作 ;
可倫譯. -- 初版. -- 臺北市 : 臺灣角川, 2015.10
　面 ;　公分. -- (Kadokawa fantastic novels)
譯自 : オーバーロード. 7, 大墳墓の侵入者
ISBN 978-986-366-754-4(平裝)

861.57　　104017246

Kadokawa
Fantastic
Novels

OVERLORD 7
大墳墓的入侵者

（原著名：オーバーロード７大墳墓の侵入者）

2015年10月28日 初版第1刷發行
2022年12月16日 初版第13刷發行

作 者：丸山くがね
插 畫：so-bin
譯 者：可倫
發行人：岩崎剛人
總編輯：蔡佩芬
編 輯：邱瓈萱
美術設計：黃永漢
印 務：李明修（主任）、張加恩（主任）、張凱棋
發行所：台灣角川股份有限公司
地 址：104台北市中山區松江路223號3樓
電 話：（02）2515-3000
傳 真：（02）2515-0033
網 址：www.kadokawa.com.tw
劃撥帳戶：台灣角川股份有限公司
劃撥帳號：19487412
法律顧問：有澤法律事務所
製 版：巨茂科技印刷有限公司
ISBN：978-986-366-754-4